Manchmal genügen

nur wenige Sekunden,

eine flüchtige Begegnung

und die Vergangenheit

ist gegenwärtig wie nie zuvor.

Ein einziger Moment kann

alles zerstören …

… auch DEINE Zukunft?

DAS BUCH

In vier Wochen werden drei Leichen im Umkreis von wenigen Kilometern gefunden.

Ein unbekannter Mann am Lahnsteiner Hafeköppche.
Eine Studentin im Hang der Festung Ehrenbreitstein.
Eine männliche Leiche am Bergmannsfriedhof.

Alle Toten wohnten in Lahnstein.
Zufall oder Beginn einer Mordserie?
Wohnt in der Nachbarschaft ein Mörder?
In dem beschaulichen Ort regiert die Angst.

Werden die Ermittler noch rechtzeitig Gemeinsamkeiten zwischen den Todesfällen entdecken und weitere Morde verhindern können?

Welche Bedeutung hat der hässliche Puppenkopf, der an einem Leichenfundort auf einem Ast aufgespießt wurde?

DER AUTOR

Jörg Schmitt-Kilian hat **mehr als 25** Bücher (u. a. den **SPIEGEL-Bestseller** *Vom Junkie zum Ironman*, der mit **Uwe Ochsenknecht** verfilmt wurde) und Themenhefte mit einer Gesamtauflage von **mehr als 500.000 Exemplaren** geschrieben. Der Hauptkommissar a. D. und ehemalige Drogenfahnder ist Mitglied der *International Police Association*, im *Syndikat*, im *Verband dt. Schriftsteller*, bei der *Gewerkschaft der Polizei* und Gitarrist der vermutlich weltweit einzigen Krimi-Autoren-Band *STRENG GEHEIM.*

Über **50 TV-Sendungen**, Radiobeiträge und mehr als **600 Artikel** berichteten über seine Bücher, Filme und das Sucht- und Gewaltpräventionskonzept **IMPULSE**, das bundesweit und in den Beneluxländern, in Kroatien und Österreich in Präventionsprojekte integriert wurde.
In den Lesungen pendelt Schmitt-Kilian geschickt zwischen Fiktion und Realität hin und her und beschreibt Gefühlswelten echter Kommissare bei dramatischen Begegnungen. Er erinnert sich an lustige Situationen aus der Dienstzeit, garniert diese Anekdötchen mit Fotos und Video-Clips und plaudert aus dem „Nähkästchen“. Manchmal greift er auch zur Gitarre und verabschiedet sich vom Publikum mit einem mörderischen Song.

Mehr Infos unter www.schmitt-kilian-aktuell.de
Aktuelle Termine auf Facebook

VORWORT

Liebe Leserinnen und Leser,

mein neuer Kriminalroman basiert wie seine Vorgänger SPURENLEGER und LEICHENSPUREN zum Teil auf wahren Begebenheiten und ich erinnere an einige Verbrechen, die in Lahnstein und der Nachbarstadt Koblenz geschehen sind. Die weitere Entwicklung der Story und die Romanfiguren entspringen jedoch meiner (kriminellen) Phantasie. Wenn Namen von realen Personen genannt werden, wurde die Veröffentlichung ausdrücklich genehmigt. Um den Lesefluss nicht unnötig zu unterbrechen, werden Sachinformationen zur Spurensicherung der Kriminaltechnik, der polizeiliche Sprachgebrauch usw. im Anhang erklärt. Das Personenregister und eine Kurzbeschreibung der Tatorte werden bei der Zuordnung der Romanfiguren und Örtlichkeit hilfreich sein. Die Rückblenden (Kapitel *kursiv geschrieben!*) erinnern an dramatische Situationen, die „meine“ Kommissare Lena Lieck und Tom Schneider erlebt haben. Sollten diese Textpassagen Ihre Neugierde wecken (z. B. welche Ereignisse haben zur Dienstunfähigkeit der Kommissare geführt) erfahren Sie mehr über die Hintergründe in den Krimis SPURENLEGER und LEICHENSPUREN.

Ich wünsche Ihnen/euch eine (ent-)spannende Lesezeit und freue mich über jede Rückmeldung an schmitt-kilian@online-home.de

Jörg Schmitt-Kilian, im August 2018

Infos und aktuelle Termine:
www.schmitt-kilian-aktuell.de und FACEBOOK

WIE ENTSTAND DIESER KRIMINALROMAN?

„Plaudern aus dem Nähkästchen"
Ein erster Blick hinter die Kulissen

Wir Krimiautoren werden auf Lesungen oft gefragt *»Woher nehmen Sie die Ideen für die Stories?«* oder «*Haben Sie Vorbilder für Ihre Figuren?«* Diese am häufigsten gestellten Fragen sind leicht zu beantworten.

Frauen und Männer im Polizeidienst begegnen nicht nur zahlreichen Tätern, sondern auch traumatisierten Opfern und verzweifelten Angehörigen und lernen Kolleginnen und Kollegen in dramatischen Einsatzlagen und außergewöhnlichen Vernehmungssituationen kennen. Diese (nicht immer schönen) Erinnerungen tauchen beim zufälligen Passieren eines alten Tatortes immer wieder auf und sind unsere „Fundgrube". Die meisten schreibenden Polizisten haben (oder hatten) fast *„Jeden Tag den Tod vor Augen"** und auch ich kann es bestätigen: *„Die erste Leiche vergisst man nie."***

Wir pendeln daher beim Schreiben zwischen Realität und Fiktion hin und her, lassen mit Blick auf wahre Ereignisse auch unserer Phantasie „freien Lauf".

Meine Idee für diesen Krimi wurde zum Beispiel bereits vor zwei Jahren „geboren", als ich auf einer Wanderung in einem kanadischen Nationalpark an dem Rastplatz *Meeting of the Waters* das im Buch im Original abgebildete Vermisstenplakat von Maddy Scott entdeckt habe. Für dieses Buch wurde lediglich das Datum an diese Story angepasst. Auf Nachfrage erklärte mir ein Kollege der kanadischen Polizei, dass es sich um einen ungeklärten Fall handele und die junge Frau weiterhin vermisst würde. Der Winkel, in dem die beiden Bergbäche

*/** Unter diesen Titeln sind zwei Bücher bei PIPER erschienen, in denen ich mit vielen Polizistinnen und Polizisten dramatische Erlebnisse geschildert habe.

am Rastplatz *Meeting of the Waters* zusammenfließen, erinnerte mich sofort an das „Deutsche Eck“, wo „Vater Rhein“ sich mit „Mutter Mosel“ vereint, und im gleichen Moment sah ich ein polizeiliches Fahndungsplakat vor mir. 1994 wurde unterhalb der Koblenzer Festung Ehrenbreitstein die Leiche einer jungen Amerikanerin gefunden. Ein bis heute ungeklärter Mordfall.

Diese beiden realen Fälle habe ich in meiner Story verknüpft, meine Fiktion mit der Realität vermischt und zumindest „literarisch“ gelöst.

Meine Hauptfigur Fredy Geisen wiederum ist die Mischung aus real existierenden Personen und in Anlehnung an den Charakter des eigenwilligen Protagonisten *Sebastian Bergman* aus den Krimis der Weltbestsellerautoren *Hjorth/Rosenfeldt*.

Ich habe bei Europas größtem Krimifestival ‚Mord am Hellweg‘ Michael Hjorth und Hans Rosenfeldt bei einer gemeinsamen Lesung kennengelernt. Das schwedische Autorenduo hat Weltklasseformat und die beiden Drehbuchautoren (ZDF Serie: Die Brücke, Henning-Mankell-Verfilmungen u. a.) sind für mich die zurzeit Genialsten im Krimi-Genre.

Zurück zu meinem Krimi: Die weitere Entwicklung der Story ist frei erfunden und auch die Figur des Kripochefs hat nicht die geringste Ähnlichkeit mit real existierenden Personen. Der Hinweis auf wahre Kriminalfälle soll jedoch verdeutlichen, dass die Phantasie manchmal von der Realität „überholt“ wird. Manchmal habe ich Angst vor mir selbst, denn bereits in SPURENLEGER über den Mord an einer jungen Polizistin in ihrem Streifenwagen hatte „meine“ Kommissarin Lena Lieck lange vor dem Bekanntwerden der Täterschaft des NSU in dem wahren Fall vermutet, dass es sich hierbei auch um einen terroristischen Anschlag handeln könnte. That’s life!

Aber ich versichere Ihnen, ich habe keine hellseherischen Fähigkeiten und kann daher weder die Lotto-Zahlen voraussagen noch Ihre Zukunft aus der Hand lesen.

Und noch eine letzte Anmerkung zu Dichtung und Wahrheit: Der hässliche Puppenkopf auf dem Cover wurde bereits vor dem ersten Entwurf für mein Manuskript neben einem meiner fiktiven Leichenfundorte (den ich bis dato nicht kannte!) auf einen Ast gesteckt und war irgendwann – wie auch viele meiner Romanfiguren – VERSCHWUNDEN.
Warum dieser abgeschlagene Puppenkopf an diesem mystischen Ort deponiert wurde, bleibt bis zum heutigen Tag ein Geheimnis.
Anmerkung: Bei einer Befragung haben sich 80 % für dieses Cover entschieden.

DREI Menschen entdecken dunkle Geheimnisse
ihrer Kindheit und die Vergangenheit
ist gegenwärtig wie niemals zuvor.

ZWEI schicksalhafte Begegnungen
und nichts wird mehr sein, wie es war.

EIN teuflisches Spiel,
bei dem fast alle
verlieren werden.

+ + +

Nicht nur ihr Leben!

MISSING
MADISON SCOTT
findmaddy.ca
Missing From: Hogsback Lake
Date Missing: May 2nd, 2018
Age: 20
Height: 5'4" Weight: 160
Hair: Ginger, Shoulder Length
Distinguishing Features:
• Bird Silhouette tattoo on inside left wrist (inset photo)
• Left nostril piercing
Maddy was last seen at 3am on May 28th while camping at Hogsback Lake, 25km Southeast of Vanderhoof in Northern British Columbia. Maddy's disappearance may be the result of foul play.
Reward of up to
$100,000.00
For information leading to the arrest & conviction of the person(s) responsible for her disappearance
Anonymous Tips Call Crime Stoppers:
800-222-8477
IF YOU HAVE INFORMATION ABOUT MADDY PLEASE CALL THE RCMP:
250-567-2222

Nicht alle vermissten Menschen,
die spurlos verschwinden,
sind auch gestorben.
Und die Hoffnung stirbt zuletzt.

PROLOG

Hogsback Lake, Kanada, 2. Mai 2018

Die 20-jährige Studentin Madison Scott ist spurlos verschwunden. Maddy, wie ihre wenigen Freunde die schüchterne, junge Frau nennen, hatte zwei Tage in einer der kleinen Blockhütten auf dem Campingplatz am Hogsback Lake übernachtet. Mehrere Zeugen haben sie zuletzt am 2. Mai 2018 am Rastplatz *Meeting of the Waters* im kanadischen Nationalpark gesehen.

Einige Tage später erstattete Maddys zwei Jahre ältere Schwester Emily Scott bei der kanadischen Polizei eine Vermisstenanzeige. Trotz einer Suchmeldung in den Medien und der Öffentlichkeitsfahndung mit einer Plakataktion gingen nur wenige Hinweise aus der Bevölkerung ein, aber keine einzige heiße Spur auf Maddys Aufenthaltsort.
Der unsensible Police-Officer hatte Emily bei der Anzeigenaufnahme mit schonungslosen Worten mögliche Gründe für Maddys spurloses Verschwinden genannt. Er vermutete, Maddy habe in dem See Suizid begangen oder sei auf ihrer Wanderung in einen der reißenden Flüsse gestürzt und qualvoll ertrunken. Vielleicht würde ihre Leiche irgendwann an ein Ufer geschwemmt, vermutlich aber nie mehr auftauchen. Emily müsse sich mit dem Gedanken vertraut machen, dass sie die Schwester nie mehr wiedersehen werde, weder tot noch lebendig. Er könne sich auch

vorstellen, dass Maddy auf der von nur wenigen Wanderern frequentierten Route alleine unterwegs gewesen war und in der Einsamkeit des kanadischen Nationalparks ihren Mörder oder einen Grizzly getroffen habe. Wer für ihr Verschwinden verantwortlich sei, mache jedoch keinen Unterschied, denn Maddys leibliche Überreste würden irgendwo in den endlos weiten Wäldern Kanadas verwesen. Selbst wenn man ihre Leiche finden würde, wäre die Schwester nicht mehr zu erkennen, weil zahlreiche Maden deren Augen ausgehöhlt und gierige Aasgeier den Körper ausgeweidet hätten. Diese Vorstellung hatte Emily wie ein Faustschlag mitten ins Gesicht getroffen. Sie war aus dem Office gelaufen und hatte sich noch an der Mauer vor dem Polizeigebäude übergeben müssen. Nach diesem Gespräch hatte Emily sich geschworen, nie mehr bei der Polizei nach dem Stand der Ermittlungen zu fragen. Zumindest nicht bei diesem unsensiblen Polizisten.
Sie hatte nach dem Gespräch noch einmal die Ereignisse an dem Tag vor Maddys Verschwinden gedanklich Revue passieren lassen und für sich einen plausiblen Grund gefunden, warum ihre Schwester spurlos verschwunden ist.
Die todkranke Mutter hatte ihren beiden Töchtern ein lange gehütetes Familiengeheimnis verraten. Maddy war so schockiert, sodass sie noch vor der Beerdigung der Mutter das Haus verlassen hatte. Sie konnte der Mutter selbst im Angesicht des Todes nicht verzeihen.
Maddy wollte sich in die Einsamkeit der kanadischen Wälder zurückziehen und bei einer Wanderung zur Ruhe kommen. Dies hatte Emily dem Officer jedoch nicht mitgeteilt, denn das hätte seine These vom Selbstmord der Schwester nur bestätigt.

Nein! Maddy hat sich nicht umgebracht.

Emily ist fest überzeugt, dass Maddy eine weite Reise über den großen Teich angetreten hat.

Sie ahnt, wo sie ihre kleine Schwester finden wird.

Nicht tot.

Lebendig.

Glücklich?

TEIL I

1.

Kriminalhauptkommissar Tom Schneider hat Angst wie niemals zuvor in seinem Leben. Und diese Angst verfolgt ihn auch heute Nacht in einem wiederkehrenden Traum, den er real erlebt, obwohl ein Patient im Lahnsteiner Krankenhaus nichts zu befürchten hat, zumindest nichts von einem Mörder. Tom wäre nur dann in ernsthafter Gefahr, wenn der Mann, der die junge Polizistin Sabine Laube vor einigen Jahren in ihrem Streifenwagen getötet hat, seinen momentanen Aufenthaltsort kennen würde.

Sein Herz schlägt bis zum Hals.
Das Blut pocht in seinen Ohren.
Ob er ihn töten wird?
Er hat es schon einmal versucht.
Um ihn herum herrscht rabenschwarze Dunkelheit und eine unerträgliche Stille.
Kein einziges Geräusch dringt an seine Ohren.
Nur sein hektischer Atem.
Beruhige dich!
Ganz tief einatmen.
Lange ausatmen.
Ganz langsam.
Einatmen.
Ausatmen.
Wie er es beim Antistress-Seminar gelernt hatte.
Ein – Aus!
Ein – Aus!

Ein – Aus!
Du bist ganz ruhig.
Total entspannt.
Ganz locker.
Es funktioniert nicht.
Sein Herz rast schneller.
Blut pulsiert stärker in seinen Ohren.
Auf diese Situation wurde er nie vorbereitet.
Nie vorbereitet auf ein Leben in Gefangenschaft ohne die geringste Chance auf eine Befreiung.

Wenn der Mörder der jungen Polizistin wiederkommt, werden seine Schritte immer lauter in Toms Ohren dröhnen. Sein Peiniger wird den Gullydeckel zur Seite schieben und das Tageslicht würde ihm ungeschminkt seine hilflose Situation vor Augen führen.
Aber noch dringt kein einziger Lichtstrahl nach unten. Nur tiefschwarze Dunkelheit.
Toms Kleidung ist völlig durchnässt.
Er friert in diesem eiskalten Verlies.
Und riecht diese säuerliche Geruchsmischung.
Den beißenden Geruch.
Urin, Kot und Erbrochenes.
Ekelerregend.
Er will sich die Nase zuhalten.
Vergeblich.
Der Mörder hat ihm die Hände auf dem Rücken gefesselt. Die warme, schmutzige Brühe auf seinem Gesicht vermischt sich mit einer kalten Flüssigkeit: sein Blut mit dem Abwasser, das aus einem Rohr oberhalb des Schachtes tropft. Sein Kopf fällt auf den Boden, er ringt verzweifelt nach Luft, als die dreckige Brühe, eine Mischung aus Erbrochenem, Wasser und Blut, durch das Pflaster dringt. Er will seinen Kopf anheben. Aber ihm fehlt die Kraft. Wie einem Baby, das auf dem Bauch liegt

und den Kopf ohne die helfende Hand der Mutter anheben will. Der Schacht ist zwar nur wenige Zentimeter mit Wasser gefüllt, aber der Pegel steigt. Langsam aber stetig. Er wird ertrinken. Davor wird ihn auch das Pflaster auf seinem Mund nicht bewahren. Das Wasser wird durch die Nase eindringen. Wie lange liegt er schon in diesem Verlies?

Er versucht, sich zu erinnern, aber er hat jegliches Zeitgefühl verloren. Seine Kehle ist trocken. Mit letzter Kraft hebt er den Kopf an. Vergeblich versucht er, das herabtropfende Wasser mit dem Mund aufzufangen, um zumindest seine Lippen zu befeuchten. Nur wenige Tropfen beträufeln das Pflaster.

Zu wenig, um seinen Durst zu stillen.

Zu viel, um ihn vor dem Ertrinkungstod zu bewahren, wenn er noch lange in diesem Loch liegt.

Die Situation, in die er vor einigen Tagen geraten war, hat nur er alleine zu verantworten. Er hatte einen Alleingang gewagt und nicht auf Harald Sauer, den Leiter der Mordkommission, gehört. Es war leichtsinnig von ihm, nicht auf die Kollegen zu warten. Aber er hatte befürchtet, dass bis zum Eintreffen der polizeilichen Unterstützung zu viel Zeit verloren ginge und er Lena nicht mehr retten könnte. Er hatte die Gefahrensituation unterschätzt, die sich dann bedrohlicher entwickelte, als er sich das nie hätte vorstellen können. Es war das Schrecklichste, was ihm bisher widerfuhr, und er hatte als Polizist schon viele gefährliche Situationen erlebt: dramatische Erlebnisse, von denen andere noch nicht einmal zu träumen wagen. Aber die Begegnung mit dem Mörder der jungen Polizistin war total außer Kontrolle geraten und er hat momentan keine Ahnung, an welchem Ort sich die beiden Frauen jetzt aufhalten. Vielleicht ist es in seinem jetzigen Zustand auch besser, dass er es nicht weiß.

Sollten beide überlebt haben, werden diese Bilder sich auf immer und ewig in ihr Gedächtnis einbrennen. Auch in seinem Kopf einnisten. Und nicht nur im Traum.

2.

Erst an jenem Tag, als der Hausarzt der Mutter die grausame Wahrheit über ihre begrenzte Lebenserwartung eröffnet hatte, verriet sie den Töchtern Maddy (20) und Emily (22) das nunmehr seit über zwanzig Jahren streng gehütete Familiengeheimis.
Sie hatte den Mädchen gestanden, dass Sam nicht ihr leiblicher Vater sei und gleichzeitig Namen und Wohnort des Erzeugers genannt. Der lebe in Deutschland, einem kleinen Land in Europa, das die beiden Mädchen nicht kannten. Mutter hatte beim letzten gemeinsamen Ausflug den inzwischen erwachsenen Töchtern am Rastplatz *Meeting of the Waters* von einer Stadt namens Lahnstein erzählt, wo auch zwei Flüsse zusammenfließen. Bei den Mädchen entstand der Eindruck, dass es für die Mutter eine glückliche Zeit war. Sie hatte einige Jahre in diesem Ort als Au-pair gearbeitet. Dort habe sie in einem Bootshaus, in dem heute eine HAIFISCHBAR betrieben würde, den Vater kennengelernt. Mutter beschrieb die Begegnung als »Liebe auf den ersten Blick« und musste bei diesem Gespräch nur ein einziges Mal lautstark lachen, als Maddy fragte, ob in diesem kleinen Fluss auch Haifische leben.
Bereits zehn Monate nach der ersten Begegnung ihrer Eltern in dieser HAIFISCHBAR erblickte Emily in diesem Ort Lahnstein das Licht der Welt. Die kleine Familie lebte glücklich bis zu jenem Tag, nach dem nichts mehr war wie zuvor. Mutter erfuhr innerhalb von einer Stunde zwei Neuigkeiten: Sie war wieder schwanger und Vater hatte ihr gestanden, dass er sich in eine andere Frau verliebt habe, die auch ein Kind von ihm erwarte und er sich von der Mutter trennen würde.
Diese hatte nur noch kurze Zeit in Lahnstein gewohnt und war mit Emily im Arm und Maddy im Bauch wieder nach Kanada ausgereist. Dort hatte sie bereits vier Monate später den gutmütigen Sam geheiratet, der die beiden Mädchen in sein Herz

geschlossen hatte, als seien sie seine eigenen Töchter. Emily und Maddy hatten Sam abgöttisch geliebt. Sam war vor einigen Jahren gestorben und hatte das Familiengeheimnis mit ins Grab genommen.
Nach Mutters Geständnis hatte Maddy der älteren Schwester vorgeworfen, sie habe schon immer gewusst, dass Sam nicht ihr leiblicher Vater sei und war von zu Hause abgehauen. Dieser Vorwurf kränkte Emily sehr, denn sie konnte sich nicht an die kurze Zeit mit dem leiblichen Vater in der kleinen Wohnung in Lahnstein erinnern. Nachdem Emily ihre Mutter ohne Maddy zu Grabe getragen hatte, nahm ein anderer Gedanke Gestalt an.

* * *

Emily glaubt heute fest daran, dass ihre jüngere Schwester nur kurz auf dem Campingplatz gewohnt und dann mit ihren letzten Ersparnissen einen Flug nach Deutschland gebucht hat, um dort ihren Vater zu suchen. Emily hofft zumindest, dass diese Möglichkeit wahrscheinlicher ist als die Vermutung des Police-Officers. Und die Hoffnung stirbt zuletzt.

* * *

Das Flugzeug hebt mit ohrenbetäubendem Lärm der aufheulenden Turbinentriebwerke von der Rollbahn Richtung Europa ab. Emily blickt ein letztes Mal auf die endlose Weite mit den goldgelben Feldern, bis diese von dem Wolkenhimmel bedeckt werden und die Sonne über den Wolken in das ovale Fenster scheint. Emily setzt die Kopfhörer auf, drückt die Playtaste und lauscht ihrem Lieblingssong *Leaving on a jetplane* von

John Denver, der 1997 bei einem Flugzeugabsturz ums Leben kam. Da war Emily gerade ein Jahr alt und lebte noch mit ihren Eltern in diesem Ort, den Mutter als beschauliche, kleine Stadt in Erinnerung hatte. Nach dem Geständnis der Mutter hatten die beiden Mädchen in der Schublade einer alten Kommode zwei Fotos und das Familienstammbuch entdeckt.

Wehmütig betrachtet Emily eines der vergilbten Fotos. Auf dem Foto ist ein junger dunkelhaariger Mann mit Schnäuzer abgebildet. Er sitzt an der Landspitze einer kleinen Insel, wo sich zwei Flüsse vereinen. Wie am Rastplatz *Meeting of the Waters,* dem Platz, an dem Mutter den Mädchen das lange gehütete Geheimnis verraten hatte. Auf dem Foto erhebt sich auf der gegenüberliegenden Seite des Flusses ein gelbes Schloss mit vielen Türmchen. Der Mann auf dem Foto hält ein kleines Kind in seinen Armen. Auf der Rückseite der beiden Fotos, die offensichtlich kurz hintereinander aufgenommen wurden, ist handschriftlich vermerkt

Mit meinem Goldschatz Emily am Hawekäbbche
Lahnstein 1997

Maddy hatte eines der Fotos an sich genommen und war weinend aus dem Zimmer gestürzt. In diesem Karton war auch Emilys Abstammungsurkunde, also die deutsche Original-Geburtsurkunde, in der immer die leiblichen Eltern eingetragen werden. Hier war der Name ihres Erzeugers vermerkt. Da Waldemar Elbling offensichtlich keine Sorgerechtserklärung abgegeben hatte, wurde als Emilys Familienname der Name der Mutter vermerkt.

Geburtsurkunde

Standesamt	Lahnstein
Registernummer	96/07/053
	Kind
Geburtsname	Belanger
Vorname(n)	Emily
Geschlecht	weiblich
Geburtstag	13.07.1996
Geburtsort	Lahnstein
	Mutter
Familienname	
Geburtsname	Belanger
Vorname(n)	Alice
Religion	röm.-katholisch
	Vater
Familienname	Elbling
Geburtsname	
Vorname(n)	Waldemar
Religion	röm.-katholisch
Ort, Tag	Lahnstein, 13.07.1996
	(Siegel)
Urkundsperson	______________________

14/101 Verlag für Standesamtswesen GmbH, Frankfurt am Main · Berlin 2013

Nach der Hochzeit hatte Sam Scott beide Mädchen adoptiert. Da im Falle einer Adoption in die Geburtsurkunde der Name der Adoptiveltern eingetragen wird, hatten die Mädchen bis zu jenem Tag nicht den geringsten Zweifel an Sams Vaterschaft. Aber der Tag, an dem das Geheimnis gelüftet wurde, war ein verhängnisvoller Tag, denn das Geständnis der Mutter sollte nicht ohne Folgen bleiben.
Emily wird nie wieder durch riesige *fields of gold* wandern und nie mehr den Westwind in ihren Haaren spüren. Aber das kann sie in diesem Moment nicht ahnen. Emily blickt voller Zuversicht einer ersten Begegnung mit dem Vater und dem Wiedersehen mit Maddy entgegen.

3.

Im Lahnsteiner Krankenhaus fällt Hauptkommissar Tom Schneider erneut in einen Erschöpfungsschlaf. Umgeben von stark blendenden Lichtstrahlen blickt ihn das Gesicht seiner Mutter an. Sie wirft ein Seil in den Brunnen. »Junge, beeile dich, sie werden gleich hier sein«, hallt ihre Stimme wie ein Echo in seinen Ohren.
Dann hört er wieder diese bedrohlichen Geräusche. Das »Tack Tack« der Schritte wird lauter. Er ahnt, was gleich passieren wird. Beim erneuten Blick nach oben verschwindet das Gesicht der Mutter und er starrt angstvoll auf die zwei Männer. Der Lichtstrahl einer großen Taschenlampe blendet ihn. Instinktiv will er seine rechte Hand schützend vor die Augen halten, aber er hat vergessen, dass seine Hände auf dem Rücken gefesselt sind. Die grellen Strahlen der Taschenlampe brennen in seinen Augen und die Szene erinnert ihn an Vernehmungen in Kriminalfilmen, wenn Kommissare einen Mörder mit der Schreibtischlampe blenden, weil sie hoffen, mit dieser Methode schneller die Wahrheit zu erfahren. Die

zwei Killer dort oben wollen auch die Wahrheit erfahren. Aber egal, wie schmerzhaft sie ihn quälen werden: Er wird ihnen den Aufenthaltsort der beiden Frauen niemals verraten. Die Männer leuchten ohne Unterbrechung mit ihren Taschenlampen auf ihn. «Tü asst noch aine Schoans«, flüstert eine Stimme mit französischem Akzent. Weitere unverständliche Worte rauschen in seinen Ohren wie eine Stimme aus einem Radio mit schlechtem Empfang. Dann steigt einer der Männer nach unten. Er erkennt die stark verschmutzten braunen Springerstiefel, die auf der untersten Leiterstufe stehen. Plötzlich rast eine der Stiefelspitzen blitzschnell auf ihn zu und trifft ihn mitten im Gesicht. Ein zweiter Tritt in die Nieren raubt ihm für kurze Zeit den Atem. Nun steigt der zweite Mann nach unten. Aus Angst vor einem erneuten Angriff kauert er sich auf den nassen Steinboden. Der zweite Mann hält die Taschenlampe unter sein Kinn und richtet den Strahl auf sein eigenes Gesicht, welches einem Totenschädel ähnelt. Beim Anblick des »Totenschädels« erinnert er sich an seine Kindheit. Ab einem gewissen Alter fand er es albern, bei den St.-Martin-Umzügen die Standard-Laternen »Sonne, Mond und Sterne« zu tragen. Deshalb höhlte er mit den anderen in seinem Alter große Zuckerrüben aus. Sie schnitzten Gesichter mit fünf Löchern: Augen, Nasenlöcher und Mund und die ähnelten einem toten Schädel, wenn sie mit Taschenlampen darauf leuchteten. Die Gedanken an eine glückliche Kindheit werden unterbrochen, als kräftige, stark behaarte Hände das Pflaster von seinem Mund reißen. Er hört sich verzweifelt sagen: »Bitte, lasst mich frei!« Seine Stimme zittert.

»Wir kommen morgen wieder und wenn du uns dann nicht verrätst, wo sich die Frauen verstecken, bist du ein toter Mann. Du hast noch eine Nacht Bedenkzeit«, flüstert der Totenschädel.

»Bi-bi-bitte, nur et-etwas Was-as-ser ...«, stottert er und eine kräftige Hand drückt seinen Kopf auf den nasskalten,

überschwemmten Beton. »Es ist genug Wasser da, mehr als du trinken kannst«, flüstert die Stimme. Dann vermischen sich erneut seine Tränen und frisches Blut mit der ekligen Brühe auf dem Boden.

»Wir müssen dir ja noch dein großes Maul stopfen«, sagt einer der Männer und klebt ihm ein neues Pflaster auf den Mund. Danach steigt er wieder nach oben. Die Springerstiefel werden kleiner. Der Gullydeckel senkt sich ab. Das Tageslicht verschwindet, als hätte es ein riesiger Mund ausgeblasen. Und dann wird es plötzlich hell. »Herr Schneider! Aufwachen! Mittagessen!«

Die Stimme der Krankenschwester erlöst ihn aus seinem Alptraum.

TEIL II

FREITAG, 25. MAI

4.

Freitag, 25. Mai

Emily Scott landet nach einem ruhigen Flug mit nur wenigen Turbulenzen über Island am frühen Morgen auf dem Frankfurter Airport und sitzt nun im ICE nach Koblenz.
Im Vancouver-Airport war sie noch mit gemischten Gefühlen in das Flugzeug gestiegen. Hatte der kanadische Polizist doch recht mit seinen Vermutungen? Vielleicht würde sie nie erfahren, ob Maddy von einem Menschen oder einem Grizzly getötet wurde. Oder war es nur ein Unfall und Maddy ist auf einem schmalen Pfad ausgerutscht und in einer der reißenden Flüsse gestürzt oder an einem Wasserfall in die Tiefe gefallen? Maddy liebt es, sich in schwindliger Höhe auf einen der großen Steine am Rand oberhalb von einem Wasserfall zu setzen.
Emily versucht, diese Gedanken zu verdrängen, und konzentriert sich auf die Vorstellung eines Wiedersehens mit Maddy und die erste Begegnung mit dem Vater.

Aber es würde anders kommen.
Anders als Emily es sich gewünscht hatte.
Ganz anders.
Aber das kann sie nicht ahnen.

Hätte Emily auch nur den Hauch einer Ahnung, was sie im Haus ihres Erzeugers erwartet, würde sie von Koblenz mit dem nächsten Zug nach Frankfurt zurückfahren und in den ersten Flieger nach Kanada steigen.

5.

Im Lahnsteiner Krankenhaus wacht um diese Zeit Tom Schneider schweißgebadet auf. Ein offenes Dreieck aus metallenen Röhren baumelt direkt vor seinen Augen. Vor ihm steht die nette Krankenschwester. Sie hat noch das Tablett mit dem Mittagessen in der Hand.
»Haben Sie wieder geträumt?«, fragt sie mit fürsorglicher Stimme. Tom nickt nur und erinnert sich an Fragmente seines Alptraums. Er lag wieder geknebelt und gefesselt in einem tiefen Brunnen. Sein Herz schlägt immer noch bis zum Hals, das Blut pocht in seinen Ohren und er weiß, dass sich diese Bilder auf immer und ewig in sein Gedächtnis einbrennen werden. Nicht nur im Traum.
»Ich habe keinen Hunger«, flüstert er.
»Sie müssen was essen, damit Sie wieder zu Kräften kommen«, erwidert die Krankenschwester und lächelt.
Er will sich aufrecht hinsetzen. Ein stechender Schmerz jagt durch seinen trotz der Strapazen der letzten Wochen immer noch muskulösen Körper. Ein Schmerz, als würde eine spitze, lange Klinge seinen Körper durchbohren. Er greift mit beiden Händen nach dem Dreieck und zieht sich mit letzter Kraft an dem Griff hoch.
»Geht doch!«, lobt ihn die Schwester und stellt ihm das Tablett auf den Schwenktisch neben dem Bett.

6.

Dr. Dietmar Göttmann, der neue Chef der Koblenzer Kriminalpolizei, hatte am Freitagmorgen für alle Leiter der Fachkommissariate des Polizeipräsidiums Koblenz eine Besprechung angeordnet. Göttmann – ein Hüne von fast zwei Metern Körpergröße, waffenscheinpflichtigen Händen und

Schuhgröße 48 – hatte erst kürzlich diesen Posten von Kriminaldirektor Hinz übernommen. Nach der Abordnung von Kriminaldirektor Hinz zum Ministerium hatte Otmar Burgmüller bis zum Dienstantritt des Nachfolgers kommissarisch die Abteilung geleitet. Der Erste Kriminalhauptkommissar ist im Gegensatz zu Dr. Göttmann in der Mannschaft sehr beliebt. Viele bedauern, dass Burgmüller sich Ende des Jahres in den Ruhestand verabschieden wird. Kurz vor Erreichung der Pensionsgrenze wurde ihm nach Hinz zum zweiten Mal ein »Frischling« aus dem höheren Dienst »vor die Nase gesetzt«.
»Keine soziale Komponente mehr. Das Ministerium hätte noch ein Jahr warten können. Dafür habe ich mir hier jahrelang den Arsch aufgerissen«, ärgert er sich oft im Kreise seiner engsten Mitarbeiter. Göttmann ist für ihn einer der wenigen Kollegen, die nie »auf der Straße den Kopf hinhalten« mussten, einer von den Pappnasen ohne Grundausbildung. Ein Seiteneinsteiger. Der neue Kripochef hat eine latent vorhandene Angst, in seiner Führungsposition nicht wahrgenommen zu werden. Er kontrolliert alles, hinterfragt selbst Unwesentliches, sogar die Rechtslage, auch wenn diese bereits von Juristen geprüft wurde, misstraut selbst offiziellen Leitfäden und richterlichen Urteilen und nervt mit der Korrektur der einfachsten Berichte. Er ist von einer krankhaften Angst besessen, einen Fehler zu machen, und lähmt damit die für eine effiziente Polizeiarbeit besonders wichtige Spontanität. Manche Entscheidungen kann er erst dann treffen, wenn er – manchmal nächtelang – darüber gegrübelt hat. Er hat ein miserables Zeitmanagement, sodass er manchmal bis zum späten Abend auf der Dienststelle eine Standardakte mehrfach liest und überlegt, was passieren könnte, wenn er diese Akte an die Staatsanwaltschaft weiterleitet. In der Beziehung ist er ein Ebenbild seines Vorgängers Hinz. Der einzige Unterschied: Hinz hat mit einer Körpergröße von einem Meter sechzig knapp die polizeilich vorgeschriebene Mindestgröße erreicht.

Göttmann hingegen überragt die meisten Kollegen um Haupteslänge und als Hinz und Göttmann bei der Verabschiedung eines Kollegen nebeneinander standen, erinnerten die beiden an das bekannte Komikerpaar *Pat & Patachon* mit Schauspielern der Stummfilmzeit. Hinz hätte Göttmann im Stehen den Bauchnabel küssen können. Auf Hinz trifft aufgrund seines zwergenhaften Aussehens der Satz zu: „Hüte dich vor kleinen Männern hinter großen Schreibtischen." Während seiner Dienstzeit kursierte im Präsidium ein Lieblingswitz: „Was sagen Polizisten, die Hinz nicht kennen, bei einer Verkehrskontrolle? Steigen Sie bitte aus und legen Sie beide Hände auf den Reifen, damit wir Sie durchsuchen können!" Hinz ist wie Göttmann. Nur kleiner. Aber nicht weniger gefährlich, wenn ihm etwas nicht in den Kram passte. Burgmüller ist anders. Er schlägt mit der Faust auf den Tisch, wenn ihn was aufregt, aber er ist nicht nachtragend. Bei Burgmüller weiß man, was er denkt. Bei Göttmann weiß man das nie. Er beherrscht die seltene Kunst, aus dem Nichts ein undurchsichtiges Lächeln auf sein Gesicht zu zaubern.
Göttmann ist zwar erst fünfzig Jahre alt, aber sein Alter würde man eher schätzen, als stünde er kurz vor seiner Pensionierung. Mit seiner imposanten Körpergröße überragt er als Chef der Koblenzer Kriminalpolizei auch symbolisch seine »Untergebenen«, wie er seine Mitarbeitenden gerne nennt, die er am liebsten nach »Gutsherrenart« regieren würde. Wenn er das Wort ergreift, erwartet er, dass ihm alle aufmerksam zuhören, und er duldet keine Zwischengespräche. Bereits beim geringsten Geräusch wird seine Stimme immer leiser bis sie ganz verstummt. Dann durchbohrt er den oder die plaudernden Mitarbeiter mit Blicken, zumindest in den Fällen, wenn er erkennen kann, wer durch Zwiegespräche stört. Manchmal nervt ihn sogar ein leichter Hustenanfall. Göttmann hasst es, wenn er unterbrochen wird. Es ist auch schon vorgekommen, dass er die Störer auffordert,

den Besprechungsraum zu verlassen, wenn diese sich was Wichtigeres mitzuteilen hätten.

Göttmann schiebt nach der Begrüßung die Hornbrille auf seiner Adlernase hin und her. Noch herrscht eine angespannte Ruhe im Raum. Seine erste Frage richtet Göttmann an seinen Stellvertreter Otmar Burgmüller, die »graue Eminenz« der Dienststelle.

»Wann werden Lena Lieck und Tom Schneider wieder dienstfähig sein?«

»Die zwei werden niemals mehr normal Dienst verrichten können. Tom wird bis zum Kurantrittstermin noch im Lahnsteiner Krankenhaus stationär behandelt und Lenas Aufenthalt in der psychosomatischen Klinik im Allgäu wurde erneut verlängert. Und danach wurde ihr noch eine Kur in Davos verordnet.«

»Wieso noch eine Kur?«, unterbricht Göttmann.

»Wieso noch eine Kur? …«, äfft Burgmüller ihn nach und verzieht das Gesicht, »… weil Lena schon seit Jahren asthmatische Beschwerden hat und diese sich durch die Traumatisierung verstärkt haben. Aber dich interessieren ja die Krankenakten deiner Mitarbeiter nur dann, wenn du den Verdacht hast, dass sie blaumachen. Lenas Therapeut hat ihr an diesem Wochenende erstmals eine Heimfahrt genehmigt.«

»Woher weißt du das?«

»*Ich* interessiere mich auch dann für das Wohlbefinden meiner Kollegen, wenn sie nicht im Dienst sind und ihre Arbeitskraft nicht zur Verfügung steht. Ich habe gestern mit Lena telefoniert. Sie will Tom in Lahnstein besuchen. Das ist das erste Mal, dass sich die beiden nach diesem tragischen Ereignis wiedersehen.«

»Weiß Tom Schneider, dass Lenas Freundin Claire verstorben ist?«, mischt sich Harald Sauer, der Leiter der Mordkommission, in das Gespräch ein.

»Nein, nur Lena weiß es. Tom wurde in Frankreich ins künstliche Koma versetzt und ist erst wieder im Krankenhaus in Lahnstein aufgewacht. Aber zurück zu deiner Frage. Momentan erscheint es fraglich, ob Tom jemals wieder Dienst verrichten kann. Der Typ hat ihm sämtliche Knochen gebrochen. Und falls Tom Schneider irgendwann wieder arbeitsfähig sein wird, sollten wir ihn zumindest während der Eingliederungsphase in einem weniger aufregenden Arbeitsbereich einsetzen.«

»Haben wir denn wenig aufregende Arbeitsgebiete?«, fragt Göttmann und überhört die Bemerkung eines K-Leiters: »Nur in der Chefetage.«

»Kriminalaktenhaltung«, schlägt Burgmüller vor, greift nach seiner Thermoskanne, schraubt sie auf und trinkt den restlichen Kaffee direkt aus dem Behälter. Eine seiner wenigen schlechten Angewohnheiten. Er schüttet bei einer nur noch zu einem Viertel gefüllten Thermoskanne den restlichen Kaffee nie in die Tasse. Die anderen blicken sich amüsiert an, aber niemand weist Burgmüller darauf hin, dass der Rest des Kaffees seitlich aus dem Mund fließt und sein Hemd befleckt. Seit dem Tod seiner Frau im vergangenen Jahr häufen sich die Flecken auf seiner Kleidung. Burgmüller wischt sich mit der Hand über das Gesicht, wo sich inzwischen ein glänzender Schweißfilm gebildet hat. Dann zieht er sein kariertes Taschentuch aus der Hose und tupft kleine Schweißtropfen von der Stirn ab.

»Da geht der kaputt!«, bemerkt Heinz Hirsch, der Leiter des Kommissariats für Wirtschaftsdelikte.

»Wie bitte?«, fragt Burgmüller und wischt mit dem Taschentuch über die frischen Flecken auf dem Hemd.

»Ich sagte, in der Kriminalaktenhaltung geht Tom kaputt«, wiederholt Hirsch nun lautstark.

»Nette Formulierung!«, kommentiert Ralf Mogendorf vom Diebstahlskommissariat. Burgmüller blickt in die Runde.

»Was grinst ihr so blöd? Nur weil ich mich wieder besudelt habe? Werdet erst so alt wie ich.«
Dann grinst er und wendet sich erneut mit ernstem Gesichtsausdruck an Göttmann.
»Wenn du es genau wissen willst: Lena und Tom sind auf unbestimmte Zeit dienstunfähig. Sie würden sich jedoch mit Händen und Füßen gegen eine Vorstellung beim Amtsarzt mit dem Ziel einer vorzeitigen Pensionierung wehren. Aber eines steht fest: Tom wird selbst für den Fall einer zeitnahen Wiedereingliederung nicht mehr in der *Mordkommission Deutsches Eck* arbeiten können.«
»Warum?«, fragt Göttmann.
»Warum wohl? Wegen Befangenheit. Wenn wir ihn jemals festnehmen können, würde er den Kerl umbringen.«
»Und Lena?«, fragt Heinz Hirsch.
»Für sie gilt das ebenfalls. Bei dem, was der Mörder unserer jungen Kollegin ihr angetan hat. Lena würde ihn vermutlich raffinierter aus dem Leben befördern. Einen eingeschalteten Föhn in der Badewanne. Eine vergiftete Mahlzeit. Ein fingierter Unfall. Ein vorgetäuschter Suizid. Lena würde wahrscheinlich noch eine weitaus brutalere Methode einfallen.«
»Die Eier abschneiden«, kommentiert Ralf Mogendorf.
»Könnte ich mir auch vorstellen!«, bestätigt Burgmüller.
»Meine Herren, lassen Sie uns zu einer normalen Gesprächskultur zurückkehren. Wie geht es denn Hauptkommissarin Lieck?«, unterbricht Göttmann. Jeder im Raum weiß, dass ihn das persönliche Schicksal der Kollegin weniger interessiert als die Hoffnung, dass sie bald wieder Dienst verrichten kann.
»Den Umständen entsprechend. Frauen sind stärker, als man glauben mag. Es war für die Fahndung sehr hilfreich, dass Lena Lieck uns über die Hintergründe und das Motiv für den Mord an Kommissarin Laube aufklären konnte. Wir unterschätzen das starke Geschlecht und selbst wenn wir uns bemühen, von uns blickt selten jemand hinter die Fassade. Manche

haben auch erst gar kein Interesse, es zu versuchen«, erwidert Burgmüller und jeder im Raum weiß, dass er damit auf die mangelnde Empathie von Göttmann anspielt. Der geht jedoch nicht näher auf die Anspielung seines Stellvertreters ein. Er versucht in solchen Situationen, einen Konflikt mit der »grauen Eminenz« vor versammelter Mannschaft zu vermeiden. Der Kripochef wedelt mit seiner braunen Hornbrille vor dem Oberkörper hin und her, wie so häufig, wenn er nervös wird, und fragt: »Sind die beiden denn gefährdet, also kann der Mörder …?«

»… in welcher Welt lebst du denn?«

Burgmüller schlägt mit der Faust auf den Tisch.

Göttmann zuckt zusammen und starrt seinen Vertreter wütend an, aber Burgmüller redet unbeirrt weiter.

»Hast du es vergessen? Sabine Laubes Mörder bleibt trotz internationalem Haftbefehl und der Suche des Zielfahndungs-Kommandos in Frankreich spurlos verschwunden. Und erinnere dich! Er muss noch zwei Polizisten töten. Und wir wissen nicht, ob er sich in seinem kranken Hirn auf Lena und Tom konzentrieren wird. Bei Tom wäre es dann schon der dritte Versuch.«

»Wieso bereits der dritte Versuch?«, fragt Dr. Göttmann sichtlich erstaunt.

»Ich weiß, du hast andere Dinge im Kopf, als dir über die Gefährdung von Mitarbeitern Gedanken zu machen. Alles andere ist für dich wichtiger. Nochmals! Zur Erinnerung! Der Mörder saß einige Wochen nach dem Mord auf einer Parkbank am Rheinufer und hat Tom bis an das Grabkreuz von Sabine Laube am Tatort Deutsches Eck verfolgt. Er wollte Tom an der Gedenkstätte für Sabine Laube töten. Das war der erste Versuch. Und an den zweiten wirst ja selbst du dich erinnern.«

Göttmann hebt fast unmerklich die Schultern an.

»Ach so, das wusste ich nicht. Von dem ersten Versuch hier bei uns hat mir niemand berichtet!«

»Doch, ich persönlich habe es dir damals gesagt, aber – wie bereits erwähnt – du setzt andere Prioritäten«, ereifert sich Burgmüller verärgert und schnauft.
Göttmann legt sein freundlichstes Lächeln auf. Das ist seine spezielle Art, auf Provokationen zu reagieren.
»Das wollen wir jetzt aber nicht weiter vertiefen. Kehren wir zur Sachlichkeit zurück und widmen uns unseren beiden aktuell schwierigsten Fällen. Haben wir inzwischen weitere Hinweise im Fall des unbekannten Toten, den wir am Lahnsteiner Hafenköpfchen gefunden haben?«
»*Hawekäbbsche* heißt das laut Lahnsteiner Mundartbuch«, korrigiert Lothar Glockner vom Kriminaldauerdienst.
»Wir reden auf unserer Dienststelle hochdeutsch, weder Koblenzer noch Lahnsteiner Mundart, damit alle das verstehen«, erwidert Göttmann.
„Ich verstehe trotzdem nichts. Kann mich mal einer aufklären?«, fragt Ralf Mogendorf.
»Ralf liest im Urlaub keine Rhein-Zeitung, sondern nur Krimis, damit er endlich mal was Spannendes erlebt«, sagt Heinz Hirsch und grinst seinen Kollegen an.
»Okay, dann will ich nochmals für alle kurz berichten!«, schaltet sich Harald Sauer ein.
»Spaziergänger haben vor drei Wochen an der Spitze vom Lahnsteiner Hafeköppche einen toten Mann gefunden. Stranguliert. Laut Gerichtsmedizin wurde das Opfer am Abend zuvor getötet. Der oder die unbekannten Täter haben das Opfer mit einem Seil erdrosselt und dieses an der Ankerkette an der Inselspitze verknotet, sodass die Leiche wie auf dem Präsentierteller lag und bereits am nächsten Morgen vom Matrosen eines Containerschiffes gemeldet wurde. Man sollte den Toten also finden. Den Grund kennen wir nicht. Noch nicht. Der oder die Täter hätten die Leiche auch im Gebüsch verstecken können. Dann hätte es vermutlich Wochen gedauert, bis einer der wenigen Spaziergänger den Verwesungsgeruch

bemerkt hätte. Wir haben keine Ahnung, was uns der oder die Täter mit dieser Inszenierung mitteilen wollen. Irgendwie merkwürdig.»

»Täterhinweise?«, fragt Mogendorf.

»Leider keinen einzigen. Und was die Klärung des Falles außerdem erschwert: Fingerabdrücke unbekannt und keine DNA-Spur in der Datei des BKA. Ich gehe davon aus, dass Fundort nicht gleich Tatort ist, und deshalb haben wir den Bereich ab der Pizzeria RHEINKRONE abgesperrt und mit einer Gruppe der Bereitschaftspolizei das gesamte Gelände nach weiteren Spuren durchsucht. Aber auch hier bis heute Fehlanzeige. Nur einige Blutspuren im Gebüsch. Auch hier kein Treffer in der DNA-Analysedatei des BKA. Nach der Kleidung zu urteilen, könnte es sich um einen Obdachlosen handeln. Ob wir mit dieser Vermutung richtig liegen, werden wir erst erfahren, wenn sich jemand auf unsere Veröffentlichung in der Rhein-Zeitung meldet. Bis jetzt Fehlanzeige. Nach Auskunft des Bezirksbeamten der PI Lahnstein soll sich ein Obdachloser in dem Hochsitz am Friedrichssegener Bergmannsfriedhof ein Nachtlager eingerichtet haben. Er habe den Mann irgendwann überprüfen wollen, aber in den letzten Tagen nicht mehr gesehen. Wir haben den Hochsitz am Bergmannsfriedhof durchsucht, aber auf den ersten Blick auch dort keinerlei verwertbare Spuren gefunden. Die Ergebnisse des DNA-Abgleichs müssen wir noch abwarten. Aber selbst wenn dieser Obdachlose unser Mann sein sollte, würden wir weiterhin im Dunkeln tappen und …«

Göttmann unterbricht Harald: »Genügen Ihnen diese Informationen?«, richtet er seine Frage an Mogendorf und redet weiter, ohne dessen Antwort abzuwarten.

»Und wie ist der aktuelle Ermittlungsstand in dem Verfahren gegen diese Lahnsteiner Dealerbande? Haben wir genügend Beweise für einen Zugriff?«

»Schon wieder Lahnstein?«, flüstert Mogendorf.

»Da musst du Stefan Carsten fragen«, erwidert Burgmüller auf Göttmanns Frage zum nächsten Tagesordnungspunkt.
»Warum fehlt heute Morgen ein Vertreter des Rauschgiftkommissariats?«
Burgmüller hebt nur kurz die Schultern.
»Vermutlich eine spontane Observation.«
»Diese Hasch-Papis sind immer unterwegs, aber nie, wo sie sein sollen«, kritisiert Dr. Göttmann sichtlich verärgert das unentschuldigte Fernbleiben eines Mitarbeiters vom Rauschgiftkommissariat. Dabei hatte er erst kürzlich die verpflichtende Teilnahme an der K-Leiter-Runde angeordnet. Alle im Raum wissen, warum das Kommissariat zur Bekämpfung der organisierten Drogenkriminalität dem Kripochef ein Dorn im Auge ist. Der Kontrollfreak Göttmann kann Arbeitszeiten einer operativ arbeitenden Abteilung nicht so kontrollieren, wie er es gerne möchte.
Der wesentliche Grund ist allerdings ein Vorfall vor einigen Monaten. Göttmann ist immer noch wütend auf einen der zwanzig Rauschgiftfahnder. Seine offensichtlich unbändige Wut überträgt er seit diesem Ereignis auf das gesamte Kommissariat. Burgmüller schüttelt den Kopf, murmelt leise vor sich hin »Nicht das schon wieder«, greift zum Telefon und drückt eine Schnellwahltaste.
»Steff, komm mal kurz hoch!«
Bereits zwei Minuten später betritt Steff Carsten den Besprechungsraum.
Dr. Göttmann blickt demonstrativ auf seine Uhr.
»Ist Ihre Uhr kaputt?«, fragt Steff, grinst in die Runde und beantwortet Göttmanns Frage, bevor dieser sie gestellt hat.
»Nein, Herr Dr. Göttmann. Ich habe unser morgendliches Date nicht vergessen. Ja, ich habe Wichtigeres zu tun. Wir planen heute einen Zugriff und wollen mehrere Objekte durchsuchen.«
»Und wenn Burgmüller anruft, springen Sie sofort?«

»Kein Widerspruch Herr Doktor!«
»Hat der Zugriff etwas mit unserem aktuellen Lahnsteiner Verfahren zu tun? Dann würde ich das gerne vorher wissen.«
»Nein, wir haben mehrere Baustellen gleichzeitig.«
»Darf ich erfahren welche?«
»Sie müssen nicht alles wissen!«
Bevor Göttmann ausrastet, fügt Steff hinzu: »Sie betonen doch immer, dass sich ein Chef auf das Wesentliche beschränken sollte, und dieses Verfahren ist normaler Standard. Peanuts. Jugendliche Kifferclique an Lahnsteiner Schulen. Nicht wirklich wichtig. Aber gut organisiert. Der Besitz von Cannabis in geringen Mengen wird ja sowieso bald freigegeben und dann werde ich arbeitslos.«
»Unterlassen Sie diese blöden Bemerkungen, schlimm genug, dass *Ihre* Polizeigewerkschaft einer Freigabe positiv gegenübersteht.«
»Wieso? Die meisten Verfahren in diesem Bereich werden doch heute schon wegen Geringfügigkeit eingestellt und wir haben immer noch den Strafverfolgungszwang auch bei geringen Delikten und arbeiten für den Papierkorb des Staatsanwalts.«
»Die Staatsanwaltschaft ist Herrin des Ermittlungsverfahrens und was wichtig ist und was nicht, entscheidet in diesem Haus immer noch der Leiter der Abteilung. Und zur Erinnerung, Herr Carsten, falls Sie es vergessen haben sollten: Das bin ICH«, erhebt Göttmann seine Stimme, aber er zeigt weiterhin dieses selbstgefällige Grinsen auf seinem vernarbten Gesicht.
»Wie heißt die Weltmacht mit drei Buchstaben?«, flüstert Mogendorf seinem Kollegen Heinz Hirsch ins Ohr.
»ICH«, erwidert Hirsch und beide grinsen Göttmann an.
Im gleichen Moment schlägt Burgmüller mit der rechten Faust so fest auf den Tisch, dass seine Thermoskanne umfällt. Da er den Deckel nicht fest genug verschlossen hat, fließt der letzte Rest des Kaffees auf den Tisch.

»Was sollen diese Sandkastenspiele? Manchmal habe ich das Gefühl, als säße ich inmitten einer Horde von pubertierenden Jugendlichen.«
»Einige gehen von der Pubertätsphase nahtlos in die Alterssenilität über«, flüstert Ralf Mogendorf.
Burgmüller blickt in die Runde und nach einer kurzen Pause fordert er Carsten zum Lagebericht auf.
»Steff, wie ist der aktuelle Stand im Verfahren gegen diese gut organisierten Dealer im Rhein-Lahn-Kreis?«
»Leider keine neuen Erkenntnisse. Wir wissen momentan nicht, ob wir ein Scheingeschäft erfolgreich anbahnen können. Die Jungs agieren professionell und sind vorsichtig und deshalb …«
»Sie haben doch eine Vertrauensperson in die Gruppe eingeschleust«, unterbricht Dr. Göttmann.
»Ja, das ist richtig. Aber der Schutz der VP hat oberste Priorität und wir müssen mit allen Mitteln verhindern, dass sie verbrennt.«
»Wie ist noch mal der Deckname der VP?«
»Er läuft bei uns unter dem Namen Carlo und genießt das Vertrauen vom Boss der Gruppe. So nah konnten wir noch keine VP an der Schaltzentrale einer überregional agierenden Dealerbande einschleusen. Eine bessere Chance wird sich uns so schnell nicht mehr bieten. Wir haben bereits ein Zeugenschutzprogramm für Carlo ausgearbeitet. Er muss nach der geplanten Festnahmeaktion sofort von der Bildfläche verschwinden, sonst ist er ein toter Mann.«
»Wer ist denn unser Verbindungsmann zur VP?«, hakt Göttmann nach.
»Fredy Geisen!«
Göttmann atmet tief durch.
»Geisen ist VP-Führer von Carlo. Ausgerechnet *der*?«
»Ja, ausgerechnet *der*. Ihr Lieblingsuntergebener. Fredy hat einen guten Draht zu Carlo, aber uns fehlen wichtige

Informationen zur Vorbereitung des Scheingeschäfts mit einem verdeckten Ermittler vom LKA. Wir bereiten bereits Durchsuchungsmaßnahmen für verschiedene Gebäude in Lahnstein vor, in denen vermutlich größere Mengen Rauschgift gelagert werden. Gestern haben wir von Carlo erfahren, dass auch eines der Sportboote auf der Lahn als Zwischendepot bestückt wurde. Das Boot soll in der Nähe vom *Schleusenhäuschen* über einen Strohmann einen offiziell genehmigten Liegeplatz haben. Die Entenpolizei wird das prüfen.«
»Entenpolizei! Was soll das?«, fragt Göttmann.
»Ja, ja! Ist ja gut. Sorry!«
Steff hebt beide Hände, aber er hat sich die Antwort auf Göttmanns Einwand bereits zurechtgelegt.
»Nein, Herr Carsten, es ist nicht okay. Ich möchte nicht, dass Sie derart despektierlich über die Kolleginnen und Kollegen der Wasserschutzpolizei reden.«
Auf diesen Satz schien Steff gewartet zu haben und er erwidert: »Wir haben einen sehr guten Draht zu den Kollegen der Wasserschutzpolizei. Ist es denn weniger despektierlich, wenn Sie uns als Hasch-Papis bezeichnen? Aber wir kennen ja Ihre Haltung: Alle sind gleich, manche sind gleicher. Sie sind der festen Überzeugung, Sie könnten sich hier alles erlauben, und vergessen dabei, dass heute nicht mehr nach Gutsherrenart geführt wird.«
Für wenige Sekunden breitet sich eine bedrohliche Stille aus, bis Burgmüller mit dem Kugelschreiber gegen die Thermoskanne schlägt.
»Bevor meine Kaffeekanne noch einmal umfällt und auch die Stimmung ganz kippt, würde ich nun gerne deine Einschätzung hören, Steff!«
»Okay. Aufgrund der soeben dargelegten Fakten sollten wir noch abwarten, um den Erfolg unserer Aktion nicht zu gefährden, denn wir würden gerne bis zum harten Kern der Organisation durchdringen. Wir wollen nicht nur die Straßendealer,

sondern genügend Beweise gegen die Hintermänner. Carlo hat eine Sicherstellung von sage und schreibe 650 Kilo Drogen unterschiedlicher Substanzen in Aussicht gestellt und das wäre die mit Abstand größte Menge, die wir jemals in Rheinland-Pfalz sichergestellt haben. Wir observieren zurzeit ein Ehepaar und haben mehrere Telefonüberwachungen aufgeschaltet, aber Geisen benötigt noch weitere Infos von Carlo und …«

»Dann fragen wir Herrn Geisen doch selbst, welche Infos er von Carlo erhalten hat. Ich würde das gerne aus erster Hand hören!«, unterbricht Dr. Göttmann erneut.

»Das geht nicht. Fredy hat heute dienstfrei«, erwidert Steff.

»Das ist mir egal. Ein Beamter ist immer im Dienst. Rufen Sie ihn sofort an!«, befiehlt Dr. Göttmann.

»Nein, das werde ich nicht tun. Er arbeitet bereits seit vier Wochen ohne Unterbrechung, inklusive der Wochenenden. Fredy hat sich diesen freien Tag verdient. Und er hat heute Geburtstag. Vielleicht wollen Sie ihm ja mal was Nettes sagen und ihm gratulieren. Ich sehe kein zeitlich unaufschiebbares Problem und jeder Beamte hat ein Recht auf Freizeit. Ist doch *Ihr* Spruch Herr *Dr.* Göttmann«, dabei betont Carsten besonders deutlich den *Doktortitel* und das *Ihr*.

Bevor Göttmann etwas erwidern kann, redet Carsten weiter.

»Wenn wir wirklich rund um die Uhr abrufbereit sein sollen, müssen Sie Rufbereitschaft anordnen, damit die Stunden vergütet werden und zumindest auf den Gehaltszetteln eine kleine Anerkennung für unseren „Allzeit bereit"-Dienst zu finden ist.«

»Verstehe ich das jetzt richtig, Herr Carsten? Sie weigern sich, Geisen anzurufen?«

»Ja.«

»Das ist Befehlsverweigerung und wird ein Nachspiel haben.«

»Fredy hat mit dem Vorspiel ja schon begonnen«, kann Steff Carsten sich nicht verkneifen. Jeder im Raum weiß, welches Ereignis er mit dieser Bemerkung meint.

Bingo.
Getroffen.
Göttmanns Schwachstelle.
Sein wunder Punkt.
Volltreffer.
Der fast zwei Meter große Kripochef richtet sich in seinem Sessel auf, atmet tief durch und mit einem kaum erkennbaren Zittern in seiner Stimme erwidert er: »Diese Äußerung hätten Sie sich sparen können, Herr Carsten. Aber noch eine Bemerkung zu Geisen. Ich werde in letzter Zeit das Gefühl nicht los, er sagt nicht alles, was er in der Szene erfährt.«
»Ach, erst in letzter Zeit? Interessant. Wir alle hier kennen das Datum, ab dem Sie mit Ihren Schikanen begonnen haben«, lässt Carsten nicht locker.
»Das hat damit gar nichts zu tun. Ich war schon immer der Meinung, er macht irgendwie sein eigenes Ding. Wer kontrolliert ihn denn?«, fragt Göttmann.
»Ich. Und ich vertraue Fredy! Das war zwar nicht immer so. Als er vom LKA in unsere Abteilung wechselte, war ich zunächst skeptisch. Aber Geisen ist ein engagierter Beamter und sehr kreativ in seiner Ermittlungsarbeit«, erwidert Carsten.
»Vertrauen ist gut. Kontrolle ist besser! Und ich fordere Sie auf, Geisens Verhalten genauer zu prüfen«, erwidert Göttmann mit erhobenem Zeigefinger.
Burgmüller kratzt sich mit dem Kugelschreiber hinter dem rechten Ohr und signalisiert mit dieser Geste allen in diesem Raum, wie sehr er sich in diesem Moment langweilt. Nur Göttmann ahnt nicht, dass Burgmüller gleich explodieren wird. Im wahrsten Sinne des Wortes würde dieser ansonsten in sich ruhende Mann „aus der Haut fahren“.
Und genau dies geschieht wenige Sekunden später. Burgmüller schlägt – und jetzt mit beiden Handflächen – auf den Tisch, blickt Göttmann durchdringend an und erhebt seine Stimme.

»Natürlich verstehen alle in diesem Raum, dass die Beziehung zu Geisen für dich nicht einfach ist. Es ist uns auch nicht entgangen, dass du seit dem – ich will es mal Vorfall nennen – auf eine günstige Gelegenheit wartest, um gegen Geisen ein Disziplinarverfahren einzuleiten oder ihn aus dem Dienst zu entfernen. Was dir bisher trotz aller Bemühungen nicht gelungen ist. Am liebsten würdest du ihn vermutlich hinter Gittern sehen. Es ist bedauerlich für dich, dass alle den Grund für dieses zerrüttete Verhältnis kennen. Aber so geht das nicht. Geisen interpretiert die Grenzen etwas freizügiger als die Korinthenkacker in unserer Behörde, mag manchmal am Rande der Legalität arbeiten, aber er hat einen ausgeprägten kriminalistischen Spürsinn und arbeitet stets engagiert. Ich habe verdammt noch mal keine Lust, in dieser Runde immer wieder mehr Zeit mit Nebenschauplätzen zu verbringen. Deine Wut auf einen einzigen Mitarbeiter überträgst du auf die komplette Mannschaft. Das haben die Jungs nicht verdient. Die anderen waren an diesem Vorfall weder beteiligt, noch finden sie Fredys Verhalten gut. Mein Informationsbedarf ist für heute Morgen gedeckt und ich habe keine Lust, wegen deiner speziellen Probleme mit Geisen, hier meine Zeit zu verschwenden. Es gibt genug zu tun, packen wir es an!«

Burgmüller greift nach seiner leeren Thermoskanne, schiebt die Akte unter seine Achsel und steht auf: ein untrügliches Zeichen dafür, dass er die Besprechung augenblicklich verlassen wird, obwohl nur der Kripochef die Frühbesprechung beendet und dies immer mit dem gleichlautenden Satz: Gibt es sonst noch was zu berichten? Ich sehe, das ist nicht der Fall. Es gibt viel zu tun. An die Arbeit.

Dr. Göttmann blickt Burgmüller strafend an, atmet tief durch und bevor Burgmüller die Tür erreicht hat, sagt er:

»Okay! Gibt es sonst noch was zu berichten? Ich sehe, das ist nicht der Fall. Es gibt viel zu tun. An die Arbeit.«

7.

Die Krankenschwester hatte Tom erklärt, dass ihn ein Rettungshubschrauber des ADAC von Frankreich nach Deutschland geflogen habe. Nach einer medizinischen Stabilisierung seines Zustandes in der Klinik in Salon-de-Provence sei er im bewusstlosen Zustand in das Lahnsteiner Krankenhaus eingeliefert worden. Weitere Auskünfte zu seinem Gesundheitszustand dürfe ihm nur ein Arzt mitteilen.
Tom denkt an die Ereignisse in Frankreich und die europaweite Fahndung nach dem Mörder, der die junge Polizeikommissarin Sabine Laube im Streifenwagen am Parkplatz »Deutsches Eck« getötet und ihren Kollegen Müller *durch einen Kopfschuss schwer verletzt hat.*
Und immer wieder dröhnt die Stimme in seinen Ohren.
»DU bist schuld!«
»DU bist schuld!«
»DU bist schuld!«
Er würde dieser Stimme gerne den Mund verbieten, aber sie spricht von innen.
Es ist seine eigene Stimme.
Seine Kontroll-Instanz?
Sein Über-Ich.
Sein Gewissen.
Sein schlechtes Gewissen.
Hat die Stimme Recht?
Warum hatte er damals nicht auf Harald gehört und sich alleine in die Höhle des Löwen gewagt?
Im Angesicht des Todes hatte er mit Lena Zukunftspläne geschmiedet. Wenn sie es überleben würden, wollten sie den Polizeidienst quittieren.
Tom versucht, an etwas Anderes zu denken.
Aber an was?
An wen?

An seine heroinabhängige Tochter Bine, deren Aufenthaltsort er nicht kennt. Ob sie noch lebt? Ob er irgendwann in einer Rauschgift-Sofortmeldung über Drogentote ihren Namen lesen und sie nur noch als Leiche wiedersehen wird?
An seine Frau, die ihn verlassen und ihm nie verziehen hat, dass er als Vater ein Versager war?

An sein neues Boot TRY OUT, das auf der Lahn in der Nähe vom »Schleusenhäuschen« vor Anker liegt?
Oder an diese Nacht voller Leidenschaft mit Lena auf seiner alten Barkasse ALBATROS, die damals noch im Hafen von Vallendar einen Liegeplatz hatte?
Ja, er sollte an Lena denken, aber nur an die gemeinsame Zeit vor diesen schrecklichen Erlebnissen.
Die gemeinsame Nacht auf der ALBATROS, ihre Pläne für eine gemeinsame Zukunft und, und, und.

8.

Über die Stadt Lahnstein ziehen nur noch wenige graue Wolkenfelder in Richtung Rheintal hinweg. Bald würden die ersten Sonnenstrahlen die sich zusehends auflösende Wolkendecke durchdringen.
Es erwacht ein Tag, der von den meisten Menschen gefeiert wird. Nicht jedoch von Fredy Geisen. Er hasst die jährlich wiederkehrenden Tage, die ihn an den Spruch *This day is the first day from the rest of your live,* an die menschliche Vergänglichkeit und die Endlichkeit des eigenen Seins erinnern. Seine Angst verschweigt er, denn dies würde das Bild, das andere von ihm haben, total zerstören. An Tagen wie diesem möchte er alleine sein, weder dumme Sprüche aus dem Kollegenkreis hören noch die Glückwünsche seiner Eltern entgegennehmen. Er will den freien Arbeitstag genießen und

die Gedanken daran verdrängen, dass er wieder ein Jahr älter geworden ist.
Achtunddreißig.
Bald vierzig.
Er fährt auf dem Radweg an der Lahn, ärgert sich über die Sperrung des Fahrradweges im Bereich der Löhnberger Mühle, weil er sein Rad durch das Gelände von *Maximilians Brauwiesen* schieben muss und erst nach einer kurzen Strecke auf der Didierstraße wieder auf dem Rheinradweg weiterfahren kann. Er überquert den Rhein auf dem schmalen Radweg auf der Horchheimer Eisenbahnbrücke und radelt durch die Rheinanlagen. In Höhe der Anlegestelle der Fähre *Schängel* fährt er links in die Koblenzer Altstadt bis zum *Jesuitenplatz,* setzt sich an einen der kleinen Rundtische der Eisdiele *Brustolon* und bestellt sich ein Spaghetti-Eis. Auf dem von Häusern eingerahmten schönsten Platz im Herzen der Koblenzer Altstadt ist es absolut windstill. Hier kann die Sonne ihre volle Kraft entfalten. Eine angenehme Wärme strahlt von den Häuserwänden ab. Fredy lässt die Arme hinter dem Rücken baumeln, blickt nach oben und genießt mit geschlossenen Augen die Sonnenstrahlen.
Vor seinem geistigen Auge entsteht ein Bild aus vergangenen Tagen: Der kleine Fred steht in der kurzen Lederhose auf dem winzigen Balkon im ersten Stock der Kinderarztpraxis Dr. Frickhofen am Jesuitenplatz. Onkel Hans, ein Schneidermeister, hatte ihm zum fünften Geburtstag eine „Original Krachlederne“ aus Hirschleder mit Latz und Hosenträgern geschenkt. »Die Hose muss vor Dreck stehen bleiben, wenn du sie abends ausziehst«, hatte er gesagt. Fredy schüttete sich Limo, Cola und Tri-Top über die Lederhose, wischte sich nach dem Verzehr des geliebten Brathendl im Wienerwald am Koblenzer Bahnhof seine fettigen Finger nicht mit der Serviette, sondern an der Hose ab und vom Spielen blieb ohnehin viel Dreck anhaften. Der kleine Fred (das »y« hatte er sich erst später an

seinen Namen angehängt, da er dem legendären Queen-Frontman Freddie Mercury ähnlich sieht, aber die Schreibweise mit d und y fand er cooler) drückte sich die Nasenspitze an der Fensterscheibe platt und beobachtete fasziniert die Menschen auf dem Jesuitenplatz. Und heute noch kann Fredy stundenlang an dieser Stelle verweilen und Menschen beobachten. Das stündlich erklingende Glockenspiel an der City-Kirche ruft ihn in die Gegenwart zurück und er öffnet die Augen.
Während er gedanklich in die Vergangenheit abgetaucht war, hatte am Nebentisch eine attraktive junge Frau Platz genommen. Ihre Blicke treffen sich. Sie lächelt ihn an, ohne auch nur ein einziges Mal ihren Blick zu senken. Nachdem sie den Löffel in die leere Eisschale gelegt hat, steht die junge Frau auf und schultert ihren Rucksack. Schade, dass sie schon geht, denkt Fredy. Doch dann kommt sie auf ihn zu, stützt sich mit den Fingerspitzen graziös an seinem Tisch ab.
«Excuse me. Do you speak English?«
»A little bit!«, antwortet Fredy leicht irritiert.
»May I join you?«
Fredy nickt und deutet mit einer einladenden Geste auf den zweiten Stuhl. Sie setzt sich hin, rückt den Stuhl näher an Fredy heran und zeigt ihm einen vergilbten Zettel mit einem Namen: *Waldemar Elbling.*
»He lives in Lahnstein«, haucht sie mit einem Lächeln. Sie zeigt ihm ein vergilbtes Foto: ein junger Mann und ein kleines Mädchen auf seinem Schoß an der Spitze der kleinen Halbinsel am Zusammenfluss von Rhein und Lahn. Fredy denkt kurz an den unbekannten Toten der genau an dieser Stelle gefunden wurde. Ein Mann ohne Namen. Liefert ihnen Kommissar Zufall eine neue Spur zu diesem Mann? Nein, das ist eigentlich unmöglich, das Bild ist mindestens zwanzig Jahre alt. Dennoch fragt er. »Wer ist das?«
»My father and me, he lives in or near Lahnstein.«

Sie breitet einen Stadtplan auf dem Tisch aus. Ihr Lächeln verschwindet für einen kurzen Moment.
»Ich habe als Baby mit meine Mam in Lahnstein gelived und than had Dad uns verlässt und Mam is with me and the little Maddy in the Bauch back to Canada.«
Die junge Frau erzählt weiter und wenn Fredy es mit seinem Speisekarten-Englisch richtig verstanden hat, ist sie auf der Suche nach ihrem Vater, der in Lahnstein oder Umgebung wohnt. Sie vermutet, dass sich ihre jüngere Schwester Maddy bei ihm aufhält.
Sie lächelt ihn an.
Fredy betrachtet fasziniert die vielen kleinen Sommersprossen in ihrem Gesicht.
Dann legt er seine Hand auf den Stadtplan.
»Dein Vater? Wo wohnt er?«
»He lives in Ähren … schtrait … bain!«
»Ehren-Breit-Stein«, korrigiert Fredy mit einem Lächeln und dehnt ebenfalls die drei Worte.
»Ah, Ährenpraitschain!«
»Ehrenbreitstein is aber not Lahnstein, is hier in Koblenz. Do you know the name of the street?«
»I don't know the street, he lives in the Millenvalley.«
»Mühlental«, korrigiert Fredy.
»Mühlental, yeah, that's what I mean.«
»Thats right. Ein Mühlental I know only in Koblenz. Do you know the number?«
»I don't know!«
Fredy markiert mit einem Kugelschreiber den Weg auf die andere Rheinseite in den Stadtteil Ehrenbreitstein und malt auf dem Stadtplan noch einen dicken Pfeil Richtung Lahnstein.
»That's the town you lived when you're a little baby! Not far away from here.«
Dann kreist er mit dem Kugelschreiber die Abzweigung am Friedhof in das Mühlental ein und erklärt ihr den Weg zur

Anlegestelle der Fähre SCHÄNGEL, mit der man auf die gegenüberliegende Rheinseite übersetzen kann. So muss die junge Frau mit ihrem schweren Rucksack nicht den Umweg über die Pfaffendorfer Brücke gehen. Fredy reißt einen Zettel aus seinem Notizbuch, notiert seine Handynummer und seinen Namen und legt das Stück Papier in ihre ausgestreckte Handfläche.

»My name is Fredy, please contact me if you have any further questions«, bietet er ihr an, sie könne ihn jederzeit anrufen und sich mit ihm treffen. Am liebsten hätte er „day and night" hinzugefügt. Aber das wäre zu eindeutig gewesen. Entgegen seiner in solchen Situationen üblichen Art, direkt „mit der Tür ins Haus zu fallen", finden diese Worte jedoch nicht den Weg über seine Lippen. Aber so wie sie ihm in die Augen blickt, hat die junge Frau seine Gedanken längst erraten und scheint einem Flirt und vielleicht auch einem One-Night-Stand nicht abgeneigt zu sein. Und er erinnert sich an den Kollegen Schmiddy, der während eines Einsatzes bei „Rhein in Flammen" eine junge Engländerin kennenlernte, den Nachtdienst früher beendete und als Hobby-Fotograf noch in der gleichen Nacht scharfe Aktbilder von der jungen Frau geschossen hatte. Er selbst hatte sich in der Nacht bei einem Widerstand den Mittelfinger gebrochen. Heute lebt Schmiddy mit einer Nepalesin in Katmandu. Fredy träumt oft von einem Leben in einem anderen Land. Er würde gerne wie *Sophie Bonnets* Romanfigur *Pierre Durand* als *Chef de police* in einem kleinen Dorf in der Provence seinen Dienst verrichten und Bagatelldelikte bearbeiten. In Gedanken versunken, spürt Fredy wieder Emilys Hand auf seinem Unterarm, zieht ruckartig seine Hand zurück und spürt einen kurzen Schmerz. Er kann nicht ahnen, dass diese frische Kratzspur ihm am nächsten Tag zum Verhängnis werden könnte.

„You have a dream?«, grinst sie ihn an, als könne sie Gedanken lesen, wirft einen kurzen Blick auf den Zettel mit

Fredys Notizen, faltet das Stück Papier und steckt es in die Hosentasche.
»Thanks a lot Fredy!«, flüstert sie.
»And what's your name?«, fragt er.
»Emily, Emily Scott«, haucht sie, greift nach ihrem Rucksack, steht auf, verabschiedet sich mit einem »See you soon«, geht in Richtung Rhein, dreht sich noch einmal kurz um, schenkt ihm ein bezauberndes Lächeln und winkt ihm „ein letztes Mal" mit einem Handkuss zu. Er hofft, dass er sie in den nächsten Tagen wiedersehen wird.
Fredy kann nicht ahnen, dass sein stiller Wunsch schneller in Erfüllung gehen wird als ihm lieb ist. Es wird nicht „das letzte Mal" sein, dass er der attraktiven jungen Frau begegnet. Aber ganz anders, als er es sich vorgestellt hat.

* * *

Kurze Zeit später schwingt Fredy sich auf sein Rad, fährt über den Görresplatz in Richtung Rhein, winkt Gabriele Pavone von der Pizzeria *La Gondola* einen Gruß zu, unterhält sich kurz mit Loredana von der Trattoria *Adria*, die soeben die Tische auf der Terrasse eindeckt, und grüßt Antonietta, die am Eingang steht und eine Zigarette raucht. Einige Meter weiter winkt er Christoph Schmah und Clemens Cajan vom Restaurant *C's* und radelt am Rheinufer entlang bis zur Talstation der Seilbahn. Dort löst er zusätzlich zu seiner Jahreskarte einen Fahrschein für die Benutzung des Fahrrades und genießt in einer der 18 rundum verglasten Panorama-Kabinen die herrliche Aussicht ins Rheintal. Von der Talstation hinter der Basilika St. Kastor in der Nähe des Reiterstandbilds „Deutsches Eck" bis zur Bergstation schweben die Kabinen auf das über einhundert Meter höher liegende Plateau der majestätischen Festung Ehrenbreitstein. Während der Fahrt hat man einen spektakulären Ausblick auf

das UNESCO Welterbe Oberes Mittelrheintal und auf die Stadt zwischen den zwei Flüssen bis hinüber zu den Vulkankegeln der Eifel und den Hunsrückhöhen.
Vom Festungsplateau startet Fredy zu seiner Lieblingsradstrecke, die er bei *Komoot* mit anderen geteilt hat. Er radelt bis zur Tankstelle in Arenberg, biegt rechts ab in den Wald zur Arenberger Hütte. Dort biegt er links ab, fährt bis zum *Golfplatz Denzerheide*, fährt auf der Panzerstraße weiter durch den Ort *Eitelborn* und über den Kellerweg wieder bergab zum *„Bierhaus“,* überquert die Straße, biegt kurz danach auf den ausgeschilderten Radweg bis Bad Ems und von dort an der Lahn entlang Richtung Lahnstein. Im *Beachclub Fachbach* bestellt er sich einen Cheeseburger, trinkt zwei Radler und genießt von der großen Terrasse den Blick auf die Lahn. Ein kleines Stück Urlaubsfeeling an seinem Geburtstag.
Als er weiter Richtung Lahnstein fährt, überlegt er kurz, ob er Tom Schneider im Krankenhaus besuchen soll. Tom hat zwar schreckliche Dinge erlebt, die man selbst seinem schlimmsten Feind nicht wünscht. Dennoch ist Tom kein Lieblingskollege, zumal auch die Beziehung zwischen Tom und Lena nicht nur dienstlich war.
Lena ist bisher die einzige Frau, mit der er sich ein gemeinsames Leben vorstellen könnte, aber er selbst hatte damals die Affäre beendet. Ihre Liaison mit Tom war jedoch auch nur von kurzer Dauer. Vielleicht ist Lena ebenso bindungsunfähig wie er. Aber er würde Lena gerne wiedersehen. Ist dieser Wunsch in diesem Moment so stark, weil ihn Emily an Lena erinnert? Von Burgmüller weiß er, dass Lena Lieck am Wochenende in ihrer Wohnung übernachten würde. Lena war nach dem Mord an Sabine Laube von Horchheim nach Lahnstein umgezogen. In seine Nähe. Bewusst oder unbewusst? Ob das was zu bedeuten hat? Vielleicht braucht sie nach den schrecklichen Ereignissen eine starke Schulter und sehnt sich nach einer festen Beziehung mit ihm?

9.

Tom Schneider wälzt sich *unruhig in seinem Bett im Lahnsteiner Krankenhaus hin und her. Obwohl er nur die Bilder des Tatortbefundberichts von dem Mord an der Polizistin kennt, taucht immer wieder dieser blutverschmierte Kopf von Polizeikommissarin Sabine Laube vor seinem inneren Auge auf. Ihr Kollege wurde damals bei dem Angriff lebensgefährlich verletzt und lag mehrere Wochen im Koma. Er kann sich nicht mehr an den Tathergang erinnern. Retrograde Amnesie.*
Tom jedoch kann sich an jede einzelne Sekunde seiner Gefangenschaft erinnern. Wird der Polizistenmörder erneut zuschlagen, wenn er weiß, wo Tom und Lena sich aufhalten? Denn das hatte er ja geschworen. Ein tödlicher Schwur nach diesem schrecklichen Ereignis vor vielen Jahren. Ein Kindheitstrauma, das ihn zu einem gnadenlosen Rächer gemacht hat. Ein Serienmörder, der weitere Opfer im Visier hat: noch zwei Polizisten. Lena und ihn? Tom befürchtet, dass der Mörder ihn findet, sich im Krankenhaus einen Arztkittel überzieht und ...
Er darf einfach nicht darüber nachdenken und hofft, dass die internationale Fahndung irgendwann Erfolg hat. Aber die Zielfahnder des BKA haben bis zum heutigen Tage nicht den Aufenthaltsort von Sabines Mörder ermittelt.
Er bleibt spurlos verschwunden.

10.

Der Lahnsteiner Oberbürgermeister Peter Labonte sitzt mit seinen Stammtisch-Freunden Karl Krämer, Günter Groß und Markus Krapf am hintersten Tisch im Garten vom WINZERHAUS. Der Außenbereich ist bis auf den letzten Stuhl von Einheimischen besetzt. Thema Nummer eins an allen

Tischen ist natürlich immer noch die unbekannte Leiche am *Hawekäbbche.*
»Mir hatten noch nie su en schöne Monat. Markus, wann konnt mer denn im Mai um die Uhrzeit bei dir drauße sitze? Und dann su watt. En Leich am Hawekäbbche«, sagt Krämer, in Lahnstein als Krämers Karl bekannt. Krämer arbeitet im Touristenbüro, wird als stadtbekannter Schauspieler ab dem 12. Juli bei den Freilichtaufführungen des Theaterstücks *Im Namen der Rose* nach dem Roman vom Umberto Eco als Abt auftreten.
Peter Labonte fragt sich, inwieweit die 50-Jahr-Feier der Stadt Lahnstein im nächsten Jahr von diesem Vorfall überschattet werden könnte. Dieses Jahr ist Mathias Jung bereits seit 40 Jahren in der Stadt ansässig und die Firma Zschimmer & Schwarz, das größte in Lahnstein ansässige Unternehmen, feiert sogar das 125-jährige Bestehen des weltweit tätigen Konzerns.
»Wisst ihr eigentlich, dass zur Firmengruppe Zschimmer & Schwarz rund um den Globus fast dreißig Unternehmen gehören? Unter anderem in Russland, China, USA, Mexico, Ägypten, Argentinien, Brasilien – und in diesen Ländern geschehen mit Sicherheit mehr Morde an einem Tag als in unserem beschaulichen Lahnstein. Für die wird es das geringste Problem sein, aber es könnte durchaus dem Image unserer Stadt schaden. Karl, du bist doch ein lebendes Mitteilungsblatt, kennst jeden und erfährst alles. Weiß man denn inzwischen, wer der tote Mann ist?«, fragt Labonte den meist gut informierten Krämer.
»Dies Mol weiß ich nix.«
»Frag doch mal deine Polizistenfreunde«, schlägt Markus Krapf, der Besitzer vom WINZERHAUS vor.
»Nä, selbst der Kadenbach unn der Struwe könne oder wolle mir nix sache. Unn uch der Bernd Klein net, der hatt mir sechsunneunzig de Lappe abgeholt, aber mir verstehn uns immer noch. Iss en gode Kerl. Aber ich honn jo uch en gode

kriminalistische Spürsinn. Die Leich könnt der Mann sin, der immer mit em Schlofsack in de Stadt rimläuft un vermutlich in dem Unnerstand gegenüber vom Bergmannsfriedhof nachts schlöft. Der hot aber immer su en Russemütz mit zwei Klappe üwer beide Uhre an. Oder en Kapuz. Wie der rischtisch aussieht, weiß ich och net. Ich könnt mir en jo mo angucke, ich mein dä Duude, awer mich frächt ja kaaner.«
»Übrigens, ich hab och schon mal en Leich an dem Anker am Hawekäbbche gefunne«, sagt Günter Groß und die drei blicken ihn erstaunt an.
Im gleichen Moment ruft Marina: »Einmal Schnitzel Krämers Karl!«
Krämer hebt ruckartig beide Hände hoch.
»Hey zo mir«, brüllt er vom hintersten Tisch in der Ecke in einer Lautstärke, sodass die einheimischen Gäste an den Nachbartischen zusammenzucken.
»Du bist noch nicht dran, Karl, der Herr hinter dir hat zuerst bestellt«, ruft die junge Kellnerin zurück.
Krämer streicht sich mit beiden Händen über seine kulinarische Zone. »Aber dau host doch maine Name geroofe? Ich honn su en Kohldampf, dat glaubst du gar net.«
Die Gäste an den Nachbartischen lachen. Man kennt sich, denn das Winzerhaus ist bei Lahnsteinern sehr beliebt.
»Ja, weißt du das denn nicht mehr. Wir haben eines unserer Schnitzel nach dir genannt und deinem Wunsch entsprochen, mal ein Schnitzel zu servieren, das mit gerösteten Zwiebeln und Käse überbacken ist. Den Genuss will Markus auch anderen Gästen gönnen und hat das Schnitzel auf der Speisekarte nach dir genannt«, sagt Marina und stellt den Teller am Nachbartisch ab.
Krämer wirft einen gierigen Blick auf den Nachbartisch mit „seinem“ Schnitzel und knusprigen Bratkartoffeln. Bevor ihm das Wasser im Mund zusammenläuft, dreht er sich wieder um.
»Stimmt dat Markus?«, fragt Karl.

Markus nickt nur und grinst.
»Maine Name off em Schnitzel?«
»Net off em Schnitzel, uff unserer Speisekart«, korrigiert Markus Krapf und reicht Karl die neue Speisekarte mit dem Hinweis »Wer lese kann, iss im Vorteil!«
Während Karl „sein Gericht“ auf der Speisekarte liest

Schnitzel „Krämers Karl“

Schweineschnitzel paniert,
mit geschmorten Zwiebeln und Gouda überbacken
sowie Kroketten/Bratkartoffeln und gem. Salat

11.80 €

kommt Günter Groß zum eigentlichen Thema zurück und überrascht die anderen mit seinem Geständnis.
»Wollt ihr net wisse, wie ich domols och en Leich an där Kett am Hawekäbbche gefunne hann?«
Die drei blicken ihn erstaunt an.
»Verzähl!« fordert Karl ihn auf.
»Ich bin freher mit dem Böötche immer von Stolzenfels uf der anner Rheinseit mit däm Charly in die Schull gefahre. Do wor ich dreizehn Johr alt und do honn ich wat blauweiß Geflecktes gesehe. Dat wor en Wasserleich. Dann ham mir die Wasserschutzpolizei informiert unn der Charly hat doch glatt fuffzig Mark Leichenfundgeld gekreet und davon hat er mir nix gegewe. Ich honn insgesamt schon drei Leiche gefunne, eine im Wald in Stolzenfels unn en vom Schiff gefallene Matrose, der angeschwemmt wurd.«
»Verdächtig. Ein Bankdirektor, der mehr als eine Leiche im Keller hat«, kommentiert Labonte.
»Getreu dem Slogan der Volksbank *Wir machen den Weg frei«,* erwidert Groß schlagfertig.
»Pitter, waißt dau als OB denn net mi von dem Duude am Hawekäbbche? Wor datt en Nieder- oder en Oberlohnschdehner?«

»Weiß ich doch net«, erwidert Labonte, »spielt das denn en Roll? Aber du kannst ja mol dä Bubbes frooche.«
»Chef, der iss doch net mehr im Dienst bei der Polizei. Frooch dau denn doch. Ihr word doch zusamme in der Schull.«
Danach widmen sich die Stammtischbrüder wieder profanen Themen zu und bei der Verabschiedung versprechen sie sich, umgehend zu berichten, sobald einer etwas Neues über den unbekannten Toten am Hafeköppche in Erfahrung bringen würde.

TEIL III

SAMSTAG, 26. MAI

11.

Samstag, 26. Mai
08:45 Uhr

Konrad Hallermann arbeitet als Seilbahnmaschinist bei der Firma *Skyglide Event Deutschland GmbH*, die in Koblenz eine der modernsten Seilbahnanlagen Europas betreibt. Die Luftseilbahn mit der weltweit höchsten Förderkapazität von bis zu 7.600 Personen pro Stunde in beide Richtungen wurde bereits 2011 von der Firma *Doppelmayr* für die Bundesgartenschau in Koblenz errichtet. Damit Touristen und Einheimische auch heute wieder ab 9:30 Uhr sicher über den Rhein schweben und den herrlichen Panoramablick genießen können, kontrollieren Konrad Hallermann und seine Kollegen jeden Morgen die Seilbahn auf einen störungsfreien Ablauf. Bei der Revisionsfahrt wird insbesondere darauf geachtet, ob die Seilreiter an allen Stellen die zwei Tragseile zusammenhalten und die Zugseile störungsfrei über die Rollen der beiden Stützen laufen.
»Stütze 1 in Ordnung«, meldet er durch sein Funkgerät an die Talstation und kurz danach rauscht seine Meldung »Seilreiter 1 bis 4 okay« durch den Funkkanal. Bei der Fahrt nach oben wird er noch kurz vor der Einfahrt in die Bergstation die Stütze 2 kontrollieren. Obwohl Hallermann bei den Inspektionsfahrten nach oben schauen muss, benutzt er bei dieser Revisionsfahrt die Kabine 17, die einzige mit einem Glasbodenelement. Durch den großen Glasboden blickt man aus einer beeindruckenden Vogelperspektive auf den Rhein, sieht die Schiffe dahingleiten, Radfahrer auf dem Leinpfad, vorbeirauschende Züge auf der Bahnlinie und die Fahrzeuge auf der parallel verlaufenden Bundesstraße. Wie der Blick von oben auf eine Modelleisenbahn. Dann schwebt die Bahn weiter in luftiger Höhe über den bewaldeten Hang bis hoch zur Bergstation.

Konrad Hallermann genießt immer die erste Fahrt vor Beginn des Besucheransturms, wenn rund um das Deutsche Eck und auf der Festung noch eine beschauliche Stille herrscht. Er kann sich an diesem Panorama einfach nicht „sattsehen“.
Kurz bevor die Kabine die Stütze vor der Bergstation erreicht, wirft Hallermann einen kurzen Blick nach unten und was er sieht, lässt sein Herz schneller schlagen.
Zwei übereinander geschlagene Beine.
Eine zerrissene Bluse.
Ein seltsam verdrehter Kopf.
Halb von einem Tuch bedeckt.
Nur eine kurze Momentaufnahme.
Das Bild verschwindet aus dem Fenster des Glasbodens und die Seilbahn schwebt weiter als sei nichts geschehen.
Hallermann drückt die Sprechtaste des Funkgeräts.
»Im Hang liegt eine leblose Person.«
Dann blickt er nach oben auf die Stütze 2 und steigt kurz danach mit schlotternden Knien an der Bergstation aus.
»Was ist los, Konrad?«, fragt Bernie Müller, der schon vor der Kabine 17 wartet, bevor sich die Tür öffnet.
»Ich konnte es nicht genau erkennen, aber ich glaube, es ist ein Mensch.«
»Aber es kann doch keiner aus den Kabinen fallen?«
»Natürlich nicht. Komm mit!«, fordert Hallermann ihn auf.
»Soll ich schon die Polizei rufen?«, fragt der Kollege aus dem Kontrollraum.
»Nein, warte, wir schauen zuerst nach. Vielleicht ist es ja nur eine Puppe.«
Hallermann und Müller laufen die Treppe hinunter auf den schmalen Verbindungsweg, der zum unteren Tor der Festung führt. Der Zaun wurde unterhalb der Stütze nach unten gedrückt.
»Pass auf! Der steht unter Strom«, flüstert Hallermann, als sie vorsichtig über das am Boden liegende Zaunstück steigen.

Nur wenige Meter unterhalb liegt ein lebloser Körper neben der oberen Stütze.
»Bernie, willst du nicht den Puls fühlen?«
»Schau mal genau hin. Das kann ich mir sparen!«, flüstert Bernie. Er hat das Tuch vom Kopf der Leiche gezogen und übergibt sich in einem Schwall. Jetzt erkennt auch Hallermann, dass Wiederbelebungsversuche zwecklos wären, und spürt, wie seine Magensäfte nach oben steigen. Er greift zum Funkgerät und meldet an die Bergstation: »Ruf die Polizei. Es ist keine Puppe.«

12.

Das Anrufsignal des Handys reißt Fredy Geisen jäh aus dem Tiefschlaf und beendet abrupt einen erotischen Traum. Die Bettszene hatte er so intensiv und dermaßen real erlebt, dass er sich zunächst vergewissern muss, ob seine »Traumfrau« wirklich neben ihm liegt. Er streckt den rechten Arm auf die andere Seite des Doppelbetts. Leer. Dann dreht er sich um und tastet mit der linken nach dem singenden Mobiltelefon. Er spürt den pelzigen Geschmack in seinem Mund. Auf dem Tisch stehen zwei leere Weingläser, auf deren Boden ein verkrusteter roter Kreis schimmert.
Hatte er die zwei Flaschen Rotwein alleine getrunken?
Alleine gefeiert?
Oder hatte er Besuch?
An seinem Geburtstag?
Damenbesuch?
Emily? – Wieso denkt er zuerst an Emily?
Das Telefon summt weiter.
Da ist aber einer hartnäckig.
Ein Blick auf die Digitalanzeige seines Weckers.
Viertel nach neun.

Zu früh nach einer durchzechten Nacht. Mit wem?
Er rollt sich an die Außenkante der Doppelmatratze und tastet unter dem Bett nach dem Handy. Endlich. Es klingelt weiter. Der Anrufer hat Nerven. Als er aufstehen will, spürt er den Schwindel, setzt sich langsam zurück auf die Bettkante und fixiert das Handy zwischen Schulter und Kinn.
»Wer stört so früh am Samstagmorgen?«, nuschelt er in das Mobiltelefon.
»Bist du's Fredy?«, fragt eine ihm bekannte Stimme.
»Blöde Frage. Wer denn sonst?«
»Sorry, dass ich dich geweckt habe.«
»Nicht schlimm, ich musste ohnehin aufstehen. Das Telefon hat geklingelt.«
»Immer einen lockeren Spruch auf den Lippen. Du Scherzkeks. Aber jetzt ist Schluss mit lustig. Dir wird dein Humor gleich vergehen. Wir haben eine Leiche«, klingt stark verzerrt die Stimme von Kommissar Achim Bersch von der Kriminalwache in seinen Ohren.
»Shit, schon wieder ein Drogentoter?«
Erst in der letzten Woche wurde ein toter Fixer auf einer Parkbank in unmittelbarer Nähe des Johannes-Gymnasiums in Lahnstein gefunden.
»Vermutlich nein!«, erwidert Bersch.
»Und warum rufst du mich an? Wie lange bist du bei der Truppe, um zu kapieren, dass wir nur für Drogentote zuständig sind? Ruf gefälligst das K11 an!«
»Das K11 ist schon vor Ort.«
Fredys Kopf brummt. Er blickt auf den Nachttisch und kann sich immer noch nicht erinnern, wer den Rotwein aus dem zweiten Glas getrunken hat. Er sollte seinen Alkoholkonsum reduzieren. Vom Genießen zur Sucht sind die Grenzen fließend.
»Du musst trotzdem auflaufen. Die haben an der Leiche etwas entdeckt, das dich interessieren wird.«

»Was ist an Toten schon interessant?«
»Komm einfach vorbei. Ich soll dir von Dr. Göttmann ausdrücklich ausrichten, das sei keine Bitte, sondern eine dienstliche Anordnung. Du kennst Göttmanns Einstellung von Befehl und Gehorsam und wie schnell er ein Diszi einleitet. Und auf dich ist er ja besonders scharf.«
Natürlich weiß Fredy, warum Göttmann ihn am liebsten auf den Mond schießen würde. Seit diesem Vorfall lässt der Kripochef keine Gelegenheit aus, um Beweise für ein gravierendes Fehlverhalten zu suchen. Er würde beim geringsten Anlass ein Dienstordnungsverfahren einleiten. Am liebsten wäre Göttmann vermutlich, es gäbe eine Möglichkeit, Fredy aus dem Polizeidienst zu entlassen. Und die Krönung seines Rachefeldzuges wäre Fredys Umzug hinter schwedische Gardinen in eine Justizvollzugsanstalt. Dies ist dem Kripochef bislang trotz aller Bemühungen nicht gelungen. Aber wer lange genug sucht, findet auch was. Und irgendwann wird Göttmann was finden, denkt Fredy. Man findet immer etwas, wenn man nur lange genug bohrt. Fredy weiß, wie schnell jemand in Verdacht geraten kann und in die Mühlen der Justiz gerät. Und wie schwierig es ist, dabei nicht zermalmt zu werden. Aber er ahnt in dem Moment nicht, dass er bereits in den größten Schwierigkeiten steckt.
»Fredy, kannst du mich noch hören. Schmeiß dich in deine Klamotten und schwing die Hufe! Göttmann wartet hier auf dich«, reißt die Stimme des Kollegen von der Kriminalwache ihn erneut aus seinen Gedanken.
»Ist Göttmann etwa auch am Tatort?«
»Noch nicht, aber er ist schon unterwegs.«
»Das muss nach dem Doppelmord an dem Ehepaar in Horchheim ein spektakulärer Fall sein, mit dem er sich in der Rhein-Zeitung und im Fernsehen wieder als der große Ermittler präsentieren kann. Und warum hat Göttmann mich nicht selbst angerufen, dieses arrogante Arschloch!?«

»Du weißt doch, dass sich seine Wut bereits steigert, wenn er in deiner Abwesenheit *über* dich redet. Und wenn er *mit* dir redet, hat er sich kaum noch in der Gewalt«, flüstert Bersch. Fredy hat das Gefühl, als sei Göttmann soeben auf der Kriminalwache eingetroffen und stünde direkt hinter dem Dienstgruppenleiter des Kriminaldauerdienstes.
»Aber ich muss gleich zu einer Einsatzbesprechung im Verfahren gegen die Lahnsteiner Dealer.«
»Moment noch«, sagt Bersch und als Fredy das kurze Gespräch im Hintergrund hört, wird ihm klar, dass er richtig vermutet hat.
»Nicht gleich, Fredy. Das Observationsteam trifft sich erst um 15:00 Uhr. Dr. Göttmann hat Steff gefragt, ob sie heute auf dich ganz verzichten können«, sagt Bersch, nachdem er sich offensichtlich bei Göttmann erkundigt hat.
»Wie bitte? Ich bin der einzige, der die VP im Griff hat. Es ist doch erst acht Uhr. Was soll ich denn so lange am Tatort. Soll ich mit der Leiche tanzen?«
»Du bist geschmacklos. Der Leiche fehlt etwas.«
»Die Beine? Kein letzter Tango?«
»Lass dich überraschen. Apropos tanzen. Herzlichen Glückwunsch zum Geburtstag. Gestern Abend mal wieder alleine gefeiert, du Geizkragen? Oder eine heiße Braut aufgerissen?«
»Weder noch. Und das hat nichts mit Geiz zu tun. Du weißt, wie ich diesen Tag hasse.«
»Okay, aber gratulieren darf man doch, oder? Aber komm jetzt vorbei, sonst kriegst du Ärger, und mit Göttmann ist heute noch weniger zu spaßen als sonst. Der war bereits auf hundertachtzig, als er eben kurz hinter mir stand. Er ist schon in die Tiefgarage zu seinem Dienstwagen.«
»Auf hundertachtzig wegen mir?«
»Das will er dir selbst sagen!«
»Das muss ja echt wichtig sein. Okay, jetzt bin ich neugierig. Gib mir fünfzehn Minuten!«

»Willst du nicht wissen, wo wir die Leiche gefunden haben? Oder weißt du es schon?«
»Was soll denn diese blöde Frage?«
»Nun, ich habe dir doch noch nicht gesagt, wo unser Chef dich sehnlichst erwartet.«
»Ach so, ja!«
Bersch nennt ihm den Anfahrtsweg zum Leichenfundort. Fredy erhebt sich erneut von der Bettkante. Ihm wird schwindlig. Er setzt sich noch einmal kurz hin und denkt an Emily. Fredy hätte gerne weiter von der jungen Frau geträumt. Oder war es mehr als nur ein Traum?
Hatte Emily ihn gestern noch einmal angerufen?
Und wieso denkt er wieder an Lena?

13.

Lena Lieck kocht sich in ihrer neuen Wohnung in der Hochstraße einen Kaffee. Sie war erst am frühen Morgen in Lahnstein angekommen.
Ihr Therapeut hatte die erste Wochenendheimfahrt genehmigt, sie aber ausdrücklich darauf hingewiesen, sie müsse *am Sonntag pünktlich zum Abendessen in die Klinik zurückkehren. Es würde zwar noch eine gewisse Zeit dauern, bis sie das Erlebte verkraftet habe, aber er hatte ihr versichert, die schrecklichen Bilder* würden *irgendwann verschwinden.*
Wann ist „irgendwann"?, hatte Lena gefragt und keine Antwort erhalten. Fast täglich tauchen diese Bilder auf. Der blutverschmierte Kopf ihrer Freundin Sabine Laube auf dem schwarzen Armaturenbrett des Streifenwagens. Sie hatte Sabine kurz zuvor beim Betriebsausflug der Polizei kennengelernt und beide fanden sich auf Anhieb sympathisch. Sabine hatte ihr anvertraut, warum sie sich für eine Stelle in dem Fachkommissariat „Gewaltdelikte gegen Frauen und Kinder"

bewerben wollte. Lena hatte das Geheimnis niemandem verraten, denn die beiden Frauen teilten eine Erfahrung, über die man nicht gerne redet. Lena fand so viel Vertrautes in dem Gesicht der jüngeren Kollegin. In einem fremden Gesicht. War Sabine ihr so ähnlich, wie eine jüngere Schwester, die sie nie hatte? Dachte sie an die Zeit, als sie selbst noch bei der Schutzpolizei Dienst verrichtete? Sabine war ihre vierte Leiche in vierzehn Tagen:
Das verhungerte Baby, tot im Kinderzimmer. Die aufgeblasene Wasserleiche am Rhein-Anleger. Der von Maden zerfressene Rest eines unbekannten männlichen Körpers im Stadtwald. Vier Leichen in vierzehn Tagen! Wenn in zwei Wochen vier Leichen deinen Weg pflastern, solltest du endlich über das Leben nachdenken, *hatte sich ihre innere Stimme gemeldet.*
Und dann wechselt die Szene in Lenas Kopfkino.
Von jetzt auf gleich.
Ein anderer Ort.
Das nächste Trauma.
Sie blickt in die Augen des sterbenden Mannes, der direkt vor ihr auf dem Boden seinen letzten Atem aushaucht. Der Verwesungsgeruch in der glühenden Hitze steigt in ihre Nase, als würde er immer noch neben ihr liegen. Sie sieht die Maden, die in den hohlen Augen des Toten herumkriechen und weitere Nahrung suchen. Erst vor einer Woche hatten die Ärzte ihr erklärt, was mit den beiden anderen geschehen ist. Sie sei nun stabil genug, die ganze Wahrheit zu verkraften. Auf dem Wege der Besserung. Physisch. Aber sie ahnt es: Die Risse in der Seele werden bleiben und die Wunden würden immer wieder aufbrechen. Und dann diese latent vorhandene Angst, Sabines Mörder könne ihr noch einmal begegnen. Sie hatte damals geträumt, er habe sie im Schlafzimmer überfallen. Und als sie später erfahren musste, dass Sabines Mörder noch einmal an den Tatort zurückgekehrt war, wird sie das Gefühl nicht los, dass er in jener Nacht vor ihrer Horchheimer Wohnung

stand. Kurze Zeit später war sie nach Lahnstein umgezogen und ihre neue Adresse wurde mit einem Sperrvermerk versehen. Dennoch ein schwacher Trost, denn Sabines Mörder hatte Lena an einem Ort getroffen, an dem sie sich in absoluter Sicherheit glaubte. Und sie denkt wieder an diesen Mann, der auf der anderen Straßenseite mitten in der Nacht vor ihrem Fenster stand. Und an den Traum, der so real war, dass sie Tom nachts angerufen hatte. Sie geht zum Fenster und schließt den Rollladen. Dann vergewissert Lena sich, ob sie die Querverriegelung an der Wohnungstür geschlossen hat, und stellt den Wäscheständer direkt hinter die Tür. Sollte der Mörder von Sabine trotz aller Sicherungsmaßnahmen gewaltsam eindringen, würde sie vorher wach werden. Die Dienstwaffe liegt unter ihrem Kopfkissen. Durchgeladen. Eine Patrone im Lauf. Vierzehn im Magazin. Sie müsste nur noch abdrücken. Und sie würde keine einzige Sekunde zögern, den Abzug zu betätigen, bis sie das Magazin leergeschossen hätte.

14.

Nachdem Fredy Geisen die ansonsten durch drei Poller versperrte Zufahrt zum Verbindungsweg, der zum unteren Rheintor der Festung führt, passiert hat, parkt er seinen kleinen Geländewagen auf der Rasenfläche zwischen dem Bus der Spurensicherung und den zwei Streifenwagen. Als er aus dem Auto steigt, begrüßt ihn vor dem rot-weißen Absperrband ein junger Kollege der Polizeiinspektion Lahnstein.
»Wo liegt die Leiche?«, fragt Fredy mit trockener Kehle.
»Rechts neben der Seilbahn führt eine Treppe zum Feldweg. Dann links, siehst du schon. Ein Stück den Hang runter, etwas unterhalb vom Pfeiler. Der ED ist schon da.«
»Danke!«, sagt Fredy und geht die Treppe hinunter. Er hebt das zweite Absperrband in Höhe des Zauns hoch und erkennt

zwei Kollegen, die in ihren weißen Schutzanzügen nach Spuren suchen, und Walter Günther vom Erkennungsdienst, der auf dem Waldboden unterhalb des Pfeilers der Seilbahn kniet.
»Was willst du denn hier?«
Walter Günther ist offensichtlich überrascht, als der Kollege vom Rauschgiftkommissariat hinter ihm steht.
»Göttmann hat mich hierhin beordert.«
»Das ist mir unverständlich», sagt Günther nur und erst jetzt wirft Fredy einen Blick auf die Leiche. Obwohl eine breite Blutspur ihr verzerrtes Gesicht bedeckt, erkennt er sie sofort. Günther hält den blutverschmierten Kopf der jungen Kanadierin fast liebevoll in seinen Händen und streicht behutsam die mit Blut verklebten Locken aus Emilys Gesicht, als wolle er der jungen Frau keine weiteren Verletzungen zufügen.
Aber irgendwas stimmt nicht.
Walter dreht Emilys Kopf zur Seite und bevor Fredy schreien kann »Willst du ihr auch noch das Genick brechen?«, hält Walter ihm Emilys Kopf entgegen.
Der Körper auf dem Waldboden bewegt sich nicht. Jetzt erst erkennt Fredy, dass Emilys Kopf abgetrennt wurde. Walter steckt den blutverschmierten Kopf in eine große Asservatentüte.
»Kennst du sie?«, fragt er.
Fredy spürt, wie sich mit einem Schlag die Magensäure in Sekundenschnelle ihren Weg nach oben bahnt, dreht sich von der Leiche weg, lehnt sich an den nächsten Baumstamm und übergibt sich in einem Schwall. Wie aus weiter Ferne dröhnt Walters Stimme in seinen Ohren. »Was ist los Fredy? Du hast doch noch nie bei den Drogentoten gekotzt! Okay, die waren nie kopflos.«
»Gestern abgestürzt«, murmelt Fredy mit brüchiger Stimme und wischt sich den Mund mit einem Tempotaschentuch ab. Dann wagt er einen Blick auf Emilys kopflosen Körper.
Ihre Bluse wurde im Schulterbereich aufgerissen.

Die vorderen Knöpfe sind geschlossen.
Die Jeans ist lediglich im Bereich der Knie eingerissen. Am Fuß sitzt ein roter Nike-Turnschuh.
Der rechte liegt einen Meter weiter.
So hatte er sich ein Wiedersehen nicht vorgestellt.
Als er plötzlich Göttmanns unverkennbare Stimme hört, dreht er sich um und sieht, wie ein junger Schutzpolizist den auf dem Verbindungsweg oberhalb der Absperrung hektisch gestikulierenden Kripochef am Betreten des Tatortes hindert. Offensichtlich weiß der junge Kollege nicht, wer vor ihm steht. Göttmann hat sich vermutlich nicht ausgewiesen, weil er der Meinung ist, jeder Polizist im Großraum Koblenz müsse ihn kennen. Erst als Walter Günther durch eindeutige Handbewegungen signalisiert, der Mann dürfe den abgesperrten Bereich betreten, hebt der Polizist das rot-weiße Band hoch. Göttmann schlüpft hindurch, verliert in dem steilen Hanggelände das Gleichgewicht, fällt auf den Boden und rutscht ein Stück nach unten. Fluchend steht er wieder auf, geht vorsichtig in kleinen Schritten weiter bergab, begrüßt Walter Günther und ergänzt: »Es ist ein Unding, dass die Kollegen aus Lahnstein den Kripochef nicht kennen.«
»Vielleicht solltest du dich öfter an einem Tatort blicken lassen und weniger im Zimmer einschließen«, kommentiert Walter Günther. Göttmann reagiert nicht auf Günthers Bemerkung und blickt sich suchend um.
»Ach, da sind Sie ja, Geisen.«
Es klingt nicht sehr freundlich.
Fredy reicht Göttmann die Hand.
Der Kripoleiter steckt demonstrativ beide Hände in die Hosentaschen. *Dann nicht, du arroganter Sack*, denkt Fredy und fragt sich: Weiß Göttmann mehr? Diese Frage taucht zwangsläufig auf, wenn Göttmann in seiner Nähe ist.
»Wie weit seid ihr?«, fragt Göttmann, ohne auch nur einen Beamten des Erkennungsdienstes anzuschauen. Niemand antwortet.

Die Spurensicherer ignorieren seine Frage und kleben Emilys Kleidung weiter mit Folie ab, um Mikrospuren zu sichern. Walter Günther beschriftet die Asservatentüte mit Emilys Kopf.
Fredy starrt auf die Kollegen des Erkennungsdienstes in ihren weißen Schutzanzügen und fragt sich, ob sie seine DNA-Spuren an der Leiche finden werden. Emily hatte zwar nur kurz ihre Hand auf seinen Unterarm gelegt. Da ihn diese Geste überraschte, hatte er seinen Arm instinktiv zurückgezogen. Emilys spitze Fingernägel haben eine dünne Kratzspur hinterlassen. Wenn sie meine Hautpartikel unter ihren Fingernägeln finden, sieht das nicht gut aus, denkt Fredy und blickt Göttmann an. Der ihn um mindestens zwanzig Zentimeter überragende weiße Riese, so genannt wegen seiner schneeweißen Haare, grinst ihn an, als könne er Fredys Gedanken lesen.
»Können Sie mir erklären, wieso wir einen Zettel mit *Ihrem* Namen und *Ihrer* Handynummer in der Hosentasche der Toten gefunden haben?«
Klar, sie haben den Zettel entdeckt. Und jetzt versteht er, warum Bersch ihn im Auftrag des Kripochefs ohne Angabe von Gründen zu diesem Tatort zitiert hat.
»Walter, kannst du schon was zur Tatzeit sagen?«, fragt Göttmann.
»Schätze Mitternacht plus minus zwei Stunden. Aber die genauere Tatzeit wird uns die Gerichtsmedizin mitteilen«, erwidert Walter.
Fredy steht immer noch regungslos neben der Leiche.
»Sie sind uns eine Erklärung schuldig«, hallt Göttmanns Stimme wie ein Echo in seinen Ohren.
Fredy blickt seinen Chef fragend an.
»Mit wem waren Sie gestern Abend zusammen?«
»Mit niemanden!«, lügt Fredy.
»Ungewöhnlich für einen Gigolo, der alles Weibliche zwischen siebzehn und siebzig besteigt, das sich nicht bis zehn auf den nächsten Baum retten kann. Sie haben also kein Alibi.«

Mehr eine Feststellung als eine Frage. Glaubt Göttmann ernsthaft, dass er die junge Frau enthauptet hat? Aber wenn er ihn als Tatverdächtigten einstuft, hätte er ihn niemals auffordern dürfen, diesen Tatort zu betreten. Ein fundamentaler kriminalistischer Fehler. Fredy ahnt, was Göttmann damit bezwecken will. Dem Kripochef ist jedes Mittel recht, um Fredy aus dem Dienst zu entfernen. Aber damit wird er nicht durchkommen.
»Was soll das? Ist das eine Vernehmung?«, zischt Fredy wütend.
»Nur ein kollegiales Gespräch! Also, wo waren Sie letzte Nacht?«
Göttmann lächelt süffisant. Der weiße Riese nutzt seine Chance als Revanche für die peinliche Lage, in die Fredy ihn gebracht hatte. Fredy hatte ihn zum Gespött der gesamten Polizei gemacht. Das würde Göttmann ihm niemals im Leben verzeihen.
»Wenn das hier eine Vernehmung werden soll, weil Sie mich den Kollegen als Täter auf dem Tablett servieren möchten, dann klären Sie mich über meine Rechte auf, wie das bei jedem Beschuldigten Vorschrift ist. Aber Sie glauben nicht ernsthaft, dass ich …«
»Ich glaube gar nichts, ich stelle fest!«, unterbricht Göttmann Fredy mitten im Satz und grinst. Fredy könnte ihm eine reinschlagen, aber er wird Göttmann diesen Gefallen nicht tun, obwohl der Kripochef seit diesem Vorfall bei jeder Begegnung einen körperlichen Angriff auf seine Person provoziert. Göttmann würde ihm vermutlich noch die zweite Backe hinhalten, um ihn dann aus dem Dienst entfernen zu können.
»Natürlich werde ich Sie belehren oder besser gesagt belehren lassen. Wir fahren jetzt zur Polizeiinspektion Lahnstein. Dort wartet ein Vernehmungsteam der Kripo Montabaur …«, Göttmann macht eine kurze Pause und ergänzt dann theatralisch, »… auf Sie.«
Fredy schaut ihn irritiert an.

»Was soll das denn?«
Göttmann grinst über das ganze Gesicht.
»Bitte folgen Sie mir unauffällig bergauf!«
Der Kripochef deutet mit einer Handbewegung nach oben an, Fredy möge ihm folgen.
»Herr Dr. Göttmann, ich bin schon groß und kann alleine mit meinem Auto fahren. Den Weg nach Lahnstein kenne ich auch. Sie werden sich erinnern, dass ich in der Nähe der Dienststelle wohne.«
»Ich kenne die Wohnorte meiner Mitarbeiter und auf den Ihrigen habe ich natürlich ein besonderes Augenmerk gerichtet, wie Sie verstehen werden.«
»Den Ihrigen, haha«, echot Fredy und denkt: Seitdem Göttmann promoviert hat, kann er nicht mehr normal reden. Göttmann redet unbeirrt weiter.
»Es ist richtig: Sie kennen den Weg. Sie *könnten* also mit dem eigenen Auto fahren. *Könnten*, aber Sie *dürfen* nicht. Ich verbiete Ihnen das. Sie haben Augen wie ein beschissener Taubenschlag und eine fürchterliche Fahne, die zum Himmel stinkt. Das riecht nach Blutprobe. Alkohol während der Dienstzeit.«
»*Sie* haben mich doch überraschend in den Dienst versetzt. Privat kann ich saufen, so viel ich will.«
»Das ist falsch. Schon mal was vom Beamtenrecht gehört? Außerdienstliches Wohlverhalten in der Öffentlichkeit. Sie unterliegen offensichtlich der irrigen Annahme, dass die hergebrachten Grundsätze des Berufsbeamtentums für einen Kriminaloberkommissar Geisen nicht gelten.«
»Hören Sie doch auf, so geschwollen zu reden. Sprechen Sie normal, wenn Sie das überhaupt noch können«.
Göttmann winkt ab. »Ach lassen wir das. Aber zurück zu Ihrer Fahne. Ihr Chef hat mir bestätigt, dass sich das Team um drei mit dem MEK im Präsidium treffen wird. So wie Sie riechen, wären Sie ohnehin alkoholisiert zum Dienst erschienen. Also!

Beenden wir die Diskussion und verlassen diesen Ort des grausamen Geschehens.«
Dr. Göttmann wendet sich noch einmal an den Leiter des Erkennungsdienstes. »Und du, Walter, wirst in dem Auto unseres Kollegen nach Spuren des Opfers suchen. Geisens Rostbeule wird sichergestellt.«
»Ich höre wohl nicht richtig. Habt ihr eigentlich einen an der Klatsche?«, brüllt Fredy.
»Einmal vorne hoch?«, fragt Walter ohne auf Fredys Wutausbruch zu reagieren.
»Nein, das Auto muss komplett aufgeladen werden, um keine Spuren zu verwischen. Ich möchte nicht die Fehler der Kollegen bei dem ausgebrannten Wohnmobil in den NSU-Ermittlungen machen. Wir sind doch Profis. Und dann nichts wie ab ins Präsidium«, befiehlt Göttmann.
»Dann bräuchten wir noch den Autoschlüssel«, sagt Göttmann und streckt Fredy seine geöffnete Hand hin.
Fredy greift in die Hosentasche, händigt Walter den Autoschlüssel aus und fragt nun mit brüchiger Stimme: »Ihr verdächtigt mich? Das ist nicht euer Ernst? Ihr traut mir zu, dass ich diesem jungen Mädchen den Kopf abgetrennt habe?«
Walter Günther blickt Fredy für den Bruchteil einer Sekunde an, zieht die Schultern hoch, deutet mit dem Finger auf Göttmann und beugt sich wieder hinunter zu der Leiche, besser gesagt dem Körper ohne Kopf.
»Sie wissen doch Geisen: Jedermann ist verdächtig, der nicht frei von Verdacht ist«, beantwortet Göttmann die Frage.
»Wenn du ihn ernsthaft verdächtigst, hättest du ihn nicht zum Tatort zitieren dürfen“, sagt Walter Günther und schüttelt den Kopf, denn Göttmann hat einen groben Fehler gemacht. Und das Schlimmste, er hat ihn bewusst gemacht.
»Ach Geisen. Ich hoffe von ganzem Herzen, dass Sie diesen Anfangsverdacht schnell ausräumen können.«
Göttmann atmet tief durch und lächelt.

»Phhh, von ganzem Herzen. Und das aus Ihrem Mund. Sie wünschen sich das Gegenteil, Göttmann! Sorry, Dr. Göttmann. Ich weiß, so viel Zeit muss sein. Sie lügen schlecht. Ihre Augen sprechen eine andere Sprache. Vielleicht sollten wir uns endlich mal aussprechen.«
»Ich habe keinen Gesprächsbedarf und unsere Kommunikation sollte sich auf das Wesentlichste beschränken. Nicht privat, nur dienstlich! Das haben Sie selbst verbockt.«
»Ja, ich weiß. Das werden Sie mir nie verzeihen und nun wollen Sie sich an mir rächen. Welches Motiv unterstellen Sie mir denn?«
Göttmann antwortet nicht und erneut zeigt sich dieses selbstgefällige Lächeln auf seinem Gesicht, dreht sich um und geht in kleinen Schritten wieder bergauf.
»Wir sind doch alle auf der Suche nach der Wahrheit. Folgen Sie mir bitte unauffällig!«, fordert er Fredy auf, ihm zu folgen. Als sie nach dem Aufstieg über die Treppe das Festungsplateau erreichen, sieht Fredy einen jungen Polizisten, der sich lässig an einen der beiden Funkstreifenwagen anlehnt und eine E-Zigarette raucht. Dabei entwickelt er so viel Dampf, dass man annehmen könnte, der Streifenwagen würde gleich in Flammen aufgehen. Als er Göttmann und Fredy sieht, vertreibt der Polizist die letzten Dampfwolken mit der Hand. Ohne erneute Aufforderung Göttmanns setzt Fredy sich auf die Rückbank hinter dem Beifahrersitz, wie es für festgenommene Personen Vorschrift ist. Göttmann nimmt hinter dem Fahrer Platz und klopft dem jungen Polizisten auf die Schulter, ohne ihn zu begrüßen.
»Kindersicherung aktiviert?«, fragt er nur.
»Logo, wohin darf ich die Herren fahren?«, entgegnet der junge Beamte.
»Auf dem schnellsten Weg zur Polizeiinspektion nach Lahnstein!«, sagt Göttmann.
»Unter Einsatz von Sonderrechten?«, fragt der junge Polizist schlagfertig.

»Nein, natürlich nicht, es besteht doch keine Gefahr für Leib oder Leben. Die Frau ist tot. Haben Sie die Voraussetzungen für die Nutzung von Sonderrechten nicht auf der Polizeischule gelernt?«
»Zu Befehl, Herr Direktor, aber ich dachte, Sie wollten auch mal wieder mit ‚Lalülala' durch die Stadt brausen«, antwortet der junge Polizist, grinst dabei über das ganze Gesicht, startet den Motor und fährt mit quietschenden Reifen los.

15.

Während der Fahrt zur Polizeiinspektion Lahnstein überlegt Fredy, ob er nun als Zeuge vernommen wird oder Göttmann ihn ernsthaft beschuldigt. Er fragt sich auch, welche Kollegen ihn wohl vernehmen werden.
Vermutlich hat Göttmann zwei Kollegen beauftragt, die Fredy nicht leiden können. Und das sind nicht wenige, denn er hatte auch einige kurze Beziehungen mit Partnerinnen seiner Kollegen. Das würde er sich nie verzeihen.
Aber er kann nicht anders. Seine spezielle Sucht: immer auf der Jagd nach sexuellen Abenteuern wie sein Alter Ego *Sebastian Bergman*, die Romanfigur in den Bestsellern von *Hjorth/ Rosenfeldt*.
Vielleicht hatte der Kripochef auch Freunde aus dem Kollegenkreis gefragt? Die wiederum könnte Fredy an einer Hand abzählen. Fredy kennt jedoch genügend Schleimer, die Göttmanns Nähe suchen, wenn es für ihre dienstliche Karriere nützlich ist.
Alle Kollegen, die sich davon einen Vorteil erhoffen.
Eine schnellere Beförderung.
Die Besetzung des gewünschten Dienstpostens.
Der Wechsel in ein anderes Kommissariat.
Eine Versetzung in die Nähe des Wohnortes.

Die wohlwollende Bewertung zugunsten des Beamten im Falle einer Dienstaufsichtsbeschwerde und somit die Einstellung eines Dienstordnungsverfahrens. Einige wollen wieder zurück zur Schutzpolizei. Dort sollen die Beförderungschancen zwischenzeitlich besser sein als bei der Kripo. Die Zeiten ändern sich.
Der Kripochef kann Förderer, aber auch Vernichter einer beruflichen Karriere sein. Bei dem Konkurrenzkampf um eine Beförderung für immer mehr Bewerber auf immer weniger Stellen ist er ein wichtiges Bindeglied zum Ministerium und dem örtlichen Personalrat. Würde Fredy seinem Chef diese Gedanken wütend ins Gesicht schleudern, wäre seine Ausgangslage in dieser Situation noch schlechter.
Göttmann scheint ebenfalls kein Interesse an einer Kommunikation im Beisein des jungen Kollegen zu haben. Die beiden wechseln auf der Rückbank des Streifenwagens kein einziges Wort miteinander. Als sie den Überflieger Glockenbergtunnel passieren, wirft Fredy einen Blick auf die Pfaffendorfer Brücke, über die er mit seinem Rad oft zur Dienststelle fährt. Am Einkaufsmarkt GLOBUS, in unmittelbarer Nähe der Lahnsteiner Dienststelle, erinnert er sich an den Überfall auf einen Geldtransporter direkt vor dem Supermarkt. Ein ehemaliger Bundeswehroffizier, der nach seiner Pensionierung bei dem Sicherheitsunternehmen arbeitete, wurde von den Tätern kaltblütig durch einen Kopfschuss getötet. Damals verrichteten bei der Polizeiinspektion Lahnstein noch Kriminalbeamte ihren Dienst. Seine Kollegen Manni Göron und Charly Westerhoff trafen von der nahegelegenen Dienststelle kurz nach dem Überfall am Tatort ein. Da sie noch Sichtkontakt zum Fluchtfahrzeug hatten, setzten sie das Blaulicht auf das Dach des Zivilfahrzeuges, schalteten das Martinshorn ein und wollten die Verfolgung aufnehmen. In dem Moment fuhr ein Auto rückwärts aus einer Parklücke und versperrte ihnen den Weg. Sie dachten zunächst an Mittäter, stürmten mit gezogenen

Waffen auf das Auto zu und erschreckten eine 80-jährige Frau, die offensichtlich nicht mehr fahrtüchtig war. In dem Moment des Jagdfiebers hatten beide die alte Dame verflucht. Im Nachhinein waren die Kollegen der Seniorin dankbar, denn die Täter hätten bei einem Festnahmeversuch vermutlich rücksichtslos von der Schusswaffe Gebrauch gemacht.

* * *

In Anbetracht der Tatsache, dass fast jedem im Präsidium der Grund für das angespannte Verhältnis zwischen Dr. Göttmann und Fredy Geisen bekannt ist, hatte der Kripochef bei der Polizeidirektion Montabaur ein Vernehmungsteam angefordert. Er darf nicht den geringsten Anschein von Befangenheit erwecken. Polizeidirektor Schmidt hatte Hauptkommissar Klaus Blath und die junge Kommissarin Cindy Brenk für die Vernehmung abgeordnet.

Zu viert sitzen sie nun in einem Vernehmungszimmer der Polizeiinspektion Lahnstein. Nach der offiziellen Belehrung durch Kriminalhauptkommissar Blath nimmt Göttmann die Hornbrille ab und knabbert mal wieder an dem braunen Gestell mit zahlreichen Spuren seiner schlechten Angewohnheit.
»Ich frage Sie zum letzten Mal. Wo waren Sie letzte Nacht, Herr Geisen?«, fragt er nach der formellen Belehrung durch Cindy Brenk.
»Nachdem die junge Frau gegangen war, habe ich eine Radtour gemacht und zwar alleine. Das können sogar mehrere Personen bestätigen.«
»Wer?«, fragt Blath.
»Die Gastronomen der Restaurants im Gebäude vom Riesenfürstenhof.
»Würden Sie uns auch deren Namen verraten?«

Fredy lehnt sich nach hinten und nennt sichtlich genervt alle Namen: »Gabriele Pavone von der *La Gondola,* Antonietta und Lollo von der *Adria*, Christoph und Clemens vom Restaurant *C's* an der Rheinfront. Alle können bestätigen, dass ich alleine unterwegs war.«
»Und danach?«
»Ich bin alleine mit meinem Rad in die Seilbahn gestiegen. Dort habe ich kurz mit Konrad Hallermann gesprochen. Der arbeitet dort und kann auch bestätigen, dass ich ohne Begleitung in die Kabine gestiegen bin«, erwidert Fredy, verschränkt die Arme vor der Brust und blickt aus dem Fenster.
»Und dann? Lassen Sie sich doch nicht alles aus der Nase ziehen«, mischt sich Göttmann wieder ein.
«Ich war alleine mit meinem Rad unterwegs und die genaue Strecke können Sie sich von mir aus in dem Arsch …«
»Es reicht Geisen!«, unterbricht Göttmann.
»Wieso? Unterbrechen Sie mich nicht. Ich wollte sagen, in dem Archiv von *Komoot* downloaden, denn ich habe die Strecke dort eingestellt.«
»Komoot? Was ist das?«.
Göttmann blickt Cindy an.
»Kein Problem. Das können wir direkt recherchieren. Ich bin auch dort angemeldet.«
»Angemeldet?«
»Komoot ist ein soziales Netzwerk, auf dem die User Rad- und Wandertouren eingeben und mit anderen teilen können. Eine gute Sache«, erklärt Cindy.
Göttmann blickt sie ungläubig an und dann wendet er sich wieder an Fredy.
»Und wo waren Sie gestern Abend?«
»Alleine in der Wohnung«, lügt Fredy.
»Ach nein, Fredy allein zu Haus. Einsam in der Wohnung? An seinem Geburtstag? Nachträglich herzlichen Glückwunsch. Oder ist die Party mit Emily irgendwie aus dem Ruder

gelaufen, weil Sie mal wieder zu viel getrunken haben. So wie damals?«
»Ich war damals nicht betrunken, sondern habe es im Vollbesitz meiner geistigen und körperlichen Kräfte getan, wenn Sie diesen Vorfall von damals meinen«, erwidert Fredy und im gleichen Moment fällt ihm ein, dass er gestern Abend einen weiteren Fehler gemacht hat. Aber er konnte doch nicht ahnen, dass er ausgerechnet für diese Nacht ein Alibi benötigen würde. Er hofft, dass niemand auf die Idee kommt, die GPS-Daten seines Handys zu kontrollieren. Wenn bekannt würde, dass er gestern Abend durch das Mühlental und noch einmal auf die Aussichtsplattform der Festung gefahren ist, könnte Göttmann wirklich dringenden Tatverdacht begründen, und das würde Einlieferung in eine Zelle im Polizeigewahrsam, an dem nächsten Tag die Vorführung beim Haftrichter und die Einlieferung in die JVA Koblenz bedeuten. Da würden sich einige der inhaftierten Verbrecher freuen, denn das wäre für ihn die Hölle auf Erden. Dann würde er hier nicht nur als der letzte Zeuge sitzen, denn in dieser Eigenschaft hatte Blath ihn belehrt. Aber das schien Göttmann nicht registriert zu haben und verhält sich so, als wäre es eine Beschuldigtenvernehmung.
»Also keine Zeugen!«, unterbricht Göttmanns Stimme Fredys Gedanken nach Sekunden des Schweigens. Erneut mehr eine Feststellung als eine Frage. Göttmann hat noch immer nicht kapiert. Hass macht blind.
»Wenn einer allein ist, ist auch niemand in seiner Nähe, der das bezeugen kann!«, erwidert Fredy mürrisch.
»Kommen wir endlich zur Sache. Können Sie uns denn erklären, wie der Zettel mit ihrem Namen und ihrer Handynummer in die Hosentasche der toten Frau kommt?«, unterbricht Blath mit einem genervten Gesichtsausdruck das Zwiegespräch und bittet Fredy um eine sachliche Antwort.
Fredy berichtet ausführlich, was die junge Frau ihm bei der zufälligen Begegnung in der Eisdiele am Jesuitenplatz erzählt

hat. Er atmet tief durch. »Ich habe Emily nur den Weg erklärt und auf dem Zettel meine Telefonnummer aufgeschrieben. Basta.«
»Ach, sieh mal an. Emily. Er kennt sogar den Namen der jungen Frau. Wissen Sie auch den Nachnamen?«
»Natürlich, sie hat sich mir als Emily Scott vorgestellt.«
»Danke für die Kooperation, Herr Geisen. Wir haben nämlich keine Ausweispapiere gefunden und konnten die Tote daher noch nicht identifizieren«, sagt Göttmann und bemerkt nicht den zornigen Blick von Kommissarin Cindy Brenk.
»Und wie heißt der Vater? Ein amerikanischer Name?«, schaltet sich Cindy Brenk wieder ein.
Sie lächelt Fredy freundlich an, als würde sie ihn als Stammkunden in einem Bekleidungsgeschäft beraten und frage ihn nach seiner Konfektionsgröße.
Gleichzeitig fordert sie Dr. Göttmann mit nach unten geführter Hand eindeutig auf, er möge die Vernehmung nicht ständig unterbrechen.
»Nein, ein deutscher Name. Hat mich an eine Weinsorte erinnert, aber ich habe den Namen vergessen.«
»Wie wir Herrn Geisen kennen, hat er sich was dabei gedacht, als er der jungen Frau seine Handynummer aufgeschrieben hat«, bemerkt Göttmann.
»Hat Emily Sie noch einmal angerufen, um sich mit Ihnen zu treffen?«, hakt Brenk nach, ohne auf Göttmanns Einwand zu reagieren.
»Nein. Warum sollte sie?«
Die junge Kommissarin grinst ihn frech an.
»Bei so einem attraktiven Mann?«
»Die Vernehmungsstrategie „netter Bulle, böser Bulle“ funktioniert bei mir nicht, liebe Frau Kollegin!«
»Ich erlaube mir dennoch weiterhin nett zu Ihnen zu sein«, erwidert Cindy Brenk und lächelt ihn an.
»Kollege Geisen. Sie sind nach dem jetzigen Stand der Ermittlungen derjenige, der die Tote zuletzt gesehen hat. Lebend!«,

schaltet sich Blath wieder ein. »Also ein wichtiger Zeuge für die weiteren Ermittlungen. Denken Sie nach. Vielleicht fällt Ihnen der Name oder die Adresse ein. Das wäre ein guter Ermittlungsansatz. Das muss ich Ihnen ja nicht sagen.«
Als ob er sich darüber auf der Fahrt nach Lahnstein nicht schon selbst den Kopf zermartert hätte. Wieder und wieder führt er sich den Moment vor Augen, als Emily ihm den vergilbten Zettel vorgelegt hatte. Der Name will ihm nicht einfallen. Riesling? Dornfelder? Müller-Thurgau? Rivaner? Burgunder?
Nein, keiner dieser Namen.
Stattdessen erinnert er sich genauer an den gestrigen Abend und erkennt, dass dies seine momentane Situation nicht verbessern wird. Im Gegenteil. Er hat momentan nicht nur ein Problem. Aber das ahnt niemand in diesem Raum. Noch nicht.
»Der Name hat mich an eine Weinsorte erinnert«, wiederholt Fredy und fügt fast entschuldigend hinzu: »Ich verstehe doch kaum die englische Sprache!«
»Bei der amerikanischen Undercoveragentin Gloria vom OSI, die Sie beim Rock-Festival auf der Loreley in unserem Gefangenentransportwagen gevögelt haben, hatten Sie doch auch keine Sprachprobleme«, schreit Göttmann.
»Ich habe Emily nach der zufälligen Begegnung nicht mehr gesehen«, antwortet Fredy, ohne auf Göttmanns Provokation einzugehen.
Göttmann erhebt sich vom Stuhl und baut sich vor Fredy auf.
»Kapieren Sie es endlich, Geisen. Sie waren zur vermuteten Tatzeit alleine. Sie haben kein Alibi. Ist Ihnen das klar?«
Cindy Brenk hält es nun nicht mehr auf ihrem Stuhl. Sie steht auf. Die schmalen, grünen Katzenaugen der jungen Kommissarin funkeln zornig.
»Es reicht jetzt wirklich, Herr Dr. Göttmann. Wir vernehmen den Kollegen als Zeugen und nicht als Tatverdächtigen. Setzen Sie sich wieder hin!«, fordert sie den Kripochef mit lauter Stimme auf.

»Aber Sie haben ihn doch belehrt?«
«Ja, als Zeuge. Nicht als Tatverdächtigen. Dann hätten Sie besser zuhören müssen.«
»Ich habe doch seinen Privatwagen sicherstellen lassen!»
»Das hatten Sie bereits gesagt, allerdings nannten Sie als Grund eine angebliche Trunkenheitsfahrt. Auf mich macht Herr Geisen einen absolut nüchternen Eindruck. Sie müssen sich schon entscheiden. Denn wenn er unter dem Einfluss von Drogen steht, würde ich ihn nicht vernehmen. Und sie glauben doch nicht ernsthaft, dass er bei einer Vernehmung als Tatverdächtiger so gesprächig wäre. Er würde außer der Angabe seiner Personalien zur Sache nichts aussagen.«
»Aber er ist doch tatverdächtig.«
»War das eine Feststellung oder eine Frage? Nein, für uns ist er bis auf Weiteres ein Zeuge. Zwar der letzte, aber mit großem zeitlichen Abstand zum vermuteten Tötungszeitpunkt.«
Göttmann atmet tief ein, setzt sich wieder auf den Stuhl und signalisiert mit beiden Händen, dass er sich nun zurückhalten werde. Cindy Brenk nimmt ebenfalls wieder ihre Sitzposition vor dem PC ein.
Fredy legt den Kopf zwischen beide Hände.
»Wurde sie vergewaltigt?«
»Dem ersten Anschein nach nicht«, antwortet Cindy Brenk und offensichtlich hatte er den vorangegangenen Disput zwischen Brenk und Göttmann nicht wahrgenommen, denn er fragt:
»Traut ihr mir so etwas wirklich zu? Dass ich einer Frau, die ich zufällig kennengelernt habe, den Kopf abhacke?«
Fredy blickt verzweifelt in die Runde.
»Ich persönlich glaube nicht, dass Sie zu so einer grausamen Tat fähig sind, aber Sie sind ein wichtiger Zeuge, Kollege«, erwidert Cindy Brenk und ergänzt, »momentan der letzte Zeuge und Sie wissen doch, was dies bedeutet. Nehmen Sie es also nicht persönlich.«

»*Ich* nehme es nicht persönlich«, antwortet er leise.
Nur das Ticken der Wanduhr über der Tür durchbricht für Sekunden die Stille in dem Vernehmungszimmer, bis Blath wieder das Wort ergreift.
»Kollege Geisen! Denken Sie nach. Wenn Emily ihren Vater in Ehrenbreitstein sucht. Wer könnte es sein?«
Fredy zieht die Schultern hoch und erinnert sich an die Zeit, als er seine Informanten aus der Drogenszene in der *Korns Mühle* traf.
Göttmanns Stimme reißt Fredy erneut aus seinen Gedanken.
»Sie kennen sich doch bestens im Tal der Gifte aus. Dieter hat mir erzählt, dass Ihr Hasch-Papis oft sturzbetrunken von dort nach Hause gefahren seid. Am Geländer vom Mühlbach könnten wir heute noch Spuren Ihrer Unfallflucht nach einer Trunkenheitsfahrt sichern, wenn Sie Ihr Auto nicht verschrottet hätten. Der Kollege kennt sich nämlich gut aus im Tal der Gifte, wie das Mühlental auch genannt wird.«
Cindy Brenk steht auf und blickt Göttmann, ohne mit einer einzigen Wimper zu zucken, in die Augen.
»Herr Dr. Göttmann, zum letzten Mal. Herr Blath und ich führen die Vernehmung und ich möchte Sie nun bitten, diesen Raum zu verlassen. Es bringt uns nicht weiter, wenn Sie ständig Ihre privaten Differenzen mit einbringen und uns den Kollegen als Bestie auf dem Tablett ihrer Rache servieren wollen. Sie glauben doch selbst nicht, dass unser Kollege zu dieser Mordmethode fähig ist. Also versuchen Sie nicht, den Kollegen als Täter zu präsentieren, nur weil er zufällig Kontakt mit der jungen Frau hatte. Sie sind eindeutig befangen. Also bitte«, fordert die junge Kommissarin den Leiter der Koblenzer Kripo mit einer eindeutigen Handbewegung auf, den Raum zu verlassen.
Göttmann scheint diese Aufforderung nicht sonderlich zu beeindrucken.
»Von welchen privaten Problemen sprechen Sie denn, werte Kollegin?«

Cindy Brenk beugt sich nach vorne über den Tisch, sodass sich die Nasenspitzen der beiden fast berühren.
»Ich glaube nicht, dass *Sie* möchten, dass *ich* den Grund Ihrer Probleme mit dem Kollegen Geisen in dieser Vernehmung schriftlich fixiere. Sie haben vergessen, dass wir alles aufzeichnen, worum Sie selbst explizit gebeten haben. Das Band muss eigentlich die ganze Zeit mitlaufen. Haben Sie gesagt. Ich habe es jetzt kurz gestoppt. Das ist nichts fürs Protokoll. Noch nicht. Es liegt an Ihnen. Es kann doch nicht in Ihrem Interesse sein, wenn auch die Staatsanwaltschaft erfährt, warum Sie so schlecht auf den Kollegen Geisen zu sprechen sind. Ich kann durchaus nachvollziehen, dass Geisen nicht Ihr beliebtester Mitarbeiter ist. Aber wenn Sie mir hier weiterhin in die Parade fahren, werde ich nicht zögern, genau diesen Grund mit allen Details in das Vernehmungsprotokoll einzubauen. Und selbst der Ihnen wohlgesonnene Staatsanwalt Bachsulzer wird unsere Bewertung teilen, dass Sie eindeutig befangen sind und bei dieser Vernehmung nicht anwesend sein dürften. Das wird peinlich werden. Nicht für Geisen, sondern nur für Sie!«
Göttmann starrt die junge Kommissarin mit offenem Mund an und ist offensichtlich sprachlos.
Diese Atempause nutzt Cindy Brenk.
»Möchten Sie das wirklich?«
Göttmann schüttelt verneinend den Kopf. Es hat ihm echt die Sprache verschlagen. Die junge Kommissarin zeigt mit der rechten Hand Richtung Tür.
»Verlassen Sie jetzt bitte den Raum, Herr Dr. Göttmann! Und zwar sofort!«
Der weiße Riese nähert sich im Gesicht der Farbe seiner noch vollen Haarpracht an. Er lacht auf, als belustige ihn dies alles. Aber das Lachen wirkt nicht echt. Dann springt er auf, wirft den Stuhl um, geht mit schnellen Schritten zur Tür und schlägt diese mit aller Wucht zu.

»Stuhl aufheben!«, ruft Cindy Brenk ihm nach und kann sich ein Grinsen nicht verkneifen. Blath blickt seine Kollegin erstaunt an: »Respekt, da haben männliche Kollegen weniger Eier in der Hose.«

Cindy kommentiert die Bemerkung nicht, setzt sich auf ihren Stuhl, als sei nichts geschehen, schaltet das Aufnahmegerät wieder ein und diktiert: »Die Vernehmung wurde kurz unterbrochen, da Dr. Göttmann den Raum wegen eines dienstlichen Einsatzes verlassen musste.« Dann wendet sie sich wieder Geisen zu und setzt die Vernehmung fort. »Kollege Geisen, versuchen Sie sich bitte an den Namen des Vaters zu erinnern.«

»Ich versuche es die ganze Zeit, aber der Name fällt mir partout nicht ein. Sie hat mir ein Foto gezeigt. Das Foto war beschriftet. Aber kein Name. Sie sitzt auf dem Schoß ihres Vaters an der Spitze vom Lahnsteiner Hafeköppche.«

»Hafeköppche?«, fragen Blath und Cindy erstaunt wie aus einem Mund.

»Das ist die Landzunge, wo die Lahn in den Rhein mündet«, erklärt Fredy.

»Das wissen wir. Dort wurde der unbekannte Tote gefunden?«, sagt Blath.

«Ja, aber Emily war noch nicht einmal zwei Jahre alt, als das Bild fotografiert wurde. Über zwanzig Jahre her. Das hat mit dem aktuellen Mord nichts zu tun. An derartige Zufälle glaube ich nicht.«

Cindy beugt sich nach vorne und flüstert fast verschwörerisch: »Es gibt diese Zufälle. Hat uns Kommissar Zufall nicht schon öfter geholfen, ein Verbrechen aufzuklären? Und wieso werde ich das Gefühl nicht los, dass Sie uns etwas verschweigen? Wollen Sie uns nicht noch etwas sagen, das Sie entlasten könnte? Gibt es da etwas, das wir wissen sollten? Schützen Sie eine Person, vielleicht eine weibliche, die Ihnen ein Alibi geben könnte, aber deren Namen Sie nicht preisgeben können?«, hakt Cindy Brenk nach.

Weibliche Intuition, denkt Fredy.
Nicht schlecht.
Die Kollegin ahnt etwas. Egal.
Aber er wird nicht sagen, wie und wo er diesen Abend verbracht hat. Nach einer Minute des Schweigens schüttelt Fredy verneinend mit dem Kopf.
»Okay, dann beenden wir die Vernehmung. Wenn Ihnen der Name des Vaters von Emily einfällt, melden Sie sich bitte! In Ihrem eigenen Interesse. Und halten Sie sich bitte weiterhin zu unserer Verfügung, falls wir noch Fragen haben.«
Fredy nickt und blickt Cindy Brenk tief in die Augen.
»Das hört sich an wie in einem Kriminalfilm!«
»Aber das hier ist die Realität!«
»Selbstverständlich, Frau Brenk!«, erwidert Fredy und jetzt fällt ihm ein, woher er die Kollegin kennt, weiß, warum sie bei der Frage nach dem Alibi nachgehakt hat und ahnt, dass dies nicht von Vorteil für ihn sein wird.
»Warum grinsen Sie, Herr Kollege? Die Angelegenheit ist für Sie noch nicht aus der Welt!«, reagiert Cindy Brenk auf Fredys Lächeln.
»Ach nichts, ich habe mich nur an etwas erinnert.«
»Etwas, das für die Klärung des Falles interessant ist beziehungsweise Sie entlasten könnte?«
Fredy schüttelt verneinend den Kopf, reicht beiden die Hand murmelt ein »Danke schön« und unterschreibt das Protokoll, ohne es noch einmal zu lesen.

* * *

Cindy weiß, an welche Situation sich Fredy Geisen zum Schluss der Vernehmung erinnert.
Hat lange gedauert, du Arschloch, denkt sie.

16.

Göttmann knabbert immer noch an seinem Brillengestell. Er ärgert sich über das forsche Auftreten der jungen Kommissarin und ist in das Nachbarzimmer gegangen, nachdem sie ihm verboten hatte, weiterhin an der Vernehmung teilzunehmen. So etwas war ihm noch nie passiert. Aber er wollte es nicht riskieren, dass die junge Kollegin den Grund seines Verhaltens bei der Protokollierung der Vernehmung niederschreibt. Vom Nachbarzimmer kann man durch die nur einseitig durchsichtige Glaswand in den Vernehmungsraum sehen und über die Lautsprecher das Gespräch mitverfolgen. Göttmann beobachtet aufmerksam Geisens Körpersprache, die er als Dozent an der Hochschule Polizei im Hunsrück auf der ehemaligen *Airbase Hahn* im Fach »Vernehmungspsychologie« vor seiner Versetzung ins Ministerium gelehrt hat. Er achtet auf Veränderungen im Tonfall der Stimme und spürt Geisens Angst als eindeutiges Zeichen dafür, dass sein unbeliebtester Mitarbeiter etwas zu verbergen hat. Wenn er nur wüsste, was? Er konnte deutlich wahrnehmen, dass Geisen bei gewissen Fragen nervöser wurde, denn seine Augen flackerten und die Stimme vibrierte. Kurz bevor diese freche Kommissarin ihn aus dem Zimmer verwiesen hat, hatte Göttmann ein unkontrolliertes Zittern festgestellt. Und dann knetete Geisen krampfhaft seine Hände, um die Nervosität zu überdecken.
Er glaubt nicht ernsthaft daran, dass Geisen diese junge Frau getötet hat. Aber es ist eine Chance, sich zu rächen für das, was Geisen ihm angetan hat.
Göttmann erschrickt, als sich plötzlich eine Hand auf seine Schulter legt. Friedhelm Jessen, der Leiter der Lahnsteiner Polizeiinspektion, hatte – von Göttmann offensichtlich unbemerkt – den Raum betreten. Die beiden kennen sich schon lange. Sie waren Lehrgangskollegen beim Kommissarslehrgang auf der Landespolizeischule. Als Jessen die beiden

Beamten im Vernehmungsraum erkennt, sagt er: »Andere Dienststelle ist okay, aber Klaus und Cindy sind befangen. Wieso hast du gerade die beiden mit der Vernehmung beauftragt?«
Göttmann hat die Frage offensichtlich nicht verstanden oder will sie nicht verstehen. Er dreht sich um und blickt Jessen geistesabwesend mit wässrigen Augen an. »Was meinst du?«
»Das muss ich dir bei Blath doch nicht sagen. Oder spielt ihr nicht mehr zusammen Tennis in der Medenrunde?«
»Und Frau Brenk?«, fragt Göttmann, als habe er Jessens Frage nicht verstanden.
»Brenk hatte auch was mit Fredy. Das weiß jeder, denn dieses Arschloch erzählt doch schon am nächsten Tag von seinen Weibergeschichten.«
»Das war mir nicht bekannt. Vor dem Drecksack ist doch wirklich kein Rock mehr sicher.«
»Als die Frauen noch mehr Röcke trugen als heute, bist *du* unter jeden gekrochen. Du hast Kontaktanzeigen für Blind Dates aufgegeben. Tu doch jetzt nicht so scheinheilig, als hättest du nicht gewusst, dass Cindy auch eine Liaison mit Fredy hatte.«
»Dann weiß sie ja, wie sie ihn zu nehmen hat, aber offensichtlich kann er sich nicht mehr an die attraktive Kollegin erinnern.«
»Wieso kommst du zu dieser irrigen Annahme?«, fragt Jessen.
»Die beiden siezen sich«, versucht Göttmann von seiner falschen Entscheidung abzulenken.
»Mein Gott, in welcher Welt lebst du denn? Sollen die beiden sich in dieser Vernehmungssituation umarmen. Vielleicht haben sich Cindy und Fredy beim Vögeln auch gesiezt. Sie war damals nur paar Tage im Rauschgiftkommissariat. Da Fredy die Namen seiner One-Night-Stands selten verheimlicht, wissen wir doch alle, wer schon auf seiner Matratze lag.«

»Hör auf damit«, flüstert Göttmann und ballt wütend beide Fäuste in den Hosentaschen. »Du meinst also, deshalb dürften nur Männer den Kollegen Geisen vernehmen, weil er das komplette weibliche Personal durchgevögelt hat? Vielleicht hat er auch schon Männer gebumst, ein bisschen bi schadet nie.«
»Seine geschlechtliche Orientierung ist mir scheißegal. Aber deine Auswahl des Vernehmungsteams ist gegen die Vorschriften. Wir müssen bei Ermittlungen nicht nur Belastendes, sondern auch Entlastendes prüfen, also nicht nur Tatsachen, die den Verdacht erhärten, sondern auch solche, die ihn abschwächen könnten. Alle Spuren sorgsam abarbeiten, damit uns ein Rechtsanwalt vor Gericht nicht die Akten um die Ohren schlägt, weil wir nur eine einzige Spur nicht sorgfältig durchermittelt haben. Du bist befangen und versuchst, dem Kollegen eine reinzuwürgen. Schon den alten Grundsatz vergessen: in dubio pro reo?«
»Ja, ich weiß: im Zweifel für den Angeklagten. Aber was würdest du denn sagen, wenn wir DNA-Spuren von Fredy am Tatort finden?«
»Das schlägt jetzt dem Fass den Boden aus. Du hast ihn doch selbst dorthin bestellt. Und dein kriminalistischer Spürsinn lässt übrigens zu wünschen übrig, denn vermutlich wurde die Frau nicht im Hang unterhalb der Festung getötet. Der ED hat Fahrzeugspuren auf dem Weg zum unteren Eingangstor und Schleifspuren bis zum Leichenfundort entdeckt. Das ist zumindest die Einschätzung meiner Kollegen, die als erste am Tatort waren«, provoziert Jessen bewusst sein Gegenüber.
»Interessant, jetzt löst die Schutzpolizei schon unsere Fälle. Nett, dass sich deine Streifenhörnchen darüber Gedanken machen. Aber noch ist die Kripo für Kapitaldelikte zuständig.«
Bingo, voll ins Schwarze getroffen. Hält sich immer noch für was Besseres, denkt Jessen und sagt: »Du hast dich nicht verändert. Die Männer von S saufen und die Herren von K genießen. Immer noch das alte Feindbild. Als Seiteneinsteiger warst

du nicht bei der BePo, hast also nie echte Kameradschaft kennengelernt. Aber lassen wir das.«

»Genau, lassen wir das. Aber wir sollten Geisens Wohnung durchsuchen! Ist doch nicht weit von hier.«

»Diese Entscheidung solltest du dem Leiter der Mordkommission überlassen. Und wenn du dir nur aufgrund dieses Scheißzettels so sicher bist, dass er die Frau umgebracht hat, warum hast du Fredy nicht am Betreten des Tatorts gehindert? So kann man einen Tatort auch manipulieren. Natürlich finden wir jetzt seine DNA-Spuren am Tatort und an der Leiche. Fredy hat sie ja sogar angefasst, wenn ich mich recht erinnere.«

»Woher weißt du von dem Zettel?«

»Ich war auch am Fundort, aber du hast mich nicht wahrgenommen und dich nur auf Geisen konzentriert.«

Jessen steigert sich in Rage. Göttmann bewahrt die Fassung, legt den Zeigefinger auf seine Lippen, aber seine Stimme zittert, als er flüstert: »Friedhelm, bitte nicht so laut!«

»Ich schreie auf *meiner* Dienststelle so lange und so laut, wie es mir in den Kram passt, und in diesem Moment passt es mir in den Kram. Und du glaubst selbst nicht ernsthaft daran, dass Geisen diese Frau getötet hat. Es sind deine Rachegelüste, die dir den Blick auf die Realität versperren. Dein innigster Wunsch, Geisen fertig zu machen, ist der Vater deiner absurden Gedanken.«

Jessen tritt einen Schritt näher, sodass sich ihre Nasenspitzen fast berühren und flüstert: »Göttmann …«

Dieser hebt den Finger wie ein Oberlehrer, aber Jessen beeindruckt diese Geste nicht. »Göttmann, du bist ein selbstverliebter, arroganter Sack, ein Korinthenkacker, der sich hinter Vorschriften versteckt und jeden Kollegen dienstordnungsrechtlich verfolgt, der dagegen verstößt. Und du ignorierst aus Gründen, die jeder kennt, Grundsätze bei Ermittlungen gegen Kollegen. Das sagt Ihnen ein Erster Polizeihauptkommissar, Herr Kriminaldirektor Dr. Göttmann. Und jetzt leck mich!«

Göttmanns Gesicht färbt sich mit immer mehr roten Flecken, aber äußerlich bewahrt er weiterhin die Fassung. »Mein Freund, so was hätte ich von dir nicht erwartet«, reagiert er mit einem breiten Grinsen.
»Ich bin nicht dein Freund. Wir waren gemeinsam auf einem Lehrgang. Punkt. Und wir hatten keinen sehr intensiven Kontakt. Wenn wir gefeiert haben, hast du im stillen Kämmerchen an deiner Karriere gebastelt. Was ja auch funktioniert hat, aber ich frage dich: Für welchen Preis? Du hast doch in der Polizei keine Freunde, höchstens einige Speichellecker, die dir nach dem Mund reden und dir spätestens dann in den Rücken fallen, wenn sich eine passende Gelegenheit ergeben sollte.«
»Es gibt viele Kollegen, die hinter mir stehen!«
Jessen lacht laut auf: »Ja, aber mit dem Messer in der Hand! Du kennst die Geschichte mit dem Dolch in dem Rücken? Du solltest vor deinem Chef-Büro einen Zebrastreifen anlegen, damit die Arschkriecher nicht von den Radfahrern überrollt werden. Vermutlich hast du außer deinen beiden Kollegen, die mit dir Skat spielen, privat keine Freunde. Eigentlich solltest du mir leidtun, aber mein Mitleid hält sich in Grenzen! Weißt du eigentlich, was man hinter deinem Rücken erzählt?«
»Nein!«
»Man habe dir als Kind einen Ring Fleischwurst um den Hals gebunden, damit wenigstens die Straßenköter mit dir spielen.«
Bevor der Kripochef auf die verbalen Seitenhiebe reagieren kann, dreht Jessen sich um, geht mit schnellen Schritten zur Tür und knallt sie zu.
Göttmann geht zurück zur Spiegelwand und als er erkennt, dass die junge Kommissarin die Vernehmung beendet hat, verlässt er auch den Raum.

17.

Göttmann atmet tief durch und klopft zaghaft an die Tür mit dem Schild, auf dem in fetten Lettern steht

NICHT STÖREN! VERNEHMUNG!

»Nicht stören! Vernehmung! Wer lesen kann, ist im Vorteil«, dringt Cindy Brenks Stimme in den Flur. Trotzdem öffnet Göttmann vorsichtig die Tür und steckt seinen Kopf durch den kleinen Spalt.

»Darf ich jetzt wieder reinkommen, Frau Brenk?«, fragt er fast unterwürfig wie ein Schüler, den die Lehrerin kurz zuvor wegen Störung des Unterrichts aufgefordert hat, das Klassenzimmer zu verlassen.

»Sehr gerne, Dr. Göttmann, Herr Geisen hat seine Vernehmung bereits unterschrieben. Ich gehe davon aus, dass Sie nichts gegen eine Entlassung einzuwenden haben«, säuselt Cindy Brenk selbstbewusst und scheint sich über die hölzerne Art zu amüsieren, mit der Göttmann sich nun einschleimen will.

»Entlassung ist gut, der würde mich doch am liebsten direkt entlassen«, bemerkt Fredy leise. Dann dreht er sich um, blickt den Kripochef mit einem zornigen Blick an. »Ich muss um 15:00 Uhr im Präsidium sein und möchte bei der Gelegenheit auch mein Auto abholen.«

»Weder noch«, erwidert Göttmann und bleibt kerzengerade mitten im Raum stehen. Er verschränkt in bekannter Manier die Hände auf seinem Rücken, baut sich vor Geisen auf und wirkt in dieser Haltung noch größer.

»Den Weg können Sie sich sparen und zu Fuß nach Hause gehen. Es ist ja nicht mehr weit bis zu Ihrer Wohnung. Ruhen Sie sich ein wenig von den Strapazen der letzten 24 Stunden aus.«

»Aber wir haben um 15:00 Uhr Einsatzbesprechung.«
»Richtig. Ihre Kollegen im Rauschgiftkommissariat müssen heute ohne Sie eine Strategie entwickeln. Und der ED wird ihre Kiste nach tatrelevanten Spuren untersuchen, die Belastendes …«
»Ich dachte, Sie hätten sein Auto präventiv zur Verhinderung einer Trunkenheitsfahrt festgestellt?«, unterbricht Cindy Brenk.
»Nein, ich betrachte aufgrund des Zettels in der Hosentasche der Toten den Kollegen als dringend tatverdächtig«, erwidert Göttmann.
»Der Zettel in der Hose ist der einzige Grund? Ich glaube, es sind vielmehr persönliche Gründe, die mit der Sache hier nichts zu tun haben. Überlegen Sie doch mal losgelöst von ihrer Antipathie gegenüber dem Kollegen. Der Zettel ist die einzige Verbindung zwischen dem Opfer aus dem fernen Kanada und einem Beamten aus Lahnstein. Wenn Geisen der Mörder wäre, hätte er den Zettel als einzigen Hinweis auf seine Person niemals in der Hose der Toten gelassen. Wenn Sie das glauben, muss ich ernsthaft an Ihrer kriminalistischen Erfahrung zweifeln, und Sie haben das Fach immerhin mal an der Hochschule unterrichtet. Und was die angebliche Trunkenheitsfahrt betrifft: Lassen wir Herrn Geisen doch einfach mal blasen.«
»Dazu bin ich gerne bereit«, sagt Fredy und erinnert sich noch konkreter an die Begegnung mit Cindy.
»Ich besorge mir auf der Wache ein Alkoholtestgerät«, sagt Blath und verlässt den Raum.
Göttmann schaut Cindy Brenk an.
»Eine Fahrzeugdurchsuchung könnte natürlich auch Entlastendes zum Vorschein bringen.«
»Was wollen Sie in meinem Auto denn Entlastendes finden?«
»Das weiß ich nicht, Herr Geisen. Sagen Sie es mir!«
Inzwischen hat Blath wieder das Zimmer betreten und, obwohl der Alkotest unter 0,3 Promille anzeigt, sagt der Kripochef:

»Herr Geisen, ich teile Ihnen als Ihr Dienstvorgesetzter im Beisein der beiden Zeugen Blath und Brenk hiermit offiziell mit, dass ich beabsichtige, Sie vorläufig vom Dienst zu suspendieren, bis wir klären können, inwieweit Sie in diesem Mordfall involviert sind. Ich möchte, dass Sie ab sofort einige ihrer zahlreichen Überstunden abfeiern.«
Fredy springt vom Stuhl, der hinter ihm auf den Boden fällt und nun neben dem Stuhl liegt, den Göttmann umgeworfen hatte. Göttmann erschrickt und tritt einen Schritt zurück.
»Keine Angst, an Ihnen mach ich mir nicht die Finger schmutzig«, flüstert Fredy und wirft Cindy Brenk einen letzten Blick zu.
Cindy hieß damals Demmer. Sie hat zwischenzeitlich geheiratet. Cindy Demmer hatte bei ihrer kurzen, aber heftigen Begegnung vor einigen Jahren eine rote Kurzhaarfrisur. Nun trägt sie schulterlange Haare in einer anderen Farbe. Steht ihr verdammt gut. Fredy erinnert sich auch an das Hirschgeweih-Tattoo an der Stelle von Cindys Körper, die man bei normaler Bekleidung nicht sehen kann. Er verlässt grinsend den Raum, von dem Göttmann annimmt, dass es ihm galt.
»Geisen, Sie warten draußen auf mich! Das ist eine dienstliche Anordnung!«, ruft Göttmann ihm nach.

* * *

Nachdem Fredy die Tür hinter sich geschlossen hat, verändert sich Göttmanns Gesichtsausdruck zu einem freundlichen Lächeln.
»Frau Brenk, dürfte ich Sie noch was fragen?«
»Ja, natürlich. Immer her damit.«
»Ich meine unter vier Augen.«
Cindy ist erstmals irritiert und schaut hinüber zu Blath.
Der zieht die Schultern hoch.

»Danke, Kollege Blath!«, sagt Göttmann, blickt auf die Tür und fordert Blath damit unmissverständlich auf, den Raum zu verlassen.
»Willst du mich demnächst auf dem Tennisplatz auch siezen?«, fragt Blath und verlässt mit einem Kopfschütteln den Vernehmungsraum.
Göttmann würdigt ihn keines Blickes.
»Wollen Sie sich nicht auf Ihren Stuhl setzen, Herr Göttmann? Aber Sie müssten ihn vorher aufheben.« Cindy weist mit einer Handbewegung auf den Stuhl den Göttmann umgeworfen hatte. Er blickt die junge Kommissarin an. So einer taffen Kollegin ist er bislang in seiner ganzen Laufbahn noch nicht begegnet.
»Sie müssten den Stuhl nur wieder hinstellen! Eine einfache Übung.«
Cindy grinst ihn an.
Göttmann bewegt sich keinen Zentimeter: »Ich habe nur eine Frage: Stimmt es, dass Sie auch mit ihm …?«
»Was meinen Sie mit Ihrer Frage: Haben Sie auch mit ihm?«, fragt die junge Kommissarin und blickt ihm frech ins Gesicht.
»Frau Brenk, Sie wissen genau, was ich meine.«
»… gebumst, sprechen Sie es ruhig aus, Herr Direktor! Ja, habe ich!«
»Das hätten Sie mir sagen müssen!«
»Hätte das Ihre Entscheidung beeinflusst?«
Göttmann hebt fast unmerklich seine Schultern.
»Haben Sie bei der Auswahl des angeblich neutralen Vernehmungsteams denn berücksichtigt, dass Sie und Blath Mitglied im gleichen Tennisklub sind und bei der Medenrunde in einer Mannschaft spielen? Insofern ist das dennoch kein gerechter Ausgleich, denn ich bin auch nicht gut auf Geisen zu sprechen. Aber vielleicht wussten Sie es auch und haben bewusst zwei Personen eingesetzt, von denen Sie sich erhofften, dass sie die Vernehmung in Ihrem Sinne führen. Mein One-Night-Stand

mit Geisen war nicht schlecht, aber dass er es allen erzählt hat, werde ich ihm nie verzeihen. Er hatte mich zum Dämmerschoppen eingeladen. Demmer ist mein Mädchenname, daher hat er auch sehr spät geschnallt, wer ich bin. Dämmerschoppen ist seither ein geflügeltes Wort unter Kollegen, wenn mich einer näher kennenlernen möchte. Und wenn Sie es genau wissen wollen, beim Dämmerschoppen wollte er nur poppen. Reimt sich sogar. Genügt Ihnen das?«

»Nein, verstehen Sie mich bitte nicht falsch, wenn …«

»Wenn jemand sagt ‚Verstehen Sie mich bitte nicht falsch', hat der Gesprächspartner richtig verstanden, Herr Dr. Göttmann. Ihre eigenen Worte. Und wenn Blath und ich auch noch ein Hühnchen mit Geisen zu rupfen haben, sind wir drei doch das geeignete Team, nur Belastendes zu suchen, und somit hat der Kollege keine Chance auf ein gerechtes Verfahren. Wir wissen doch alle, wie schnell sich so was entwickelt.«

»Okay, lassen wir diese Wortspielerei, Frau Brenk. Lassen Sie es mich anders formulieren. Welchen Eindruck haben Sie nach Geisens Vernehmung?«

»Ich glaube nicht, dass er die Frau getötet hat. Wie Sie es ausdrücken würden: Der *Modus Operandi* passt nicht zu ihrem Tatverdächtigen. Aufgrund der Schleifspuren ist der Fundort nicht der Tatort. Es sieht momentan so aus, als habe der Täter die Frau an anderer Stelle getötet, von dort wegtransportiert und in diesem Hang abgelegt. Und auch die exakte Tatzeit muss noch festgestellt werden. Wir stehen erst am Anfang unserer Ermittlungen und ich wiederhole mich gerne. Ich persönlich glaube, dass Fredy die Frau nicht getötet hat. Ich erkenne auch kein Motiv. Er hat keine einzige seiner Kolleginnen zum Sex zwingen müssen. Sie haben es alle freiwillig gemacht. Auch wenn es Ihnen schwerfällt, dies zu glauben. *Er* hat einfach ‚das gewisse Etwas', wenn Sie wissen, was ich meine.«

»Bleiben Sie bitte sachlich!«

»Diese Feststellung ist sachlich, denn wir müssen doch bei jedem Anfangsverdacht die Lebensgewohnheiten und den Charakter eines Tatverdächtigen in unsere Überlegungen mit einbeziehen. In dubio pro reo.«
»Ja, ich weiß: Im Zweifel für den Angeklagten.«
»Und noch eine Bemerkung: Wenn Fredy die Frau getötet hätte, er würde sein Opfer nie bis hoch zur Festung Ehrenbreitsein schleppen, um sie dort für alle Seilbahnbenutzer sichtbar zu präsentieren. Warum soll er sich die Mühe machen und sich in die Gefahr begeben, entdeckt zu werden? Er hätte die Leiche in den Rhein werfen können. Von seiner Wohnung in der Westallee sind es nur wenige Meter.«
»Sie denken an den Mörder, der sein Opfer mit der Schubkarre durch Lahnstein gefahren und dann im Rhein versenkt hat?«
»Ja, ein ungewöhnliches Transportmittel für die Entsorgung einer Leiche, aber ich frage mich schon die ganze Zeit: Was glauben *Sie* eigentlich, warum er die Frau umgebracht haben könnte? Und dann noch so bestialisch.«
Cindy Brenk betonte deutlich das *Sie,* nicht das *Warum* mit dem möglichen Motiv.
Göttmann zögert einen Moment. Er runzelt die Stirn und scheint sich eine Antwort zu überlegen.
Dann sagt er nur: »Danke, Frau Brenk, ich wünsche Ihnen eine gute Rückfahrt nach Montabaur und werde das Vernehmungsprotokoll Herrn Sauer übergeben. Er wird die *Soko Emily* leiten und ich möchte, ungeachtet unserer unterschiedlichen Bewertung des momentanen Ermittlungsergebnisses, dass Sie weiterhin Mitglied der Mordkommission bleiben.«
Göttmann geht Richtung Tür. Dann bleibt er stehen, dreht sich nochmals zu Cindy um und geht einen Schritt auf sie zu.
»Und bitte: Das andere bleibt unter uns.«
Cindy Brenk nickt.
Nach einem kurzen Händedruck nimmt Göttmann die Vernehmungsakte vom Tisch.

»Hätte ich beinah vergessen«, flüstert er fast verschwörerisch und ergänzt, »ich werde das Vernehmungsprotokoll Harald Sauer übergeben.«
»Die Zeugenvernehmung«, ergänzt Cindy Brenk und betont dabei besonders das Wort *Zeugen*.

* * *

Kurz nachdem Göttmann den Raum verlassen hat, betritt Blath das Zimmer. Er grinst Cindy an.
»Habt ihr euch beim GV auch gesiezt?«
»Hast du etwa gelauscht?«
»Wo denkst du hin? Ich war nur im Nebenraum und habe lediglich Göttmanns Reaktionen beobachtet!«
Cindy springt auf, grinst und boxt dem Kollegen mehrmals auf den Oberarm.
»Du elender Dreckskerl! Aber wenn du es genau wissen möchtest: Ja, wir haben uns gesiezt. Ich war noch in der Ausbildung. Ist schon lange her. Und bevor du fragst, es war, bevor ich meinen Mann kennengelernt habe.«
»Aber es war irgendwie doch so was wie Unzucht mit Abhängigen. Du warst seine Praktikantin. Würde mich nicht wundern, wenn Göttmann ein Verfahren einleitet, nachdem du es ihm gestanden hast.«
»Ach Quatsch. Dessen Gedanken kreisen nur um einen Punkt: Wie kann ich ihm den Mord an der jungen Frau anhängen, obwohl er selbst nicht daran glaubt, dass Fredy die Kanadierin getötet hat.«
»Bei seinem persönlichen Rachefeldzug wirft er alle Vorschriften über Bord. Er ist und bleibt ein Arschloch!«
»Und mit diesem Arschloch spielst du Tennis?«
»Wir sind in einer Mannschaft, haben aber noch nie gegeneinander gespielt! Weder im Einzel noch im Doppel. Er hat

offensichtlich ernsthaft geglaubt, dass ich die Vernehmung in seinem Sinne führen würde. Nur weil wir im selben Verein trainieren. Aber da hat sich der weiße Riese geirrt. Komm, lass uns wieder in den Westerwald fahren.«
»Okay«, sagt Cindy Brenk und hakt sich bei dem Kollegen unter, als sie zu ihrem Dienstwagen gehen.
»Oder beenden wir den anstrengenden Vormittag mit einem Dämmerschoppen?«
»Hör auf, so hat das mit Fredy auch angefangen!«
»Ich weiß, aber ich bin zu alt für dich und der Sex des Alters ist das Essen«, erwidert Blath.
»Sag jetzt bloß nicht noch diesen blöden Spruch: Was soll ich ein Pferd satteln, das ich nicht reiten kann.«
Cindy lächelt und startet den Motor.
»In welche Gaststätte darf ich den Hauptkommissar, der immer ab Zwölf unterzuckert, kutschieren?«
»Der hungrige Hauptkommissar möchte, dass Sie ihn in die Adolfstraße zur Pizzeria AL TRULLO fahren. Ich würde gerne bei meinem italienischen Freund Guiseppe Tarricone ein Mittagsmenu zu mir nehmen und einen Rosé trinken.«
»Und vermutlich noch einen Verdauungsschnaps und dann darf die liebe Kollegin dich auf direktem Weg nach Hause fahren, weil du schon in Neuhäusel im Auto eingeschlafen bist, bevor wir in Montabaur angekommen sind.«
»Super, Kollegin. Genau so machen wir das. Ich fahre nicht mit bis Montabaur und nehme mir den Nachmittag frei.«

18.

Tom Schneider spürt im Halbschlaf ein leichtes Kribbeln auf seinem Unterarm und dreht sich zur Seite. Feingliedrige Hände streicheln zärtlich seinen Unterarm. Hinter der Nebelwand taucht zunächst verschwommen, aber dann immer deutlicher ein vertrautes Gesicht. Er lächelt erleichtert.

Lena. Endlich. Gott sei Dank.
Sie hat überlebt. Das alleine zählt.
Und die andere?
»Hi Lena, schön, dass du da bist«, flüstert er mit brüchiger Stimme.
»Hallo Tom, wie geht es dir?«
»Ich bin froh, dass wir überlebt haben.«
»Claire nicht«, erwidert Lena mit tränenerstickter Stimme.
»Claire ist tot? Irgendwie habe ich es geahnt. So ein Scheißkerl! Er ist immer noch auf der Flucht.«
»Ja, und ich habe Angst, dass er uns finden wird.«
»Nein, Lena, er weiß nicht, wo wir sind. Du bist schon vor deiner Abreise nach Frankreich umgezogen. Unsere Wohnadressen wurden beim Einwohnermeldeamt mit Sperrvermerk versehen.«
»Das nützt manchmal auch nichts. Denk an die undichten Stellen, die wir schon entdeckt haben.«
»Ja, aber das waren doch Einzelfälle.«
»Tom?«
»Ja, Lena?«
»Ich kann dir nicht oft genug sagen, wie dankbar ich dir bin, dass du mir das Leben gerettet hast. Wenn du nicht zu Claire gefahren wärst, hätte mich niemand gefunden. Zumindest nicht lebendig. Ich bin immer für dich da. Das sollst du wissen!«
»Lena, ich habe es nicht nur für dich getan. Wollen wir es nicht noch einmal miteinander versuchen? Ich meine eine Beziehung auf Probe.«
Lena lacht.
»Ach Tom. Meinst du mit gemeinsamer Wohnung?«
»Tja, natürlich mit getrennten Schlafzimmern, so mehr als Wohngemeinschaft?«
»Und was ist mit deiner anderen Geliebten?«
»Andere Geliebte?«
»Deine Albatros?«

»Ich habe mein Hausboot verkauft und nun ein kleines Sportboot an der Lahn liegen, das ich aber nur zum Übernachten bei einer mehrtägigen Fahrt nutze. Ich bin langsam zu alt, um jeden Morgen auf schwankendem Boden aufzuwachen, und habe eine kleine Wohnung in Lahnstein gemietet. Übrigens eine Wohnung in deiner Nähe.«

19.

Fredy Geisen verlässt – entgegen Göttmanns Anordnung, nach der Vernehmung auf ihn zu warten – fluchtartig die Polizeiinspektion Lahnstein. Göttmann hatte zwar Fredys Privatwagen sicherstellen lassen, aber nach der Auseinandersetzung mit Cindy Brenk schien selbst er die Angelegenheit unter einem anderen Licht zu sehen. Fredy dürfte sein Fahrzeug vermutlich wieder nutzen, aber er würde heute Nachmittag nicht zur Besprechung gehen und erst morgen früh in der Tiefgarage das Auto mit dem Zweitschlüssel abholen. Blath und Cindy waren von seiner Unschuld überzeugt und sahen daher auch keine Veranlassung, sein Handy sicherzustellen, um die Daten auszuwerten. Dann hätte man nämlich festgestellt, dass er sich zur vermuteten Tatzeit in der Nähe vom Leichenfundort aufgehalten hat. Zur falschen Zeit am falschen Ort. Und den Grund dürfte er nicht verraten. Das würde alles schlimmer machen. Aber sie könnten die Verbindungsdaten noch drei Monate beim Netzbetreiber recherchieren. Wenn er gestanden hätte, dass er um diese Uhrzeit im tatrelevanten Bereich war, hätte er je nach dem gerichtsmedizinisch festgestellten Todeszeitpunkt trotzdem kein Alibi. Der einzige, der ihn nachts im Mühlental gesehen hat, ist der junge Traktorfahrer mit dem Hänger, auf dem eine blaue Tonne lag, aus der eine rote Flüssigkeit tropfte. Und der würde auch nicht bezeugen können, wie lange Fredy sich im Mühlental aufgehalten hat. Er hatte

das merkwürdige Gefährt zwar noch einmal auf der Arenberger Straße in Richtung Festung überholt, aber der Fahrer würde sich mit Sicherheit daran nicht erinnern. Und das ist in seinem Sinne. Wenn man den Mann ermitteln und er sich an den kleinen Geländewagen erinnern könnte, würde erstmals bekannt, dass Fredy sich zum möglichen Tatzeitpunkt in der Nähe des Leichenfundortes aufgehalten hat.
Die Aussichtsplattform ist nur wenige hundert Meter von dem Fundort der Leiche entfernt.

* * *

Als Fredy die Eingangstür der Polizeiinspektion Lahnstein hinter sich zuschlägt, überlegt er, wie gestern auf der Radtour, ob er in *Maximilians Biergarten* gehen oder Tom Schneider im Krankenhaus um die Ecke besuchen soll. Zunächst geht er in Richtung Elisabeth-Krankenhaus, entscheidet sich aber kurz vor der Kurve für ein kühles Bier. Wäre er nicht umgekehrt, hätte er Lena getroffen und es wäre nicht zu einer weiteren folgenschweren Begegnung gekommen. Er kann aber nicht ahnen, dass diese vordergründig belanglose Entscheidung ihn mit einer weiteren Situation konfrontieren wird, die nach der Begegnung mit Emily das Kartenhaus seines Lebens endgültig zum Einsturz bringen wird.
Hätte er dem Mann, der vor ihm auf offener Straße zusammengebrochen war, nicht geholfen, hätte er nie erfahren, was um ihn herum geschieht.
Manchmal genügt nur eine flüchtige Begegnung und die Vergangenheit ist gegenwärtig wie nie zuvor und kann die Zukunft eines Menschen mit einem einzigen Paukenschlag zerstören. Er wird nach *der* Begegnung bewusste Entscheidungen treffen, die er sich zuvor nicht in seinen kühnsten Träumen vorstellen konnte.

Die »Schattenmänner« beobachten dich.
Du hast noch keinen von ihnen gesehen.
Aber sie sind in deiner Nähe.
Tag und Nacht.

ER hat den Auftrag, dich zu töten,
kann jedoch dein Leben retten,
wenn DU bereit bist,
den Preis zu
zahlen.

Und der Preis ist hoch!

TEIL IV

DIE SCHATTENMÄNNER

20.

»Die Rauschgiftkriminalität ist im letzten Jahr um 9,2 % angestiegen.«

BKA-Präsident Holger Münch am 23.05.2018

Er ist »DIE Nummer eins« in Deutschland, aber dennoch in Polizei- und Justizkreisen ein unbeschriebenes Blatt. Sein Name: Peter Orlowski. Er hat es dank einer genialen Idee geschafft: den Aufstieg in die »ehrenwerte Gesellschaft« vom jugendlichen Intensivtäter zum Oberhaupt einer kriminellen Vereinigung. Das Geheimnis seines Erfolgs: der Aufbau einer multikulturellen Mafia-Gruppierung mit Mitgliedern der Clans aus dem Osten und dem Süden Europas. Peter Orlowski hatte zahlreiche Mitglieder aus verschiedenen Gruppen der organisierten Kriminalität, polizeiintern OK genannt, abgeworben. Dieser Verstoß gegen eine der wichtigsten Regeln aller Syndikate hatte in der letzten Zeit bereits zu zahlreichen Auseinandersetzungen geführt. Die Polizei jedoch kennt bis zum heutigen Tage nicht die wahren Hintergründe dieser Mafia-Kriege, die zuletzt auf offener Straße in Duisburg ausgetragen wurden. Einige Mafiosi hatten den Bandenkrieg nicht überlebt, andere sind zurück in ihre Heimatländer, weil sie dort gefahrloser ihren illegalen Geschäften nachgehen können.
Orlowskis Männer kennen die Strukturen und Strategien der Kartelle, für die sie früher tätig waren, und insofern war die Gründung einer Multikulti-Mafia ein genialer Schachzug. Aber diese Männer hatten die »Omerta«, das Schweigegelübde gebrochen. Da ein Verstoß gegen das „Gesetz des Schweigens" mit dem Tode bestraft wird, sind die Überläufer vogelfrei, also im wahrsten Sinne des Wortes zum Abschuss freigegeben. Die Syndikate hatten Kopfgelder in Millionenhöhe für die Ermordung der Abtrünnigen ausgesetzt und

ein professionelles Killerkommando mit der Liquidierung beauftragt.
Wenn man Verräter nicht liquidieren kann, rächt man sich an Familienmitgliedern, denn alle kriminellen Clans handeln nach dem Prinzip der Kollektivhaftung. Nahe Verwandte werden entführt, erpresst, vergewaltigt oder getötet. Deshalb hatte Orlowski zum Schutz für die Angehörigen der Überläufer an einem unbekannten Ort eine von hohen Mauern umgebene Wohnanlage gebaut. Diese kann nur nach einer Personenkontrolle betreten werden. Ein syndikatseigener Sicherheitsdienst bewacht das Objekt rund um die Uhr. Orlowski hat den Männern zugesichert, dass er bei einer möglichen Festnahme ihren Familien während der Haft ausreichend Unterhalt zahlen würde. Außerdem hatte er den Überläufern besondere Schutzmaßnahmen zugesichert, damit die Familien nicht als Geiseln genommen werden konnten.
Mit bisher in Deutschland nicht gekannter Brutalität verfolgt Orlowski weiterhin sein Ziel, sein Syndikat als größte kriminelle Vereinigung in Deutschland zu etablieren. Die Strafverfolgungsbehörden haben Orlowski bisher nicht »auf dem Schirm«. Er ist in keiner einzigen Datensammlung registriert und handelt nach dem Motto „Erkennbar organisierte Kriminalität ist schlecht organisierte Kriminalität“. So sollte es auch bleiben. Orlowski würde weiterhin seinen legalen Beruf im Versicherungsgewerbe ausüben.
Momentan beginnt Orlowski mit der Umsetzung einer weiteren genialen Idee. Er will noch stärker als bislang Einfluss auf behördliche Entscheidungen nehmen. Die üblichen Methoden, staatliche Institutionen mit korrupten Beamten zu unterwandern, waren bislang nur bedingt erfolgreich. Seine Leute sollten in den nächsten Jahren Dienststellen von Polizei, Justiz und weitere Behörden unterwandern. Mehrere Syndikatsmitglieder studierten bereits an den Hochschulen der Polizei und in einigen Jahren würde die Macht seines Syndikats in

gleichem Maße steigen wie die Ohnmacht der Strafverfolger. »Wenn unsere Jungs zu Kommissaren befördert werden, dann brauchen wir keinen Beamten mehr zu bestechen«, betont er immer wieder in den Besprechungen des Syndikats.
Die Idee für seine neue Strategie hatte ihm ausgerechnet ein LKA geliefert. Die Polizeibehörden versuchen immer wieder, Beamte mit Tarnidentität in kriminelle Organisationen einzuschleusen. Verdeckte Ermittler aus dem gesamten Bundesgebiet hatten vor einem Jahr eine eigene Rockergruppe mit dem Namen „Schnelles Helles“ gegründet. Elite-Polizisten hatten die Szene unterwandert, um Näheres über die Machtstrukturen der Hells Angels zu erfahren. Die Gruppe wurde eingerichtet, nachdem ein führendes Mitglied der Hells Angels einen SEK-Beamten erschossen hatte.
Da Orlowski mit der Strategie der Unterwanderung nicht warten wollte, bis junge Clanmitglieder entsprechende Positionen besetzen, hatte er einen seiner engsten Mitarbeiter als „Doppelagent“ eingesetzt. Carlo hatte sich dem Rauschgiftfahnder Fredy Geisen als VP angeboten und bereits einige Scheingeschäfte erfolgreich eingefädelt. Aus Sicht der Polizei war die bisherige Zusammenarbeit mit Carlo erfolgreich, denn es folgten zahlreiche Festnahmen und die Sicherstellungszahlen waren so hoch wie nie zuvor. Geisen ahnt nicht, dass Carlo Schritt für Schritt Orlowskis Konkurrenten ans Messer liefern soll, damit Orlowski auch das lukrative Drogengeschäft auf der Rheinschiene von Mainz bis Düsseldorf übernehmen und seine Monopolstellung in deutschen Regionen weiter ausbauen kann. Aufgrund von Carlos Hinweisen plant die Polizei aktuell eine Durchsuchungsaktion, bei der man im Depot des konkurrierenden Syndikats 650 Kilo Drogen sicherstellen würde.
Geisen hingegen ist der festen Überzeugung, er führe seine VP, und ahnt nicht, dass er von Carlo manipuliert wird. Die Drogenfahnder würden dies erst bemerken, wenn die Szene

weiterhin mit genügend Stoff beliefert wird. Den Auftrag für diese Ermittlungen, wer dahinter steckt, würde vermutlich wiederum Carlo erhalten. Die 650 Kilo Drogen wären die größte Menge, die in Rheinland-Pfalz jemals sichergestellt wurde.

* * *

Aber der wichtigste Mann für diese Operation ist Peter Pfeiffer. Bei ihm laufen alle Fäden der generalstabsmäßig vorbereiteten „Operation Change“ zusammen. Er erhält nicht nur von Carlo Informationen über Geisen, sondern auch von den Observationsgruppen, die den Drogenfahnder rund um die Uhr beobachten und täglich ein Bewegungsbild erstellen. Diese Teams werden ansonsten vom Syndikat zur Früherkennung polizeilicher Kontrollen von Drogentransporten eingesetzt. Orlowski hatte für Geisens Überwachung eine hohe Geldsumme investiert. Die Observanten fuhren hochmotorisierte Fahrzeuge der unterschiedlichen Fabrikate, einen VW-Bus mit Überwachungstechnik und einen Pick-up mit Kasten-Anhänger, in dem zwei Fahrräder und zwei Motorräder transportiert werden. Wenn Geisen das Haus verlässt, folgen ihm acht »Schattenmänner« wie unsichtbare Bodyguards. Sie arbeiten in drei Schichten im Acht-Stunden-Rhythmus. Im täglich erstellten Bewegungsbild dokumentieren sie selbst die banalsten Aktivitäten des Drogenfahnders. Sogar seine Radtouren an Lahn und Rhein observieren sie mitmilfe einer Drohne, die von einem der Observationsfahrzeuge oder einem speziell für diese Aktion angefertigten Canyon-Fahrrad mit Beiwagen gesteuert wird.
Jeden Abend wertet Pfeiffer die Videoaufzeichnungen und Telefonate aus und vergleicht diese Erkenntnisse mit den Observationsberichten und den Gesprächsprotokollen von

Carlo. Die Minikameras mit Weitwinkelobjektiven und die winzigen Mikros in Geisens kleiner Wohnung übertragen zwar rund um die Uhr wichtige Informationen, aber die Identifizierung seiner Frauenbekanntschaften, von denen die meisten seine Töchter sein könnten, gestaltet sich schwierig.
Orlowski will Geisen durch Zahlung eines monatlichen Festgehalts – von dem Beamte nur träumen können – für eine Mitarbeit gewinnen.
Falls er das Angebot ablehnen würde, müsste Pfeiffer den Drogenfahnder töten.

21.

Pfeiffer ist fest davon überzeugt, dass Fredy Geisen weder Carlos falsches Spiel durchschaut, noch etwas von seiner Überwachung ahnt.
Bereits Anfang April hatte er unter Vorlage seines gefälschten Personalausweises mit dem Namen Peter Pfeiffer eine Wohnung genau gegenüber von Geisens Apartment in der Westallee angemietet.
Auf mehreren Monitoren werden alle Aktivitäten in dem Apartment des Drogenfahnders übertragen. Er hört auch die Handy-Gespräche des Drogenfahnders ab und liest dessen SMS, Mails und WhatsApp-Nachrichten. Sie hatten außerdem den Instagram- und Facebook-Account geknackt, einen winzigen GPS-Sender im Motorraum von Geisens Autos installiert und den Fahrzeuginnenraum des kleinen Geländewagens verwanzt. Eine Verwanzung von Geisens Dienstwagen schien zu riskant.
Die Idee zur Überwachung der Gespräche in Geisens Privatfahrzeug hatte Orlowski, nachdem die Polizei mithilfe dieser Gesprächsaufzeichnung in einem Fahrzeug erst kürzlich einen der grausamsten Mordfälle aufgeklärt hatte.

Die Mörderin war nachts in das Haus ihrer Schwiegereltern im benachbarten Koblenzer Stadtteil Horchheim eingedrungen und hatte die beiden getötet. Die verdächtige Frau hatte sich – wenn sie alleine mit dem Auto unterwegs war – auf eine Vernehmung vorbereitet. Zur Stärkung ihres erdachten Alibis hatte sie unverdächtige Antworten zu möglichen Fangfragen bei einer Vernehmung einstudiert. So wie diese Doppelmörderin sich auf bestimmte Fragen vorbereitet hatte, formulierte auch Geisen während einer Autofahrt Sätze, mit denen er hoffte, das Herz der nächsten Errungenschaft zu gewinnen. Obwohl er eigentlich nur Wert auf deren Körper legte. Wenn er sein Ziel erreicht hatte, schrieb er immer eine kurze SMS: *… ich glaube, wir passen nicht zusammen, adieu.* Den Text hatte er gespeichert und musste nur jeweils den Namen der Frau einsetzen.
Die Identität der attraktiven Frau, mit der sich Geisen öfter trifft, konnten sie bislang nicht ermitteln. Diese Frau trägt immer Kopftuch und Sonnenbrille. Sie besucht ihn nie in seiner Wohnung. Pfeiffer weiß auch nicht, wie diese Frau genau aussieht.
Aber sie scheint älter zu sein als die „Eintagsflittchen“. Mit dieser Frau führt Geisen auch keine Telefonate. Die beiden kommunizieren vermutlich über Prepaidhandys. Bei den Treffen mit dieser Frau gelingt es Geisen immer wieder, der Observationsgruppe zu entwischen, obwohl sie sicher sind, dass er nichts von der Überwachung ahnt.
Er hält zum Beispiel an einer Ampel bei einer Grünphase an, steigt aus dem Auto, fragt den Fahrer des nachfolgenden Fahrzeuges, ob er ihm helfen könne, da der Motor nicht mehr anspringen würde. Oder er hält bei einer Grünphase an und startet, wenn die Ampel auf Rot umschaltet, fährt in eine Sackgasse, dreht im Wendehammer und grüßt entgegenkommende Fahrzeuge mit der Lichthupe oder er hält in einem Kreisel an und täuscht eine Motorpanne vor. Der Drogenfahnder besitzt

ein riesiges Repertoire von Tricks zur Entdeckung einer möglichen Observation.
Vermutlich handelt es sich bei der Frau um eine Kollegin oder eine Staatsanwältin oder um die Chefin einer anderen kriminellen Vereinigung. Geisen würde man alles zutrauen. Jedenfalls hat Pfeiffer bis zum heutigen Tage keine plausible Erklärung gefunden, warum sich Geisen nur bei den Treffen mit dieser Frau konspirativ verhält und ansonsten nie checkt, ob er verfolgt wird.
Die zwei haben offensichtlich etwas zu verbergen.
Aber was?

TEIL V

RÜCKBLICK AUS ANDERER PERSPEKTIVE

22.

Im Lahnsteiner Krankenhaus erwacht Peter Pfeiffer am Samstagabend aus seiner Ohnmacht und versucht, die letzten vierundzwanzig Stunden in seinem Gedankenlabyrinth zu sortieren. Er muss einen Ausweg aus dieser unvorhersehbaren Situation finden, die alle Planungen zerstören und die „Operation Change“ gefährden kann.

* * *

Am Freitagabend wurde Pfeiffer durch das schrille Läuten der Klingel an Fredy Geisens Haustür aus dem Tiefschlaf geweckt. Da Carlo sich Samstagnachmittag mit Geisen treffen würde, hatte Orlowski den Observationsteams ein verlängertes Wochenende gegönnt. Die Männer sollten erst am Dienstag wieder ihre Arbeit aufnehmen. Als Peter Pfeiffer nach dem Läuten auf den Monitor blickte, stand Geisen bereits eng umschlungen mit einer Frau im Flur. Beim genauen Hinsehen erkannte Pfeiffer, dass die Frau bereits Geisens erigiertes Glied in der Hand hielt. Dann liebten sie sich im Flur. Nur hektisches Stöhnen drang aus den Lautsprechern. Nachdem die Schreie verstummten, öffnete Geisen im Wohnzimmer eine Flasche Rotwein und ging mit zwei Weingläsern zurück in den Flur. Pfeiffer konnte die Frau nicht erkennen. Als sie ihren Slip wieder anzog, kehrte sie der Kamera den Rücken zu. Kurze Zeit später hatten beide die Wohnung verlassen und fuhren mit Geisens Auto davon. Er konnte auf dem Monitor im Überwachungsraum die vom eingebauten GPS-Sender übertragene Fahrtstrecke genau verfolgen. Das Auto bewegte sich in den Stadtteil Ehrenbreitstein, fuhr weiter nach Arenberg und hielt dort kurz an. Leider wechselten die beiden im Auto kein Wort miteinander. Nur einmal hauchte die Frau mit einem

leicht ausländischen Akzent: »Wenn er das erfährt, bringt er uns um. Und dich vermutlich zuerst. Mich etwas später, damit er mich leiden sehen kann.«
»Ach dazu hat der doch gar keine Eier in der Hose«, erwiderte Geisen mit einem breiten Lachen.
»Nicht so schöne wie du«, antwortete die Frau und erneut verstummte das Gespräch. In Pfeiffers Kopfkino startete eine Filmszene. Da nur Geisens Stöhnen und hektisches Atmen durch die Lautsprecher drang, ahnte er, warum die Frau nicht weitersprechen konnte und auch zuvor kein Wort gesprochen hatte. Als die Frau aus dem Auto stieg, hörte er nur ein Schmatzen und ein »Tschüss«.
Nachdem die Frau ausgestiegen war, fuhr Geisen nicht auf direktem Weg in seine Wohnung, sondern durch das Mühlental, wo er das Fahrzeug nochmals angehalten hatte. Am Ende des Mühlentals bog er nicht nach links Richtung Lahnstein ab, sondern fuhr hinauf zur Festung Ehrenbreitstein, wo das Fahrzeug in der Nähe des Pavillons der BUGA-Freunde längere Zeit geparkt hatte.

Erst nach Mitternacht kehrte Geisen alleine in die Wohnung zurück und öffnete noch eine Flasche Rotwein.

Pfeiffer glaubte zunächst, an diesem Abend habe ihn die junge Frau besucht, mit der sich Geisen am Tag zuvor auf dem Jesuitenplatz in Koblenz getroffen hatte. Die Observanten hatten aber nur wenige Fotos schießen können. Der Leiter des Observationsteams hatte ihm erklärt, das Heranführen des Fahrzeugs mit den Richtmikrofonen sei nicht möglich gewesen, da der Treff im Bereich einer autofreien Zone stattfand. Selbst wenn genügend Zeit verblieben wäre, hätte man nicht unauffällig operieren können, und es würde auch gegen den Observationsgrundsatz *Deckung vor Wirkung* verstoßen. Denn wer durch verdeckte Beobachtung ein gewisses Ziel erreichen will, darf selbst nicht erkannt werden. Und erst recht nicht, wenn die Observation der Vorbereitung eines genialen kriminellen Coups dient. Daher war nicht bekannt, was Geisen mit dieser jungen Frau besprochen hatte. Es konnte sich sowohl um eine zufällige Begegnung als auch um ein geplantes Treffen mit einer Informantin aus der Drogenszene gehandelt haben. Nachdem Pfeiffer die Bilder des Observationsteams mit den Videoaufzeichnungen im Flur vom heutigen Abend verglichen hatte, war er sich immer noch unsicher, ob Geisen die junge Frau vom Jesuitenplatz oder die mysteriöse Unbekannte im Flur gefickt hat.

* * *

Am Samstagmorgen um 8:15 Uhr wurde Pfeiffer erneut durch ein Läuten in Geisens Wohnung geweckt. Dieses Mal war es jedoch keine Haustürklingel, sondern das Anrufsignal des Telefons. Bevor er den Kopfhörer aufsetzen konnte, hatte Geisen das Gespräch bereits beendet. Er spulte die Aufnahme zurück. Da die Observationsteams nicht zur Verfügung standen, er aber mehr über den Hintergrund dieses Anrufs erfahren wollte, hatte er sich entgegen allen Vorgaben von Orlowski entschieden, Geisen alleine zu observieren.
Bereits kurze Zeit nach dem Anruf ging Geisen mit schnellen Schritten zu seinem Auto. Da die Fahrstrecke des verwanzten Autos auch auf dem Display von Pfeiffers Fahrzeug angezeigt wird, konnte er mit seinem T-Roc dem kleinen Geländewagen unauffällig folgen. Geisen fuhr die gleiche Strecke wie am Vorabend, aber dieses Mal auf direktem Weg bis zur Festung Ehrenbreitstein und parkte sein Auto zwischen den Polizeifahrzeugen, die in der Nähe der Seilbahnstation standen. Er selbst hatte an der Schranke des Parkplatzes eine Karte gezogen und wartete in sicherer Entfernung.

Geisen wurde von einem der Polizisten per Handschlag begrüßt und ging rechts neben der Bergstation eine Treppe hinunter. Dort lag vermutlich die Leiche. Um wen es sich handelt, hatte Geisens Kollege am Telefon nicht verraten, sondern ihn lediglich im Auftrag des Kripochefs an diese Stelle zitiert. Er überlegte, ob er mit der Seilbahn fahren sollte, um mehr zu erfahren. Diesen Gedanken hatte er aber schnell wieder verworfen, denn er würde Geisen nicht weiter observieren können. So wartete er ab und war überrascht, als Geisen kurze Zeit später in einen der beiden Streifenwagen stieg. Das Merkwürdige: Geisen hatte hinter dem Beifahrersitz Platz genommen. Wurde Geisen festgenommen? Ein auffällig großer Mann mit weißen Haaren setzte sich hinter den Fahrer. Der einzige Mann mit diesem imposanten Aussehen konnte nur Dr. Dietmar Göttmann, der Kripochef von Koblenz, sein. Sollte seine Vermutung stimmen, würde dies die „Operation Change“ gefährden, nein, es würde sie sogar unmöglich machen und monatelange Arbeit wäre umsonst gewesen.
Eine derartige Chance würde sich vermutlich nicht mehr bieten, denn nur er, Pfeiffer ist *„the one and only“* wie Peter Orlowski zu sagen pflegt. Er ist der Einzige, der die „Operation Change“ erfolgreich zu Ende führen könnte. Er musste daher unbedingt erfahren, was dies zu bedeuten hat, und folgte dem Streifenwagen bis zur Polizeiinspektion Lahnstein.
Nachdem Geisen und der Kripochef die Dienststelle betreten hatten, parkte er sein Auto in der Nähe der Polizeiinspektion Lahnstein auf dem großen GLOBUS-Parkplatz, wo er vor gefühlten tausend Jahren mit Narben-Toni den Geldtransporter überfallen und einen Wachmann erschossen hatte. Der Raubüberfall war generalstabsmäßig geplant. Dazu gehörte auch die Absprache, dass niemand getötet werden soll. Aber er konnte nicht ahnen, dass an diesem Tag sein ehemaliger Bundeswehrkamerad Friedrich Lange die Tour für einen erkrankten Kollegen fahren musste. Und als sie sich beide

gegenüberstanden, hatte ihn Friedrich trotz der Maske direkt erkannt. Seine letzten Worte waren: »Was soll das denn …?«, und bevor Friedrich den Satz zu Ende und Pfeiffers richtigen Namen nennen konnte, hatte er abgedrückt. Es hatte ihm leid getan, aber er hatte keine andere Chance. Warum musste Friedrich auch noch nach seiner Pensionierung arbeiten? Selbst schuld!

Mit diesen Gedanken ging er vom GLOBUS-Parkplatz zur nahegelegenen Polizeidienststelle. Er hatte sich bereits beim Verlassen des Fahrzeuges die Kapuze über den Kopf gezogen und wartete nun auf der gegenüberliegenden Straßenseite. Nach fast zwei Stunden kam Geisen aus der Polizeiinspektion, ging aber nicht den kürzesten Weg zu seiner Wohnung in der Westallee, sondern in Richtung Elisabeth-Krankenhaus. Er zog sich die Kapuze noch tiefer ins Gesicht und folgte Geisen mit großem Abstand. Und dann ging alles blitzschnell.

Geisen blieb völlig überraschend stehen, als sei ihm plötzlich etwas eingefallen, drehte sich um und ging zurück in Richtung Westallee. Er konnte noch rechtzeitig eine Begegnung vermeiden, drehte sich auch um und wechselte mit schnellen Schritten zur anderen Straßenseite. Plötzlich spürte er einen stechenden Schmerz, so, als habe man ihm ein Messer in den Kopf gestochen. Hatte Geisen ihn von hinten angegriffen? Dann wurde ihm schwarz vor den Augen. Er stürzte wie ein gefällter Baum mit dem Kopf auf den harten Asphalt. Dann umgab ihn Dunkelheit. Er hörte noch verzerrte Stimmen und die schrillen Sirenen eines Rettungswagens drangen aus weiter Ferne an seine Ohren. Danach wurde es still. Ganz still. Und er verlor das Bewusstsein.

Und nun liegt er an diesem Samstagabend in einem Bett, an unzählige Schläuche angeschlossen und müsste dringend telefonieren. Die Krankenschwester hatte ihm bis zum Abschluss der ärztlichen Untersuchungen jeglichen Kontakt mit der

Außenwelt verboten und dabei mehrfach betont, sein Bruder würde sich um ihn kümmern.
Sein Bruder? Hatte Geisen ihn erkannt?
Auf die Frage nach seinem Handy hatte die Schwester geantwortet, die Rettungssanitäter hätten kein Handy mit seinen persönlichen Sachen übergeben.
So ein Shit.
Er hat die Nummer von Orlowski nur in seinem Handy, aber nicht in seinem Kopf gespeichert.
Er muss sich spätestens am Montag bei ihm melden.

TEIL VI

EIN ERSTER VERDACHT

23.

Sonntag, 27. Mai

Am Sonntagabend treffen sich Karl Krämer und Günter Groß bei Markus Krapf im WINZERHAUS.
20 Uhr. Winzerhaus. Wir müssen uns treffen. Schon wieder en Leich. Ich weiß mehr, hatte Karl kurz zuvor per WhatsApp-Nachricht der Gruppe ‚Stammtisch' mitgeteilt. Peter Labonte bedauerte, dass er so kurzfristig eine offizielle Verpflichtung als Gastredner bei der Bruker-Stiftung nicht absagen konnte. Nachdem Karl den beiden seinen neuesten Kenntnisstand berichtet hat, fragt Markus:
»Woher weißt dau dann, dat die duude Frau in Lahnstein geboren wurd und als Kind hei gewohnt hot?«
Karl führt den Zeigefinger zum Mund und flüstert leise:
»Dat kann ich dir net saache, sonst erfahren ich nie mi watt. Als ich datt soewe gehiert hann, wor ich noch unnerwegs. Unn weil et en Fraueleich iss, da mosst ich mo heim ginn, ob datt Gabi do iss. Mer kann jo och mo Glöck hann.«
«Wenn ich datt dem Gaby saache …« bemerkt Groß.
»Datt kennt mich doch, et weiß doch, dat ich et uch lieb hon … awer mich würd vill mi interessiere, wie dat Mädche heißt.«
Die drei überlegen, welche Personen ihnen nähere Informationen geben könnten und wer die Frage beantworten kann, ob eine Verbindung zwischen den Mordfällen besteht. Sie machen sich immer noch Gedanken, welche Auswirkungen diese Mordserie auf die Jubiläumsfeiern der Stadt, der Bruker-Stiftung und für das 125-jährige Firmenjubiläum der Firma Zschimmer & Schwarz haben könnte.

24.

Zur gleichen Zeit wälzt sich Tom Schneider in seinem Krankenbett unruhig hin und her. Er hatte sich sehr über Lenas Besuch am Samstag gefreut. Sie würde nach der Behandlung ihrer Seele zur Kur in den Schweizer Luftkurort Davos fahren.

Als er heute aus dem Mittagsschlaf erwachte, glaubte er kurz Fredys Gesicht zu sehen, Es blickte hinter dem großen Fenster vom Krankenhausflur in sein Zimmer. Aber das konnte er nur geträumt haben, denn der Gedanke, dass Fredy kurze Zeit mit Lena liiert war, macht ihn immer noch wütend und verfolgt ihn in seinen Albträumen. Lena war für diesen aufgeblasenen Macho nur eine von vielen.

Und er denkt an das Scheitern seiner eigenen Ehe und immer wieder taucht das bleiche Gesicht seiner heroinabhängigen Tochter vor seinem geistigen Auge auf. Sabine, wo bist du? Ich möchte dich gerne wiedersehen. Nicht tot, sondern lebendig.

25.

Montag, 28. Mai

In der Frühbesprechung der Abteilung K werden die Mitarbeiter aller Kommissariate jeden Montagmorgen über die wesentlichsten Ereignisse aus den Rapporten der Kriminalwache und den Polizeiinspektionen informiert. Nachdem der diensthabende Kommissar seinen Vortrag beendet hatte und alle Angehörigen der Abteilung den Raum verlassen hatten, tauschen die Mitglieder der Mordkommissionen »Emily« und »Hafeköppche« erste Ergebnisse der bisherigen Ermittlungen

aus. Dieser Part ist jedoch schnell erledigt, denn es liegen in beiden Ermittlungsverfahren keine neuen Hinweise aus der Bevölkerung vor. Bernd Laux, der Leiter der Mordkommission »Hafeköppche« sieht momentan keine Verbindung, zumal die Tötungsarten sich extrem unterscheiden würden und auch die Ablage der Leichen nicht auf den oder die gleichen Täter schließen lassen. Aber man wisse ja nie, beendet er seinen Bericht und verabschiedet sich aus der Runde, die sich dann mit dem aktuellen Mord beschäftigt.
»Wir haben keine heiße Spur und nur Fredy Geisen hatte offensichtlich Kontakt mit der jungen Kanadierin«, beginnt Dr. Göttmann seine Rede vor der *Soko Emily*.
»Und ihr Mörder«, ergänzt Harald.
»Wenn es sich dabei um zwei Personen handeln sollte«, kann sich Göttmann nicht verkneifen und erntet böse Blicke, bevor Harald Sauer das Wort ergreift.
»Die Haustürbefragungen erbrachten keine weiteren Hinweise. Ich zeige euch nun meinen Vorschlag für die Öffentlichkeitsfahndung und das Fahndungsplakat. Wir werden die Medien natürlich vorerst nicht darüber informieren, dass dieser Frau der Kopf abgetrennt wurde. Das würde nur die Angst in der Bevölkerung schüren und wir würden Täterwissen preisgeben.«
Harald Sauer schaltet den Beamer ein und projiziert das Fahndungsplakat mit Emilys Bild aus ihrem Ausweis auf die Leinwand.
»Da fehlt dennoch ein wichtiger Hinweis!«, sagt Göttmann.
»Welcher?«, fragt Harald.
»Wir sollten auf dem Plakat noch ergänzen: Wer hat am Freitagabend ein Fahrzeug in der Nähe des Mühlentals gesehen und kann Geisens Rostbeule beschreiben und das Kennzeichen angeben?«
»Was soll das denn jetzt?«, fragt Harald Sauer sichtlich irritiert und einige Beamte schütteln mit dem Kopf.

»Nun ja, wenn ich den Bericht zur aktuellen Lage richtig verstanden habe, hatte außer Geisen niemand Kontakt zu der Ermordeten.«
»Niemand von dem wir wissen …«, kommentiert Harald.
»Genau!«, unterbricht Dr. Göttmann.
»… und außer Ihnen verdächtigt niemand den Kollegen Geisen.«
»Bei allem Verständnis, dass es in unseren Reihen mit der Chorknabenmentalität immer schwierig ist, einen Kollegen zu verdächtigen: Wir dürfen die belastenden Momente nicht vergessen«, erwidert Dr. Göttmann
»Welche belastenden Momente haben wir denn außer einer zufälligen Begegnung, die plausibel erscheint? Und Sie glauben doch nicht ernsthaft, dass Geisen zu einer solch bestialischen Tat fähig ist. Wir haben inzwischen seine Angaben bezüglich der Zeugen überprüft und die Fahrrad-Strecke hat er bei Komoot gepostet.«
»Dem trau ich alles zu. Vielleicht finden wir seine DNA am Tatort?«
»Wenn Sie als Beweis anführen wollen, dass wir Fredys DNA am Tatort finden, wohin Sie ihn selbst gelockt haben, läuft hier irgendetwas gewaltig falsch. Sie haben Fredy Geisen an den Leichenfundort zitiert, obwohl Sie ihn verdächtigen. Dies ist einer der fatalsten kriminalistischen Fehler, den Sie bisher begangen haben. Sie sind übrigens der Einzige, der Fredy verdächtigt, und leider kennen wir den Grund. Aber nehmen wir mal an, wir würden ihn wirklich in den Kreis der möglichen Tatverdächtigen aufnehmen, dann wären in diesem Falle sämtliche am Fundort gesicherten Spuren, ob DNA-, daktyloskopische Spuren, Haare oder Fasern, die vom Täter stammen, wertlos. Jeder „kleine Dorfanwalt“, dazu muss man nicht der „Bossi von Koblenz“ sein, würde vor Gericht die Indizienkette zerreißen und ein Spurenkonstrukt würde wie eine Seifenblase zerplatzen. Nur weil Sie mit Ihrer schon fast krankhaften

Wut auf Fredy ihn als Täter präsentieren wollen. Mit diesem „Fauxpas“ haben Sie genau das Gegenteil erreicht. Und ein letztes Wort bevor ich hier vor Aufregung tot umfalle: Fredy wäre nie so blöd und würde den Zettel als vorläufig einzigen Hinweis in der Hosentasche der Leiche belassen«, regt sich Harald Sauer auf.

Burgmüller erhebt beide Hände und signalisiert in der von ihm bekannten Art, die beiden mögen sich wieder beruhigen. Dann wendet er sich an Göttmann. Wenn die Streithähne auf das erste nonverbale Signal nicht reagieren, wird gleich wieder seine Faust auf den Tisch schlagen, aber in diesem Fall haben beide verstanden. Burgmüller wendet sich mit ruhiger Stimme an Göttmann:

»Du willst offensichtlich mit allen Mitteln Fredy in den Kreis der Verdächtigen einreihen oder genauer gesagt, er ist für dich der einzige Verdächtige. Aber wir brauchen mehr Hinweise als dieses zufällige Treffen am Jesuitenplatz. Mit deiner blühenden Phantasie solltest du dich bei einem Kinderbuchverlag als Autor oder im Stadttheater als Märchentante bewerben. Aber wissen ja alle, dass dich sachfremde Erwägungen auf diese falsche Schiene führen.«

»Macht doch, was ihr für richtig haltet«, sagt Göttmann, steht auf und verlässt beleidigt den Raum.

Harald Sauer stellt die Bereiche für die Häuserbefragung vor und teilt diese den Teams zu. Nachdem alle den Raum verlassen haben, bittet er Cindy Brenk in sein Büro.

»Wir beide betreiben jetzt mal Aktenkunde.«

* * *

»Ich hab ihn!«, ruft Cindy Brenk und aktiviert den Drucker am PC.

»Wen?«, fragt Harald Sauer.

»Ich habe eine Häuserabfrage in Ehrenbreitstein gemacht und Elbling gefunden.«
»Elbling?«
»Der einzige Name im Mühlental, der mich an eine Weinsorte erinnert.«
»Elbling ist eine Weinsorte?«
»Natürlich, ich war doch mal Weinhex in Winningen.«
«Okay, wenn es stimmt. Ich trinke nur Bier. Dann schnapp dir deinen Besen und schnall um, kleine Hexe!«
Cindy öffnet die oberste Schublade ihres Schreibtischs, lädt ihre Waffe durch und steckt sie in das Holster an ihrem Hosengürtel.

* * *

Harald Sauer steuert das Zivilfahrzeug durch die engen Kurven im Koblenzer Mühlental. Vorbei an einzelnen Häusern in Alleinlage zwischen den Weinbergen und Wiesen, erreichen sie das Weingut Elbling. Das rostige Gittertor ist angelehnt. Ein junger Mann tritt aus dem Haus und sieht fragend von einem zum anderen.
Cindy zückt ihre Kriminaldienstmarke. Sie hatten vereinbart, dass Cindy die Gesprächsführung übernimmt.
»Brenk. Kripo Koblenz. Wir hätten gerne Herrn Elbling gesprochen.«
Der junge Mann blickt die beiden erstaunt an.
»Ja und? Bin ich.«
»Wir suchen einen Waldemar Elbling.«
»Warum?«
»Wir stellen hier die Fragen. Also antworten Sie bitte. Ist Waldemar Elbling ihr Vater?«
Der junge Mann schluckt, hält sich die Hand vor den Mund und hustet.

»Maine Vadder iss net da.«
»Wo ist er denn?«
»Weg.«
»Wohin?«
«Weiß net.«
»Wie heißen Sie?«
»Dennis.«
»Und weiter?«
»Klar doch, Dennis Elbling!«
»Herr Elbling, dürfen wir einen Moment reinkommen?«
»Warum?«
»Das würden wir Ihnen gerne im Haus sagen.«
Der junge Mann öffnet die Tür, führt sie in das Haus und zeigt auf eine rustikale Holzbank vor einem alten Eichentisch. Vermutlich das ehemalige Probierstübchen. »Wollt ihr Wein?«
»Danke nein, wir sind im Dienst«, lehnt Harald ab und denkt daran, dass es ihn früher nie gestört hatte, wenn ihm im Rahmen von Ermittlungen alkoholische Getränke angeboten wurden. Er fragt sich, ob der junge Mann auch ganze Sätze sprechen kann oder ob er zu aufgeregt ist, um einen vernünftigen Satz zu formulieren. Vielleicht meint er auch, er müsse sich Cindys kurzen Fragen anpassen.
»Herr Elbling, wo ist Ihre Schwester?«, bringt Cindy es direkt auf den Punkt.
Der junge Mann runzelt die Stirn.
»Schwester? Hab keine Schwester. Bin allein.«
»Eine Halbschwester in Kanada, genauer gesagt. Erst am vergangenen Freitag in Koblenz angekommen.«
Der junge Mann wird sichtlich nervös.
»Halb? Weiß net.«
Elbling blickt Cindy an.
»Wat soll die Frag?«
»Die Fragen stellen wir. Dürften wir uns mal im Haus umsehen?«

»Wieso? Haben Sie denn Befehl?«
»Nein, aber wir können einen Durchsuchungsbeschluss besorgen, fordern zwei Streifenwagen an und warten so lange hier, damit alle im Mühlental sehen, welche Trachtengruppe in schicken, blauen Einheitsuniformen und auffälligen Autos Ihnen einen Besuch abstattet.«
» Nei-ein, nu-ur nicht«, stottert Elbling.
»Möchten Sie, dass wir einen Nachbarn oder eine andere Person Ihres Vertrauens als Zeuge hinzuziehen?«
»Nei-ein.«
»Sind Sie denn damit einverstanden, dass wir uns mal ein bisschen bei Ihnen umschauen?«
»Jo, worum net.«
»Haben Sie ein Gästezimmer?«
»Ein Gäste? Ja, Treppe hoch, geradeaus. A-aber …?«
Er zeigt auf die hölzerne Treppe, die ins Obergeschoss führt. Cindy steigt mit schnellen Schritten die Treppe hoch. Die Tür steht offen. Neben dem Bett ein Rucksack. Cindy erkennt ihn sofort, denn Fredy hat ihn bei der Vernehmung beschrieben. Elbling steht plötzlich neben ihr und versucht, den Rucksack mit dem Fuß unter das Bett zu schieben. Als Harald dies erkennt, ergreift er Elblings Hände und legt ihm Handschellen an. Dies geschieht für den jungen Mann offensichtlich so überraschend, dass er Harald nur anstarrt und fragt: »Watt soll datt dann hey?«
Cindy bückt sich, öffnet den Rucksack und hält dem jungen Mann einen Pass vor die Nase.
»Sieht ganz so aus, als ob wir den letzten Aufenthaltsort Ihrer Halbschwester gefunden haben, Herr Elbling. Sie werden uns nun zur Dienststelle begleiten.«
»Watt iss denn passiert?«
»Lassen Sie diese Spielchen!«
»Wär ich doch nur mit der gegang-ange …«

»Und warum haben Sie soeben noch behauptet, Sie hätten keine Schwester?«
»Dann wär datt net passiert.«
»Wieso, was ist denn passiert? Wir haben den Grund unseres Besuchs noch gar nicht verraten.«
»Aber, Sie hann doch gesacht, die wär duud?«
»Nein, wir haben nicht gesagt, dass sie tot ist. Aber Sie wissen es scheinbar schon. Merkwürdig, finden Sie nicht? Herr Elbling, wir verhaften Sie wegen des dringenden Tatverdachts, Ihre Halbschwester Emily Scott ermordet zu haben.«
Harald schaltet das Handfunkgerät ein:
»Lahnstein 13 für K 11 kommen.
»Lahnstein 13 hört!«
»Benötigen Fahrzeug für Transport einer Festnahme.«
Dann gibt er die genaue Adresse durch. Ungefragt beginnt Elbling nun zu reden und es hat den Anschein, als würde er Selbstgespräche führen.
»Sie wollt sich mit nem Mann träffe. Mein Gott, hätt ich se nur net aus dem Haus gehe losse. Di iss gestern Omend mit dämm Mann weg.«
»Können Sie den Mann beschreiben?«
»Nä!«
»Ach so. Mal wieder der berühmte unbekannte Fremde.«
»Ich weiß et net, wie der ausgesehe hatt. Hatt nur gehupt und im Auto auf sie gewaard.«
»Hat sie denn was gesagt, wohin die beiden fahren wollen?«
»Nä nä.«
»Und welcher Autotyp?«
»Irgendsu en klein Äffche.«
»Die Automarke Äffche kenn ich nicht, aber ich bin ja nur eine Frau«, versucht Cindy das Gespräch aufzulockern, lächelt und fragt: »Was meinen Sie denn mit Äffche?«
»En klaine Geländewache. Mit Allrad unn su.«
»Kennzeichen?«

»Kain Ahnung.«
Cindy Brenk lacht laut auf. »Nä, ich kann datt Kennseiche von euerem Auto och net von hei erkenne.«
»Stimmt, aber zumindest die Farbe. Welche Farbe hatte das Auto des großen Unbekannten?«
»Irjendwie dunkel.«
»So so. Irgendwie dunkel. Dunkel wird es für Sie auch, wenn Sie gleich in der Zelle sitzen. Also überlegen Sie sich, was Sie sagen.«
»Aber Sie hann mich doch gefraacht.«
»Sie haben nur mit einer neugierigen Kriminalbeamtin geplaudert«, erwidert Cindy mit einem bitteren Lächeln. »Stellen Sie sich an die Wand. Der Kollege wird Sie jetzt durchsuchen. Dann kommt ein Streifenwagen und wird Sie zur Dienststelle fahren.«

* * *

Eine Viertelstunde später rollt ein Streifenwagen der Polizeiinspektion Lahnstein auf den Hof. Cindy begrüßt die Kollegen, teilt Ihnen kurz den Grund der Festnahme mit und erklärt, dass der Festgenommene bereits durchsucht wurde. Trotzdem stellen die beiden Polizisten Elbling noch einmal an die Wand und eskortieren ihn anschließend zum Streifenwagen. Einer der Beamten öffnet die Tür hinter dem Beifahrersitz und drückt schützend die Hand auf Elblings Kopf, damit er sich beim Einsteigen nicht verletzt.

* * *

Als die Kollegen des Erkennungsdienstes im Mühlental eintreffen, steigen Harald und Cindy in ihren Dienstwagen und fahren Richtung Polizeipräsidium.
»Ich rufe Fredy an«, sagt Cindy auf der Rückfahrt.
»Zu allererst rufst du Göttmann an, damit er sofort die Suspendierung aufhebt. Er hat sich in diesem Verfahren vorbehalten, als Erster über alles informiert zu werden. Also bitte! Den Dienstweg einhalten, liebe Kollegin.«
»Wir müssen Göttmann ja nicht auf seine Adlernase binden, dass wir Fredy schon informiert haben«, entgegnet Cindy schnippisch und lächelt.
Harald blickt erstaunt zur Seite und wäre in dem engen Mühlental beinahe gegen die Weinbergmauer gefahren.
»Ich habe es soeben schon versucht, aber ich kann ihn nicht erreichen, weder auf dem Handy noch in seiner Wohnung.«
»Er ist suspendiert. Fredy hat also jede Menge Zeit. Vermutlich relaxt er in Bad Ems im Thermalbad. Wenn man der Werbung glauben mag, ist man in zwei Stunden ein neuer Mensch.«
»Wer's glaubt. Wenn es so einfach wär.«
»Ruf jetzt Göttmann an, sonst gibt es Ärger.«
»Okay.«
Cindy wählt die Nummer des Kripochefs.
»Nur der Anrufbeantworter.«
»Sprich ihm auf Band! Das hört er immer ab.«
Cindy drückt die Wiederholungstaste, berichtet über Elblings Festnahme und bittet Göttmann, unverzüglich Fredy Geisen über die Inhaftierung des Tatverdächtigen zu informieren. Sie beendet das Telefonat mit den Worten: »… und richten Sie ihm bitte aus, dass wir alle sehr erleichtert sind, dass sich *Ihr* Anfangsverdacht nicht bestätigt hat. *Wir* waren alle der Meinung, dass er unschuldig ist.«

26.

»Ich bin unschuldig«, flüstert Dennis. Er steigt mit den beiden uniformierten Beamten in den Fahrstuhl. Sie hatten ihn vorher in eine Zelle gesperrt. Ruckartig hält der Fahrstuhl an. „Delikte gegen das Leben“ steht auf einem alten Messingschild an der Eingangstür. Die Beamten klingeln. Die Tür öffnet sich automatisch. Dann führen sie Dennis in ein Zimmer. Der Kommissar sitzt rittlings auf einem Drehstuhl, wippt mit den Fußspitzen auf und ab. Den Namen kann er sich gut merken. Sauer. Es gab früher auch eine *Sauers Mühle* im Tal. Aber der Typ ist nicht aus dem Mühlental, sonst würde er ihn kennen. Mit Ausnahme der Zeit in der Erziehungsanstalt hat er immer im Mühlental gelebt und war noch nie auf der anderen Rheinseite. Zumindest kann er sich nicht daran erinnern. Am Schreibtisch sitzt die junge Beamtin, deren Namen er sich nicht gemerkt hat, obwohl sie ihm gut gefällt. Sauer beschuldigt ihn, er habe seine ältere Halbschwester Emily Scott ermordet, aber er müsse das nicht zugeben, sondern nur was über sich selbst sagen. Über sich als Person. Da gibt es nicht viel zu erzählen. Sauer sagt, er müsse nicht sagen, was er getan hat. Das ist gut. Dann muss er auch nicht lügen. Das kennt er aus Fernsehfilmen und Videos, die er sich täglich reinzieht.
»Herr Elbling, haben Sie die Belehrung verstanden?«, hört er die Stimme des Beamten aus weiter Ferne.
»Ja!«, flüstert er, obwohl er nicht zugehört hat.
»Dann bestätigen Sie das hier durch Ihre Unterschrift«, sagt Sauer, legt ein Formular und einen Kugelschreiber auf den Tisch und zeigt mit dem Finger auf eine Stelle, wo er unterschreiben soll. Er kritzelt was auf das Blatt, ohne einen einzigen Blick darauf zu werfen.
»Wir nehmen nun Ihre Personalien auf«, sagt der Kommissar und fragt die junge Kollegin am Computer.
»Fertig, Cindy?«

Die junge Polizistin nickt. Cindy. Schöner Name. Warum lernt er nie Frauen kennen. So schöne Frauen.
Die beiden waren auch schön. Aber böse.
Wollten nur sein Geld.
»Name des Vaters?« fragt die Polizistin.
»Was?«
»Wie heißt ihr Vater?«
»Elbling!«
»Klar, hat er auch einen Vornamen?«
»Waldemar!«
»Wann und wo geboren?«
»Weiß nicht!«
»Wohin ist er verreist?«
»Weiß net. Weit weg.«
»Geht es auch genauer?«
»Ganz weit weg.«
»Okay, das klären wir später.«
Sauer unterbricht die schöne Polizistin.
»Name der Mutter?«
»Marie.«
»Geborene?«
»Weiß net!«
»Wann geboren?«
»Weiß net!«
»Aber Sie wissen, wo sie wohnt?«
»Ja, weiß ich!«
»Na siehst'de, geht doch! Wo also?«
»Im Rhein!«
Kommissar Sauer springt auf und seine Stimme überschlägt sich fast. »Herr Elbling, das hier ist kein Sandkastenspiel. Nehmen Sie das nicht auf die leichte Schulter! Das wird Sie Jahre Ihres Lebens kosten. Also, was ist mit Ihrer Mutter?«
»Hab isch gesacht, main Mudder ess duud«, schreit er zurück, springt auf, schlägt sich mit beiden Händen wie Tarzan in dem

gleichnamigen Kinofilm gegen die Brust und schreit: »D – U – D, im Rhein ersoffe.«
»Hat Ihre Mutter sich umgebracht?«, fragt die Polizistin.
Er nickt.
»Beruhigen Sie sich und setzen Sie sich bitte wieder auf Ihren Stuhl«, sagt Sauer.
Er muss machen, was die Polizei sagt, hat Waldemar ihm damals befohlen, als die uniformierten Männer ihn zu Hause abgeholt und in das Heim gebracht haben. Dennis glaubt bei Cindy so ein Gefühl von Mitleid zu erkennen. Mitleid sei der kleine Bruder von Verachtung, hatte die Therapeutin gesagt. Oder wie war das? Eine der wenigen Sprüche der Therapeutin, die er behalten, aber eigentlich nie richtig verstanden hat. Aber er kann viel spüren. So im Innern. Auch wenn er nicht weiß, wie er das ausdrücken soll. Dieser Bulle verachtet ihn, wie so viele Menschen, denen er in seinem Leben begegnet ist. Der will nur ein Geständnis aus ihm herauslocken. Aber da kann er lange warten. Er wird schweigen bis ins Grab. Bis in sein eigenes Grab. Er weiß, was er zu tun hat, wenn sie ihm was nachweisen könnten. Hätte er sich nur das Kennzeichen des kleinen Geländewagens gemerkt, der an dem Abend im Mühlental parkte. Und den großen Mann, der ihn anhalten wollte, könnte er auch beschreiben. Der Mann hatte aber gesehen, dass auf dem Hänger eine blaue Tonne lag, in der er Emilys Leiche transportiert hatte. Dann fällt ihm ein, dass er besser nichts davon erzählt, denn der kleine Geländewagen hat ihn kurze Zeit später auf der Arenberger Straße überholt, als er vom Mühlental hoch zur Festung Ehrenbreitstein gefahren war. Da die Zufahrt zu dem grauen Haus durch einen Poller abgesperrt ist, fuhr er ein Stück weiter und war an einer Stelle abgebogen, wo eine Lücke zwischen den Holzgeländern war, sodass er auf den Feldweg in Richtung Festung gelangen konnte. Dort hatte er den Zaun aufgeschnitten und Emilys Körper unterhalb im Hang abgelegt. Eigentlich wollte er Waldemar auch den Kopf

abtrennen. Oder hatte er Emily den Kopf nur abgetrennt, da der komplette Körper nicht in die blaue Tonne gepasst hätte? Er kann sich auch nicht mehr daran erinnern, warum er den Kopf mit einem Handtuch abgedeckt hat, nachdem er die Leiche in den Hang geschleppt hatte. Er weiß es nicht mehr. Er hat so vieles vergessen.
»Okay, unterschreiben Sie bitte den Personalbogen, zur Sache müssen Sie keine Angaben machen«, stört Sauers Stimme erneut seine Gedanken und legt ihm ein Blatt Papier zur Unterschrift vor.
»Ja, gut!«, sagt Dennis.
»Wollen Sie wirklich keine Angaben machen?«, fragt die junge Frau nochmals. Sie hat erkannt, dass er das Ja in einem entnervten Ton gesagt hat.
»Nä-ä«, antwortet er mit lauter Stimme.
»Wollen Sie nicht Ihr Gewissen erleichtern? Die Sache ist doch klar. Dann wird Ihnen ein Stein vom Herzen fallen. Die meisten wollen erzählen. Was haben Sie noch zu verlieren?«, hakt der Kommissar nach.
Ein Stein? Welcher Stein? Wie kann denn ein Stein vom Herz fallen. Mit einem Stein kann man auch Menschen töten. Das weiß er. Und von wegen. Die meisten wollen was erzählen! Ich bin anders. Die Sache ist doch klar. Von wegen. Nichts ist klar. Richtig ist: Ich habe nichts mehr zu verlieren. Ich habe bereits alles verloren und trotzdem werde ich nichts erzählen. Da kannst du den Pfarrer spielen, solange du willst. Du Sauer-Arschloch!
»Haben Sie verstanden, Herr Elbling?«
Ich verstehe nichts, du Arschloch, würde er am liebsten schreien, aber er blickt den Beamten kurz an und sagt:
»Hab alles verstanden. Bin nicht blöd.«
Die Polizistin lächelt ihn freundlich an. Sie ist höchstens zwanzig, so alt wie er und vermutlich lernt sie noch Polizei. Welchen Namen hat Sauer genannt? Süßi? Nein, Cindy. Ahnt

die liebe Cindy, dass er die nächstbeste Gelegenheit nutzen wird, aus dem Fenster zu springen, obwohl er nicht weiß, in welchem Stockwerk er sich befindet? Es wäre ihm in diesem Moment egal, ob es ein Sprung in die Freiheit oder ein Sprung in den Tod wäre.

Seine Phantasie läuft schon lange Amok. Der Tod kann nicht schlimmer sein als dieses beschissene Leben ohne Freunde. Seine Therapeutin Frau Dr. Kraus interessiert sich nur für ihn, weil sie Geld kriegt. Zweimal in der Woche hat er einen Termin. Eine ganze Stunde lang wühlt sie in seinen Erinnerungen. Manchmal macht sie komische Dinge. Hypnotisiert ihn und führt ihn in Gedanken zurück in die Kindheit. Und manchmal muss er weinen. Okay, die Psychologin bemüht sich. Schließlich ist es ihr Beruf. So richtig verstanden hat sie ihn aber nie. Sie erinnert ihn zu sehr an seine Mutter. Überdachung nennt Frau Dr. Kraus diesen Vorgang oder zumindest so ähnlich. Als wäre sie seine Mutter, als hätte Frau Dr. Kraus mit ihm unter einem Dach gelebt. Vielleicht wollte er sie deshalb auch schonen und hat nie wirklich alles erzählt. Nein, er dürfte ihr nie verraten, was er sonst noch gemacht hat. Dann hätte die Therapeutin Angst vor ihm und würde der Polizei was sagen. Aber sie hat ja Schweigepflicht. Ob die aber auch bei Mord gilt, das weiß er nicht.

»Wenn Sie keine weiteren Angaben machen wollen, gehen wir zum Klavierspielen«, stört der Kommissar ihn in seinen Gedanken. Dennis ist nicht blöd. Er weiß, was Sauer-Arschloch mit ‚Klavier spielen' meint. Fingerabdrücke. Nun ist er offiziell ein Verbrecher.

Sauer-Arschloch und die liebe Cindy geleiten ihn zu einem Fahrstuhl. Als die rote »2« aufleuchtet, hält der Fahrstuhl an und sie stehen vor einer großen Glastür auf der ERKENNUNGSDIENST steht.

»Wer ist das denn? Ich habe für heute die Schnauze gestrichen voll!«, zischt der ältere Beamte in dem Geschäftszimmer.

»Das ist unser Tatverdächtiger in der Mordsache Emily.«
»Ach, schau an. Das Früchtchen! Na, die Drecksfinger scanne ich noch gerne ein.«
Dennis wird in einen Raum geführt, der dem Fotoatelier ähnelt, in dem seine Bilder zur ersten Heiligen Kommunion angefertigt wurden: eine weiße Wand, davor ein großer Drehstuhl. Der Beamte schaltet die Scheinwerfer ein und richtet sie auf Dennis.
»Setz dich auf den Stuhl!«, fordert er Dennis in barschem Ton auf. Ein Kommando-Ton. Der Ton seines Vaters. Der Beamte legt eine kleine Tafel mit einer Nummer an den Stuhl. »In die Kamera schauen. Nicht lächeln. Das soll kein Foto fürs Familienalbum werden. Hier gibt es nichts zu lachen!«
Das Lachen ist mir schon lange vergangen. Habe keine Familie mehr. Hatte niemals eine richtige. Aber woher soll der doofe Polizist, der immer nur Leute fotografiert, das wissen? Der Beamte dreht den Stuhl nach rechts, fotografiert, dreht den Stuhl nach links und fotografiert nochmals. Dennis muss sich neben ein Metermaß an die Wand stellen.
»So, nun werden wir deine Finger scannen!«
Der Beamte greift nach seiner rechten Hand. Dennis hat das Gefühl, als wolle er ihm seine zartgliedrigen Finger brechen.
»Man sieht den Fingern gar nicht an, dass an ihnen Blut klebt. Muss sie leider nicht mehr schwarz einfärben wie früher«, sagt der Beamte und erklärt ihm das neue System so stolz, als habe er es selbst erfunden.
»Nun nur noch eine DNA-Vergleichsprobe, dann sind wir fertig, wenn es Sie interessieren sollte«, sagt der Beamte, hält Dennis ein Wattestäbchen vor die Nase und fordert ihn auf, den Mund zu öffnen.
Es interessiert mich einen Scheiß, denkt Dennis und gehorcht ohne Widerspruch den Anweisungen des Beamten. Nachdem er das Wattestäbchen in einen Behälter gesteckt hat, murmelt er: »So, nun könnt ihr ihn ins Loch bringen!«

Cindy greift nach seiner Hand. Irgendwie hat Dennis schon wieder das Gefühl, dass er ihr leidtut. Sie ist lieb. Aber zwischen Mitleid und Verachtung ist es nur ein kleiner Schritt. Er will nicht, dass Cindy ihn verachtet.

* * *

Der Fahrstuhl hält im Untergeschoss.
»Dillmann, aufwachen!«, ruft der Kommissar.
Der Gewahrsamsbeamte öffnet die schwere Eingangstür.
»Typisch Kripo, nie Zeit!«
»Nicht so viel wie du!«, kontert Sauer.
Der Beamte sitzt in einem kleinen Raum mit vielen Bildschirmen, die alle Zellen überwachen. Da sitzen auch Männer drin. Nur Männer. Die meisten schlafen. Nur einer rennt hin und her. Weitere Monitore kontrollieren den Flur im Polizeigewahrsam.
»Na, habt ihr mal wieder einen Gefangenen gemacht?«, fragt der Mann. Einen Gefangenen gemacht. Ein blöder Ausdruck.
Die Polizistin überreicht dem uniformierten Beamten ein rotes Formular.
»Hat deine Durchläuferin die Rotanzeige auch ordentlich ausgefüllt?«, fragt Dillmann, ohne Cindy mit einem einzigen Blick zu würdigen. Sauer macht ein genervtes Gesicht.
»Mensch Dilldapp! Frag sie selbst! Sie kann reden. Oder wirst du rot, wenn du in ihre Augen schaust? Sie ist keine Durchläuferin, sondern Kommissarin. Ein Dienstgrad, den du nicht mehr erreichen wirst.«
Der Polizist zieht Sauer den Zettel aus der Hand.
»Ihr werdet mir in der letzten Zeit ein bisschen zu schlampig. Na ja. Aber die jungen Mädels wissen es vielleicht besser, als alte Säcke. Ich habe keine Lust, immer wieder nachzufragen, weil ihr mal wieder was vergessen habt.«

»Du hast ja auch so wenig Zeit. Du tust mir so leid!«, frotzelt Sauer mit einem höhnischen Lächeln und zieht das »o« in die Länge.
Dennis hat das Gefühl, dass er gar nicht wahrgenommen wird. Erst jetzt dreht sich der Gewahrsamsbeamte das erste Mal zu ihm um. »Sie sind heute Nacht unser Gast! Zum ersten Mal bei uns?«
Dennis reagiert nicht. Diese blöden Sprüche kann sich der Bulle, der jeden Tag Menschen einsperrt, sparen. Unser Gast. So ein Schwachsinn. Als hätte er in einem Hotel ein Zimmer gebucht. Ich bin nicht freiwillig hier, hätte er am liebsten geantwortet, aber dann antwortet Sauer auf diese Frage: »Ja, er fährt zum ersten Mal ein. Bisher ein unbeschriebenes Blatt. Keine Erkenntnisse.«
Dennis kann sich ein Grinsen nicht verkneifen. Wenn die wüssten. »Morgen früh werden wir ihn dem Haftrichter vorführen«, sagt der Kommissar und wendet sich nochmals an Dennis. »Ohne dem Richterspruch vorgreifen zu wollen: Sie werden mit an Sicherheit grenzender Wahrscheinlichkeit eingebuchtet. Also gewöhnen Sie sich am besten schon mal an die Gitter und Glasbausteine in unseren Räumen.«
Sauer zeigt auf die vergitterten Fenster des Gewahrsams. Dennis muss seine Sachen abgeben. Der Beamte wirft alles in einen Karton: Uhr, Gürtel, Geldbörse, Schlüssel, alles, was er in den Taschen trägt.
»Folgen Sie mir bitte leise und unauffällig!«, fordert der Gewahrsamsbeamte ihn auf und lacht. Was für ein Scherzkeks! Glaubt er, das sei lustig. Dennis folgt dem Beamten durch den Flur. Vor einer der Zellen bleibt der Polizist stehen, öffnet die Tür mit einem großen Schlüssel und macht eine einladende Handbewegung.
»Schuhe ausziehen und vor die Tür stellen!«, befiehlt der Beamte. Dennis bückt sich, zieht die Schuhe aus.
»Ordentlich vor die Tür stellen!«

Schon wieder dieser Befehlston. Wie Waldemar.
Er betritt barfuß den schmalen Raum.
»Einlieferungszeit 11 Uhr 15, hier unterschreiben«, hört er die Stimme des Gewahrsamsbeamten, nachdem dieser die Zellentür verriegelt hat. Dann entfernen sich die Schritte. Die Eingangstür zum Zellentrakt schlägt ins Schloss und eine unheimliche Stille breitet sich in dem schmalen Raum aus.
Dennis blickt aus dem vergitterten Fenster auf die Hauswand. Das Gebäude ist mindestens zehn Stockwerke hoch. Den Himmel kann man von hier unten nicht sehen. Nur die graue Wand.
Er wirft sich auf die schmale Pritsche und trommelt mit beiden Fäusten auf die Matratze.
Dann zieht er die graue Wolldecke über den Kopf, als wolle er sich vor der Kamera über der Zellentür, irgendeinem unsichtbaren Gott und vor der grausamen Welt da draußen verstecken.
Sein Hass gegen alle Menschen hatte sich mit jeder Erniedrigung in der Schule bis zum heutigen Tage gesteigert.
Aber er hatte nie den Mut für einen Amoklauf.
Obwohl er damals auch gehänselt wurde und niemand mit dem »Blödi aus dem Mühlental« befreundet sein wollte.
Vor Einbruch der Dunkelheit fällt er in einen tiefen Erschöpfungsschlaf und er hört Vaters Stimme. «Pack sofort deine sieben Sachen, du musst umziehen!«
Und dann hatte er ihn in ein Heim für schwer erziehbare Jugendliche gesteckt. Dort hatte er das Hassen erst richtig gelernt und nachdem er eine Katze getötet und an einen Baum genagelt hatte, wurde er in ein anderes Haus gebracht. Da waren die Zellen auch so klein.
Er weiß nicht mehr, wo das war. Irgendwann durfte er wieder nach Hause, obwohl der Therapeut sagte, er sei eine „tickende Zeitbombe“.
Der Ausdruck hat ihm gefallen.
Besser als „Du tickst doch nicht richtig“, mit dem ein Pfleger in dem Heim ihn damals beleidigt hatte.

27.

Dienstag, 29. Mai

Dennis spürt eine kalte Hand auf seiner Stirn. »Pack deine sieben Sachen!«, fordert ihn eine unbekannte Stimme auf. Als er die Augen öffnet, blickt er in das unfreundliche Gesicht eines uniformierten Beamten.

»Pack deine Sachen!«, wiederholt der Mann in der blauen Uniform und erinnert ihn an den Spruch seines Vaters, als die beiden Männer in der Uniform ihn zu Hause abholten und ihn in dieses Heim für schwer erziehbare Jugendliche fuhren. Dort sollte Dennis »Zucht und Ordnung« beigebracht werden. Ja, genau das waren die Worte seines Vaters. Er war damals gerade zwölf Jahre alt und er musste gehorchen. Die Erinnerungen an diese Zeit tauchen auf, als wäre all das erst gestern geschehen. Er wäre dem Polizisten am liebsten an die Gurgel gesprungen und hätte geschrien: »Du alter Sack steckst mich nicht ins Heim!« Dann hätten sie ihn wieder in die Zwangsjacke gesteckt und irgendwo eingeliefert.

Im Türrahmen erkennt er Sauer-Arschloch. Der Kommissar legt ihm Handschellen an und führt ihn zu einem Van mit schwarzen Scheiben, der mit laufendem Motor vor dem Gewahrsamstor wartet. Er muss hinter dem Beifahrersitz Platz nehmen. Sauer drückt seinen Kopf nach unten. Am Steuer sitzt die junge Polizistin, die ihn festgenommen hat. Wie war noch mal ihr Name? Süßi? Das große Rolltor öffnet sich. Der Kommissar neben ihm blättert in der Akte. »Wie hast du die Leiche denn vom Haus bis in den Hang transportiert?«, flüstert er fast verschwörerisch.

Dennis schweigt.

»Womit hast du ihr den Kopf abgetrennt?«

Dennis grinst nur.

Kein einziges Wort kommt über seine Lippen.

Die junge Polizistin startet den Wagen, der fast lautlos durch eine große Tiefgarage rollt, in der zahlreiche Streifenwagen stehen. Die Schranke hinter der Auffahrt öffnet sich automatisch. Auf der Fahrt durch die Stadt starrt er aus dem Fenster. Bereits wenige Minuten später hält das Auto im Innenhof des Gerichtsgebäudes an.
Der Kommissar führt ihn über einen Flur in einen Raum. Hinter dem massiven Schreibtisch sitzt ein Richter und blättert in einem dicken Gesetzbuch. Rechts von ihm schaltet eine junge Frau den Computer ein. Der Kommissar legt eine Akte auf den Tisch. Der Richter liest nur die ersten beiden Seiten. Dann blickt er Dennis tief in die Augen »Sie wissen, weshalb Sie hier sitzen?«
Er nickt.
»Sie heißen?«
»Dennis Elbling.«
Er bestätigt dem Richter nochmals seine Personalien, hört aber nicht mehr zu, als der Richter weiterredet.
»Möchten Sie dazu etwas sagen?«
Er schüttelt verneinend mit dem Kopf.
Der Richter spricht wie ein Sprachcomputer Er beendet seine Ausführungen mit den Worten:
»Wer soll von Ihrer Inhaftierung benachrichtigt werden?«
Der Richter weiß nicht, wer vor ihm sitzt. Ist doch keiner mehr zu Hause. Er will zum Sprechen ansetzen. Kein Ton kommt über seine Lippen. Kalte Schweißperlen bilden sich auf seiner Stirn. Er wischt sich mit dem Ärmel seines dünnen Pullovers über das Gesicht und schluckt runter, was er noch sagen wollte.
»Niemand«, flüstert er kaum hörbar.
»Wie bitte?«
»Niemand, bin allein!«, erwidert er nun lauter, aber mit brüchiger Stimme.
Der Richter blickt ihn an.

Sauer steht auf und flüstert dem Richter etwas ins Ohr.
»Ach so«, sagt der Richter und liest eintönig irgendeine Paragraphenformel vor.
»Haben Sie das verstanden?«, fragt der Richter.
Er nickt.
»Klar«, antwortet er, aber er hat nichts verstanden außer dem letzten Satz, als der Richter ihm erklärte, er müsse jetzt ins Gefängnis.

* * *

Wie von Geisterhand öffnet sich das riesige Doppeltor der Justizvollzugsanstalt. Der Van rollt in eine Schleuse zwischen meterhohen Wänden mit großen Stacheldrahtrollen. Das zweite Tor öffnet sich erst, nachdem das Doppeltor wieder verschlossen wurde. Der Van fährt einen großen Kreis um den Innenhof und hält an.
Die Polizistin steigt aus und öffnet die Tür. Sauer packt ihn am Arm und führt ihn in das Gebäude.
»Neuaufnahme?«, fragt der Justizwachtmeister hinter dem alten Schreibtisch. Der Kommissar nickt und geht, ohne sich von Dennis zu verabschieden.

TEIL VII

MITTWOCH, 30. MAI

28.

Mittwochmorgen

Peter Labonte zieht Sporthose und Sweatshirt an, schnürt seine Laufschuhe und schließt leise die Wohnungstür, um seine Frau Erika nicht zu wecken. Er steigt in seinen BMW, fährt den Rheinhöhenweg hinauf zur Lahnsteiner Höhe. Er denkt auf der Fahrt zum Parkplatz Spießborn an das Gesundheitsprojekt für Burn-out-Patienten, das er als Oberbürgermeister der Stadt Lahnstein mit der Klinik Lahnhöhe, der Gesellschaft für Gesundheitsberatung im Max-Otto-Bruker-Haus und dem Lahnsteiner St.-Elisabeth-Krankenhaus plant. Da Lahnstein eine der größten waldbesitzenden Gemeinden in Rheinland-Pfalz ist, wäre die Prädikatisierung als Erholungs-, Gesundheits- und Heilwald ein großer Vorteil für die wirtschaftliche Entwicklung der Stadt. Im Lahnsteiner Wald soll nach den Vorstellungen der Planer kein Trimmpfad mit den üblichen Fitnessgeräten entstehen, sondern die Patienten könnten in der Stille des Waldes zwischen den Buchen und alten Eichen zur Ruhe kommen. Im angrenzenden Nadelwald würde man die Kiefern, Douglasien und Buchen mit ätherischen Ölen imprägnieren: ein neues therapeutisches Konzept, um den Standort Lahnstein noch attraktiver zu machen.
Labonte wird sein Auto auf dem Parkplatz Spießborn abstellen, um von dort zu seinem morgendlichen Waldlauf zu starten. Die Luft auf den Lahnhöhen weht frischer als in dem windgeschützten Tal und um diese Uhrzeit wandern meist noch dünne Nebelschwaden durch den Wald. Labonte genießt beim Joggen die frische Morgenluft. Wenn er nach etwa einer Stunde auf dieser Rundstrecke zu seinem Auto zurückkehrt, fühlt er sich jedes Mal wie neugeboren und kann die Termine in seinem Job besser meistern, als in jener Zeit, in der er nach einem kräftigen Frühstück nur die paar Meter zu seinem Büro

gegangen war. Hätte Peter Labonte jedoch auch nur den Hauch einer Ahnung, dass er heute Morgen auf dieser Strecke etwas Schreckliches entdecken wird, würde er auf der Stelle umkehren und wieder nach Hause fahren.

* * *

Als Peter Labonte auf dem *Parkplatz Spießborn* aus seinem BMW steigt, steht bereits ein Auto vor der Informationstafel mit der Beschreibung der Nordic-Walking-Strecke. Ein schwarzer Peugeot 204 Cabrio. Direkt daneben bereitet sich eine junge Frau mit Dehnübungen auf ihren Waldlauf vor. Er hat die Frau noch nie hier oben gesehen. Beide werfen sich einen kurzen Gruß zu und nach einer kurzen Aufwärmphase läuft Labonte los. Er hat als ehemaliger aktiver Fußballer mit seinen vierundsechzig Jahren noch immer eine gute Kondition und in der nächsten Viertelstunde wird er den Abstand zu der jungen Frau vergrößern, sodass er auf der kurvenreichen Strecke nur noch seine eigenen Schritte, das leichte Rauschen der Bäume und das Zwitschern der Vögel hören wird. Labonte genießt es, am frühen Morgen in die Stille des Waldes abzutauchen, eine Zeit, wenn der Tau noch in klitzekleinen Tropfen auf den Gräsern und Blättern glänzt und der würzige Geruch vom Harz der Bäume und des Waldbodens in seine Nase steigt.
Wenige Minuten später hört er hinter sich gleichmäßige Laufschritte. Er blickt kurz zurück und sieht nur diese junge Frau. Verfolgt sie ihn? In seiner Position hat er sich nicht nur Freunde gemacht, denn er muss auch unangenehme Entscheidungen treffen. Die Schritte werden immer lauter.
In der Höhe des Lagerplatzes für die Holzhackschnitzel überholt sie ihn und lächelt ihm freundlich zu. Die Stadt nutzt diese Energie aus dem eigenen Wald zur Beheizung des städtischen Hallenbads. Der Abstand zu der jungen Frau vergrößert sich.

Irgendwann verschwindet sie aus seinem Blickwinkel. Erst an der Abzweigung zur Erzbachstraße sieht er sie wieder. Die junge Frau macht Lockerungsübungen. Also doch nicht so fit, denkt Labonte. Man sollte das richtige Tempo einschätzen können. Die Luft muss für die gesamte Strecke ausreichen. Wie beim Marathonlauf. Er bleibt auch kurz stehen. Die Frau macht jedoch keinen atemlosen Eindruck und spricht ihn an.
»Entschuldigung, aber ich weiß nicht, welchen Weg ich weiterlaufen muss, um wieder zum Auto zu kommen. Ich bin zum ersten Mal hier oben und kenne mich nicht aus. Darf ich mich Ihnen anschließen?«
Sichtlich fasziniert vom Lauftempo der jungen Frau erwidert Labonte: »Das ist aber mutig von Ihnen. Haben Sie denn keine Angst, mit einem fremden Mann am frühen Morgen in ein Waldgebiet zu laufen, in dem Sie sich nicht auskennen?«
Die Frau lächelt. »Nein, ich weiß ja, wer Sie sind.«
»Ach so? Gerne, wenn Sie mein Lauftempo weiterhin einhalten können«, erwidert Labonte, wohlwissend, dass er vermutlich hinter ihr am Parkplatz eintreffen wird.
»Ich werde es zumindest versuchen, aber es genügt mir, wenn ich noch Sichtkontakt zu Ihnen habe, damit ich mich nicht verlaufe. Wie lange ist die Rundstrecke und in welcher Zeit schaffen Sie die?«
»Je nach Laufstrecke zwischen zehn und zwölf Kilometer, eine gute Stunde brauche ich schon.«
Die Frau lächelt ihn an.
»Alle Achtung. Das ist eine super Zeit. Aber ich würde trotzdem gerne mit Ihnen weiterlaufen, bevor ich mich in diesem Märchenwald verirre und nicht mehr zu meinem Auto zurückfinde.«
»Also auf geht's«, erwidert Labonte und zeigt auf das Hinweisschild auf den Bergmannsfriedhof.
»Wir laufen rechts hoch, denn die asphaltierte Straße links führt nach Friedrichssegen, Richtung Lahn. Wir müssen

wieder über den Berg zum Parkplatz Spießborn zurücklaufen. Atmen Sie noch einmal tief durch. Jetzt wird es anstrengend.«

»Ich werde es überleben«, erwidert die junge Frau und lächelt ihn an. Der Lahnsteiner Oberbürgermeister kann nicht wissen, dass seine Laufpartnerin eine erfolgreiche Triathletin ist. Sie laufen nebeneinander bergauf, ohne ein Wort zu reden. Plötzlich tippt ihm die Frau auf die Schulter.

»Schauen Sie mal. Da drüben steht ein Auto.«

»Wo?«, fragt Peter Labonte, der beim Laufen immer nur nach vorne blickt und auf Unebenheiten und Äste auf der Strecke achtet, um einen Sturz zu vermeiden.

»Ein anthrazitfarbener Geländewagen. Kaum zu erkennen. Könnte ein kleiner Suzuki sein.»

Die Frau zeigt mit dem Finger auf die andere Seite des Taleinschnitts, durch den der kleine Erzbach sich seinen Weg nach unten bahnt, um einige Kilometer weiter in der Lahn zu münden.

»Der Weg da drüben ist sehr schmal, zum Laufen nicht geeignet. Da hat noch nie einer geparkt. Sogar unsere Försterin Silke Weyer fährt mit ihrem Fiat Panda nicht auf diesem Weg zum Bergmannsfriedhof. Aber es könnte das Auto des Jagdpächters Seifert sein.«

»Da drüben ist ein Bergmannnsfriedhof?«

Labonte nickt.

»In dem Auto sitzt ein Mann!«

»Ja und? Ist das ungewöhnlich?«, erwidert Labonte.

»Er sitzt auf dem Beifahrersitz und bewegt sich nicht. Der Kopf liegt auf dem Armaturenbrett.«

Labonte erschrickt, als die junge Frau plötzlich schreit: »Hallo! Brauchen Sie Hilfe? Geben Sie ein Zeichen!«

Die Person im Auto reagiert nicht.

»Das ist merkwürdig. Wie komme ich an die Stelle?«

»Wir müssen ein Stück zurücklaufen.«

»Wir? Laufen Sie doch weiter.«

»Nein, da lass ich Sie nicht alleine hingehen. Wer weiß, was der Kerl mit Ihnen macht.«
Die junge Frau schaut ihn an. Sie laufen bergab zurück bis zu der spitzen Abbiegung, wo der parallel verlaufende schmale Weg auf der anderen Seite des Taleinschnitts zum Bergmannsfriedhof führt.
Sie gehen mit schnellen Schritten den Weg hoch. Als sie das Auto fast erreicht haben, ruft die junge Frau:
»Hallo! Können wir Ihnen helfen?«
»Der Mann bewegt sich immer noch nicht!«, sagt sie und geht langsam auf das Auto zu.
»Vielleicht schläft er!«, vermutet Labonte und bleibt hinter dem Auto stehen. Er hat kein gutes Gefühl. Dann hört er die Stimme der jungen Frau.
»Der Mann ist tot. Kommen Sie. Vielleicht kennen Sie ihn. Ist das der Jagdpächter?«
Labonte bevorzugt den Kontakt mit lebenden Menschen. Er atmet noch einmal tief durch. Das Seitenfenster ist geöffnet. Nach einem kurzen Blick flüstert er mit zittriger Stimme:
»Nein, das ist nicht der Jagdpächter. Den Mann kenne ich nicht. Das ist auch nicht das Auto von Sebastian Seifert. Der hat eine andere Farbe. Und was machen wir jetzt?«
»Ich weiß, was wir zu tun haben«, sagt die junge Frau und fühlt noch einmal die Halsschlagader des Mannes.
»Exitus! Wir warten hier, bis die Polizei kommt«, flüstert sie, als wolle sie den toten Mann im Auto nicht wecken.
»Direkt neben dem Auto?«
»Nein, wir gehen ein Stück weiter, um keine Spuren zu verwischen, und setzen uns dort oben auf einen der Grabsteine. Gehen Sie einfach hinter mir her.«
Sie tippt eine Nummer in ihr Handy. Labonte steckt der Schreck noch in den Gliedern. Er versteht nicht, was die Frau der Polizei mitteilt. Sie dreht sich kurz um.
»Wo genau soll die Polizei anfahren?»

»Erzbachstraße in Friedrichssegen ganz durch bis zum Ende der asphaltierten Straße. Die Polizisten kennen den Bergmannsfriedhof«, sagt Labonte. Die junge Frau gibt diese Information weiter und nachdem sie das Telefonat beendet hat, reicht sie ihm erstmals die Hand.
»Sorry, ich habe mich nicht vorgestellt, Herr Labonte. Hannah Braun vom Polizeipräsidium Koblenz.«
»Eine Polizistin! Deshalb hatten Sie keine Angst, mit mir alleine zu laufen.«
»Ich wäre nicht mit jedem mitgelaufen«, erwidert sie mit einem Grinsen, drückt die Aufnahmetaste ihres Handys und bittet Labonte um Angabe seiner vollständigen Personalien.
»Sie sind ja mein einziger Zeuge«, sagt sie.
Labonte setzt sich mit einem tiefen Seufzer auf den nächsten Grabstein.

* * *

Obwohl es nur sieben Minuten dauert, bis der erste Streifenwagen der Polizeiinspektion Lahnstein an der Abbiegung zum Bergmannsfriedhof vorfährt, kommt es Labonte vor, als warte er bereits mehrere Stunden an diesem mystischen Ort, an dem viele Bergmannsfamilien beerdigt wurden. Davon die meisten Kinder. Die Kindersterblichkeit war zu der damaligen Zeit sehr hoch. Hannah Braun hatte ihn beruhigt und erklärt, dass an einem Tatort, an dem man eine Leiche findet, selten noch was geschieht. Selten würde Labonte schon genügen.

* * *

Der Dienstgruppenleiter der Polizeiinspektion Lahnstein hatte die Kriminalwache über den Leichenfund informiert. Da das

Team des Kriminaldauerdienstes mehrere Einbrüche aufnehmen musste, wurde das K 11 benachrichtigt. Alle Teams der *Soko Emily* hatten jedoch bereits die Dienststelle mit weiteren Ermittlungsaufträgen verlassen und auch die Kollegen der *Soko Hafeköppche* waren zu weiteren Häuserbefragungen unterwegs. Harald Sauer und Cindy Brenk waren die Einzigen auf der Dienststelle und im Nachhinein hätten sich beide gewünscht, sie wären nicht zum Fundort der Leiche gefahren.

* * *

Als Harald und Cindy am Ende der Erzbachstraße ankommen, ist der Waldweg bereits mit dem rot-weißen Flatterband abgesperrt. Sie begrüßen zwei Kollegen der Polizeiinspektion Lahnstein und fahren auf dem Waldweg weiter bis zur Abzweigung des schmalen Pfads zum Bergmannsfriedhof. Dort steht bereits der Bus vom Erkennungsdienst.
»Wieso ist Walter schon am Tatort?«, wundert sich Cindy.
»Der war im Auftrag des KDD bei der Aufnahme der heute Morgen gemeldeten Wohnungseinbrüche zufällig in der Nähe. Ist aber soeben erst eingetroffen. Schau mal, da quält er sich mit dem Spurenkoffer den Weg hoch. Ist schon kurz vor dem Auto.«
Nach einem kurzen Fußmarsch auf dem von Ästen übersäten schmalen Weg erreichen Harald und Cindy den Bergmannsfriedhof.
»Scheiße, ich kenne das Auto! Fredys Rostbeule«, schnauft Harald, als liege er in den letzten Atemzügen.
»Göttmann hat das Auto doch sicherstellen lassen.«
»Ja, aber der ED hat sich beeilt. Fredy hat sein Auto am Sonntagmorgen wieder abholen können. Jetzt wissen wir auch, warum du ihn telefonisch nicht erreicht hast und er nicht zurückgerufen hat.«

»Glaubst du, er ist es wirklich …?«
»Warte hier!«, sagt Harald und begrüßt den Bezirksbeamten der Polizeiinspektion Lahnstein, der als Erster am Tatort war. Dann geht er zum Fahrzeug. Walter Günther steht zitternd und leicht nach vorne gebeugt vor dem Geländewagen und stützt sich mit beiden Händen an der Motorhaube ab. Er trägt schon Einweghandschuhe, die zweite Haut der Spurensicherer. Harald hat während seiner fast vierzigjährigen Dienstzeit viele Leichen gesehen, aber er kann sich in diesem Moment nicht erinnern, dass ihm jemals beim Betreten eines Tatortes das Herz so heftig bis zum Hals schlug. Selbst nicht beim Auffinden der Leiche der Polizeikommissarin Sabine Laube, die in ihrem Streifenwagen mit einem Kopfschuss getötet wurde. Aber jetzt? Innerhalb kurzer Zeit drei Leichen an verschiedenen Orten. Der unbekannte Mann auf dem Lahnsteiner Hafeköppche. Die enthauptete Emily Scott im Hang unterhalb der Festung. Und jetzt Fredy?
Harald fragt sich, wie lange er das noch ertragen kann.
»Ist er es wirklich?«, fragt Harald, bevor er einen Blick in das Fahrzeug wirft. Walter Günther nickt nur. Er ist kreidebleich im Gesicht und reicht ihm einen Brief, den er bereits in einer Asservatentüte gesichert hat.
»Lag neben der Waffe auf dem Fahrersitz. Ziemlich eindeutig auf den ersten Blick. Suizid«, murmelt er mit tränenerstickter Stimme.
Walter legt eine Hand auf Haralds Schulter und zeigt auf den nächsten Baum. »Und schau mal dort!«
Nur zwei Meter entfernt war an einem Ast ein Puppenkopf aufgespießt.
«Damit will Fredy uns was sagen.«
»Keine Ahnung. Was meinst du?«, fragt Harald.
Er hat noch nie einen hässlicheren Puppenkopf gesehen.
»Eine stille Anklage. Das Motiv für seinen Selbstmord. Ein letztes Zeichen, dass er es nicht verkraftet hat, weil einige

wohl doch glaubten, er habe die junge Frau auf diese bestialische Art ermordet«, vermutet Walter.
»Wer hat die Leiche entdeckt?«, fragt Harald und versucht, seine Gefühle wieder in den Griff zu kriegen. Ein guter Ermittler darf sich an solchen Tatorten nicht von Gefühlen leiten lassen, aber das ist leichter gesagt, als in diesem Fall dieser Regel zu folgen und gefühlsmäßige Distanz zu bewahren.
»Die beiden da oben. Der Lahnsteiner Oberbürgermeister und eine Kollegin«, antwortet Walter und zeigt auf zwei Personen, die einige Meter höher auf einem mit Moos überwachsenen Grabstein des Bergmannsfriedhofs sitzen.
»Eine Kollegin?«
»Ja. Die Neue von der Kriminalwache. Ihren Namen habe ich schon wieder vergessen.«
Harald Sauer geht auf die beiden Personen zu.
»Guten Morgen«, sagt Labonte.
»Kein guter Morgen. Der Tote ist ein Kollege«, erwidert Harald, obwohl er diese Information für sich behalten sollte. Suizide werden grundsätzlich als nicht pressefrei eingestuft und sie würden bei dem Selbstmord eines Kollegen erst recht keine Ausnahme machen. Zumal dieser Suizid viele Fragen aufwerfen wird und intern nachbearbeitet werden muss. Harald weiß, wer das zu verantworten hat.
»Ein Polizist?«, fragt Hannah.
Harald nickt.
»Und Sie sind die neue Kollegin?«
Der jungen Frau hat es die Sprache verschlagen. Vier Wochen im Dienst und sie entdeckt in der Freizeit ihre erste Leiche. Einen Kollegen.
»Wann beginnt Ihr nächster Dienst Frau …?«
»Braun, Hannah Braun. Heute habe ich Spätdienst.«
Sie reicht Sauer die Hand.
»Hallo Frau Braun. Vereinbaren Sie bitte mit dem Kollegen Starke vom K 11 einen Vernehmungstermin. Und Sie, Herr

Labonte, können wir bei der PI Lahnstein vernehmen. Sie müssen nicht extra ins Präsidium nach Koblenz kommen.«
»Danke, das ist sehr nett von Ihnen! Brauchen Sie mich noch? Ich habe heute Morgen einen wichtigen Termin.«
»Die wichtigsten Informationen kann mir Frau Braun mitteilen. Aber geben Sie bitte noch Ihre Personalien an.«
»Schon passiert«, unterbricht Hannah Braun.

* * *

»Dann bin ich jetzt mal weg«, verabschiedet sich Peter Labonte von den beiden mit einem Handschlag, geht oberhalb vom schmalen Pfad durch das Unterholz bis zum Hauptweg zurück und läuft bergauf weiter.
Er würde den wichtigen Termin absagen.

* * *

»Der Tote ist ein Kollege?«, fragt Hannah.
»Ja. Fredy Geisen aus dem Rauschgiftkommissariat.«
»Ich habe ihn noch nicht kennengelernt. Obwohl ich schon vier Wochen auf der Kriminalwache bin. Im Schichtdienst haben wir leider sehr selten Kontakt mit den Kolleginnen und Kollegen der Fachkommissariate.«
»Sie müssen sich nicht entschuldigen, Frau Braun.«
»Aber ich hätte es an der Dienstwaffe merken können.«
»Die könnte jeder besitzen. Machen Sie sich keine Gedanken. Sie haben alles richtig gemacht. Und für diese Art des Einstiegs auf einer neuen Dienststelle müssen Sie sich auch nicht rechtfertigen.«
Dann geht er zu dem Bezirksbeamten.
»Wo ist denn Frau Brenk?«

»Sie ist zurückgegangen. Ich glaube, die Kollegin hat geweint. Kannte sie den Toten?«
Harald nickt, spricht mit Walter noch die vor Ort erforderlichen Maßnahmen ab und verabschiedet sich.
Er muss sich jetzt um Cindy kümmern.

****

Harald Sauer sitzt alleine in seinem Büro. Da Cindy in völlig aufgelöstem Zustand im Fahrzeug gesessen hatte, wollte er sie direkt nach Hause fahren. Aber sie bestand darauf, mit zur Dienststelle zurückzufahren.
»Da muss ich jetzt durch«, hatte sie mit tränenerstickter Stimme gesagt und gefragt: «Wie schaffst *du* das eigentlich?«
Er hatte geantwortet: »Wer sagt, dass ich das schaffe?« Und sie hatte nicht weiter nachgefragt.
Harald greift nach der Asservatentüte mit Fredys Abschiedsbrief. Seine Hände zittern. Er liest den Brief nun zum dritten Mal und die Buchstaben brennen sich immer noch in seine Augen ein.

Ein letzter Gruß !

Liebe Kolleginnen und Kollegen,

wenn ihr diesen Brief lest, werde ich nicht mehr leben. Ich kann die haltlosen Vorwürfe nicht länger ertragen und gebe euch mein Ehrenwort: ICH habe das Mädchen NICHT getötet. Ich befürchte jedoch, dass Dr. Göttmann jedes Mittel recht sein wird, mich als Mörder von Emily Scott zu überführen. Ihr wisst alle, warum er mich so hasst. Ich habe es nie bereut und bedauere, dass es nur einmal war. Ich hoffe, dass ihr den wahren Täter ermittelt, aber dann wird es für mich zu spät sein.

Frau Lemarchand vererbe ich das Wenige, das ich besitze. Nur sie darf meine Wohnung betreten, meinen Nachlass verwalten und das Mietverhältnis kündigen. Meine Eltern müssen sich um nichts kümmern.

Lebt alle wohl und behaltet mich in guter Erinnerung,

euer Fredy

PS. Mein letzter Wille.

Ich möchte im Rhein-Taunus-Krematorium eingeäschert werden und unter einem Einzelbaum im Ruhewald Braubach-Dachsenhausen mein „ewiges Leben" verbringen.

Auf Nimmer Wiedersehen.

Harald legt die Asservatentüte mit dem Brief wieder in seine Schublade. Die ersten Textpassagen erinnern ihn an das Ehrenwort von Uwe Barschel, bevor die Leiche des Ministerpräsidenten in der Badewanne eines Genfer Hotels gefunden wurde. Er hatte sich auch mit einer tödlichen Dosis *Tavor* aus dem Leben verabschiedet. Aber bis heute tauchen immer wieder Vermutungen auf, man könne Barschel umgebracht haben. Aber wer sollte Fredy umbringen?
Er kennt nur eine Person, die ein starkes Motiv hätte. Mit diesen Gedanken betritt er Burgmüllers Büro.
»Hast du Göttmann in Hiltrup erreicht?«, fragt Harald.
»Ja!«
»Wie hat er auf die Nachricht reagiert?«
»So, als hätte ich ihm einen Fahrraddiebstahl mitgeteilt.«
»Hattest du den Eindruck, dass er es schon wusste?«
»Von wem sollte er es schon erfahren haben?«
»Wo hast du ihn denn erreicht?«
»Auf dem Handy!«
»Das kann überall sein!«
Burgmüller stutzt einen kurzen Moment.
»Du willst nicht ernsthaft behaupten, dass *er* ihn …«
»Warum nicht? Auf den ersten Anschein sieht es zwar nach Suizid aus. Ich habe soeben an Uwe Barschel gedacht. Es gibt nichts, was es nicht gibt. Das haben wir alten Kriminalisten doch oft genug erlebt«, unterbricht Sauer.
»Okay, er hat zwar eine wahnsinnige Wut auf Fredy, aber – bei allem Verständnis für sein Motiv – nein, einen Mord traue ich Göttmann nicht zu.«
»Vielleicht hat er einen Killer beauftragt.«
»Harald, jetzt geht die Phantasie mit dir durch wie bei Göttmann, als er Fredy verdächtigt hat. Apropos Verdacht. Wie wasserdicht ist das mit Elbling?«
»Er leugnet zwar, aber wir haben Emilys Rucksack mit ihrem Ausweis gefunden und insofern bin ich mir ziemlich sicher,

dass die Spusi weitere Spuren im Haus, an seiner Kleidung und einem noch nicht bekannten Transportmittel finden werden. Wir werden das Wohnhaus und alle angrenzenden Gebäude des Winzerhofs bis in die hintersten Ecken auf den Kopf stellen. Das wird wohl einige Tage in Anspruch nehmen aber Elbling ist unser Mann, und der Einzige, der in Fredy Emilys Mörder sehen wollte, war Göttmann, obwohl er selbst nicht daran geglaubt hat. Aber er wollte ihn erniedrigen, es war seine Chance, sich an ihm zu rächen, und ich wette, er hat Fredy nicht darüber informiert, dass wir den mutmaßlichen Mörder von Emily festgenommen haben. Sonst hätte Fredy sich niemals umgebracht.«

»Wenn das stimmt, wird es ein Nachspiel haben. Das versichere ich dir. Er kommt heute Abend aus Hiltrup zurück.«

»Früher als geplant wegen Fredy?«

»Nein, die Tagung endet ohnehin heute und ich habe ihm gesagt, dass er morgen früh um neun in mein Büro kommen soll.«

»Morgen ist Feiertag. Happy Kadaver. Den haben wir uns alle redlich verdient und wir werden den Soko-Mitgliedern diesen freien Tag gönnen.«

»Fredy ist für mich keine glückliche Leiche. Ich werde am Fronleichnamstag nach langer Zeit mal wieder in die Kirche gehen und die letzten Tage Revue passieren lassen und mir Gedanken um Göttmanns Rolle machen. Wir sehen uns am Freitagmorgen und werden erfahren, was er uns zu sagen hat.«

29.

Freitag, 1. Juni

Der Erkennungsdienst hatte die Fingerabdrücke aus der Ermittlerdatei mit den Spuren auf Fredys Abschiedsbrief,

seiner Dienstwaffe, der leeren Packung *Tavor*, den Fingerabdrücken auf der Windschutzscheibe und der Puppe verglichen.
Identisch.
Keine Zweifel.
Außer den Reifenspuren des Geländewagens konnten rund um den Fundort keine weiteren Spuren gesichert werden.
Burgmüller hatte sich auf das bevorstehende Gespräch mit Göttmann gut vorbereitet. Er müsste sich genau überlegen, was er sagen würde. Gemeinsam mit Sauer hatte er bereits am Mittwoch einvernehmlich entschieden, dass Cindy Brenk an dem heutigen Gespräch mit dem Kripochef teilnehmen sollte.
Als Dr. Göttmann um neun Uhr das Zimmer betritt, wirft er Cindy einen kurzen Blick zu und fragt Burgmüller: »Muss Frau Brenk bei diesem Gespräch zugegen sein?«
»Ja, das sollte sie. Zumindest zu Beginn unserer Unterredung. Und du wirst gleich auch verstehen, warum«, antwortet Burgmüller.
Göttmann setzt sich auch an den runden Tisch und schlägt die Hände über dem Kopf zusammen und seufzt.
»Mein Gott, wie konnte das geschehen?«
Harald Sauer hüstelt kurz.
»Herr Dr. Göttmann. Lassen Sie doch bitte Gott aus dem Spiel. Sie wollen jetzt nicht ernsthaft den Eindruck erwecken, dass Sie Trauergefühle entwickeln? Dies ist doch die Lösung Ihres Problems.«
»Was erlauben Sie sich? Was meinst du Otmar?«
Göttmann wendet sich hilfesuchend an seinen Vertreter.
»Wo Harald Sauer recht hat, hat er recht«, erwidert Burgmüller ohne aufzuschauen, schraubt den Deckel von seiner Thermoskanne, füllt den Becher bis an den Rand, rührt gedankenverloren mit einem Löffel in der Tasse herum und wundert sich, dass der Pott nicht irgendwann überschwappt und wieder den Bürotisch verschmutzt. Nach einer Schweigeminute sagt er in ruhigem Ton: »Zu deiner Frage, wieso das geschehen konnte.

Wir haben dich bereits am Montag über Elblings Festnahme in Kenntnis gesetzt. Du solltest Fredy informieren, damit er sich nicht unnötige Sorgen machen muss, und …«
Harald Sauer unterbricht Burgmüller mitten im Satz: »Wieso haben Sie Geisen nicht umgehend über den aktuellen Stand der Ermittlungen informiert? Wollten Sie ihn, so lange es geht, im Ungewissen lassen, um ihre Rachegefühle zu befriedigen? Wenn hier an diesem Tisch einer die Schuld dafür trägt, dass Geisen sich erschossen hat, dann *Sie*, *Sie* ganz alleine.«
»Seid ihr von allen guten Geistern verlassen? Und müssen wir das vor Frau Brenk austragen? Mich hat niemand informiert!«
Cindy hebt artig den Finger und sagt mit leiser Stimme: »Doch, ich! Ich habe Sie informiert. Ich habe am Montag auf Ihren Anrufbeantworter gesprochen. Harald ist mein Zeuge. Und deshalb sitze ich auch hier.«
Göttmann blickt sie schweigend an und wenn Blicke töten könnten, würde Cindy leblos vom Stuhl fallen. Bevor Göttmann antwortet, ergreift Burgmüller erneut das Wort.
»Cindy hat dich ausdrücklich gebeten, Fredy *sofort* über Elblings Festnahme zu informieren, damit er das tun kann, was er am liebsten tut: Dienst verrichten.«
»Ich weiß, was er noch lieber tut.«
»Du bist so was von geschmacklos. Mich kotzt das an. Fakt ist, du hast Fredy *nicht* angerufen. Ich würde dieses Verhalten tatbestandsmäßig als Unterlassen aus niederen Beweggründen bezeichnen.«
Burgmüller bittet Cindy mit einer eindeutigen Handbewegung, nun den Raum zu verlassen. Die junge Kommissarin nickt und geht aus dem Zimmer. Göttmann lehnt sich zurück, streckt beide Hände über dem Kopf, dehnt sich noch einmal, nimmt seine Brille ab und reinigt sie mit einem kleinen Putztuch. Dann blickt er die beiden an.
»Ich habe Geisen angerufen, ihn aber nicht erreicht.«
»Gib mir dein Handy!«, fordert Burgmüller ihn auf.

»Wie bitte?«
»Gib mir dein Handy, damit wir deine letzten ausgehenden Gespräche kontrollieren. Ich glaube dir nämlich nicht.«
»Ich habe von meinem Festnetz angerufen«, erwidert Göttmann. Mit zitternden Händen setzt er die Brille wieder auf seine Adlernase und richtet sie mit dem rechten Zeigefinder so aus, damit sie gerade sitzt.
»Wollen wir das wirklich überprüfen lassen? Oder warst du schon in Hiltrup?«
»Ich war noch zu Hause!«
»Und wieso hast du nicht abgehoben, als Frau Brenk angerufen hat? Dein Handy wird doch immer an deinen Anschluss weitergeleitet. Und du hörst ansonsten deinen Anrufbeantworter fast jede Stunde ab, weil du von einer permanenten Angst besessen bist, etwas zu verpassen. Natürlich hast du die Nachricht abgehört.«
Göttmann rutscht nervös auf dem Stuhl hin und her, nimmt die Brille erneut ab, beginnt an dem Horngestell zu knabbern und holt tief Luft, um zu antworten.
Aber Burgmüller redet unbeirrt weiter.
»Hast du jetzt deine Rachegelüste befriedigt? Das hat ein Nachspiel, das sage ich dir. Wenn du Fredy rechtzeitig informiert hättest, hätte er sich nicht umgebracht. Nur so konnte es geschehen, um deine Frage zu beantworten.«
»Hat er sich denn wirklich selbst umgebracht? Vielleicht hat man ihn ja getötet. Herr Geisen war doch in die verdeckten Ermittlungen eingebunden und hatte ständig Kontakt zu diesem Carlo. Sein Einsatz mit dieser VP war ja nicht ungefährlich. Hast du selbst immer wieder betont, Otmar. Ich darf dich daran erinnern, dass vor einiger Zeit ein verdeckter Ermittler des BKA in einem Mannheimer Hotel bei der Anbahnung eines Scheingeschäfts über 10 Kilo Kokain erschossen wurde. Und in unserem Verfahren ging es um wesentlich größere Mengen an Rauschgift.«

»Es gab keinen Grund, Fredy umzubringen. Wir waren noch bei den vertrauensbildenden Maßnahmen für ein Scheingeschäft und hatten nur eine Probe gekauft. Sollten wir von Mord ausgehen, würden wir den Täter doch wie immer zunächst im persönlichen Umfeld suchen. In diesem Fall besonders im Kollegenkreis! Fast 90 % aller Tötungsdelikte sind Beziehungstaten. Und wessen Name, glaubst du, fällt mir als Erster ein, wenn wir nach einem plausiblen Motiv für einen Mord suchen würden?«

Göttmann blickt ihn an, aber er versteht sofort den versteckten Vorwurf.

»Genau, derjenige der fragt«, sagt Burgmüller.

»Du verdächtigst mich?«

»Nein, aber ich habe nur darüber nachgedacht, wer im Kollegenkreis ein Motiv haben könnte. Und dann ist diese Überlegung doch nicht abwegig, oder? Nicht so abwegig wie dein Verdacht, Fredy hätte der jungen Kanadierin den Kopf abgetrennt.«

Göttmann schüttelt den Kopf, geht auf diesen Einwand bewusst nicht ein und präsentiert eine andere Erklärung.

»Vielleicht habe ich die beiden beim Schäferstündchen überrascht und ihm ein giftiges Getränk angeboten, habe Murielle entführt und habe nun eine Leiche im Keller«, versucht Göttmann das Ganze ins Lächerliche zu ziehen. Harald erinnert sich in dem Moment an ähnliche Vernehmungssituationen, wenn Beschuldigte durch solche Äußerungen von einem Verdacht ablenken wollten. Dieser Täuschungsversuch führt aber oft dazu, dass die Ermittler noch misstrauischer werden. Harald wusste bald nicht mehr, was er denken sollte.

»Vielleicht hat ihn eine seiner Liebschaften umgebracht. Bei Geisens Balzverhalten und seiner Neigung für kurze sexuelle Abenteuer können wir nicht ausschließen, dass sich manche Frauen an ihrem One-Night-Lover rächen wollten. Erinnert euch an die zwei Medizinstudentinnen, die mit ein und demselben Mann ein Verhältnis hatten, ohne voneinander zu wissen. Nachdem sie entdeckt hatten, dass ihr Liebhaber „zweigleisig gefahren war“, hatten sie ihn in eine Falle gelockt, mit einem Narkosemittel betäubt und seinen Penis amputiert.«

»Wenn *du* dieses Fass aufmachen und intensiver in Richtung Fremdtötung ermitteln willst, dann solltest du bedenken: *Du* hast ein richtig dickes Motiv. Möchtest du wirklich, dass wir die Möglichkeit eines Mordes in Betracht ziehen und dann deine Anwesenheit während der Tagung in Hiltrup überprüfen? Und selbst wenn du ein wasserfestes Alibi hättest, würde man immer noch prüfen, ob du den Mord nicht in Auftrag gegeben hast. Oder möchtest du etwa, dass wir deine Handydaten auswerten und erfahren, mit wem du in der letzten Zeit Kontakt hattest? Deine kleinen Liebschaften wären das Harmloseste. Du musst über Fredy nicht reden. In der Beziehung seid ihr euch sehr ähnlich. Also spiel hier nicht den Moralapostel, auch wenn du jeden Sonntagmorgen den Gottesdienst besuchst.«

»Bedeutet es, dass du mich wirklich verdächtigst?«

»Erinnere dich an deinen klugen Spruch, den du zuletzt bei Fredy angebracht hast. Jeder ist verdächtig, der nicht frei von Verdacht ist. Beurteile doch selbst, ob du wirklich frei bist von jeglichem Verdacht. Sollten wir Fremdverschulden annehmen, würden wir zumindest dein Alibi prüfen. Dann bekommst du im gesamten Bundesgebiet beim BKA und beim Minister keinen Boden mehr unter deine Elbkähne. Und deine nächste Karrierestufe ist es doch, Polizeipräsident zu werden, oder irre ich mich?«

Göttmann blickt seinen Vertreter ungläubig an.

»Wieso werde ich das Gefühl nicht los, dass *du* dich jetzt an *mir* rächen willst. Was habe ich dir denn getan?«

»Du meinst, wie du dich an Fredy? Das ist mir zu billig. Wofür soll ich mich bei dir rächen? Aber um wieder auf ein normales Gesprächsniveau zu kommen: Ich kann dich beruhigen. Fremdverschulden können wir aufgrund der Auffinde-Situation, dem Vergleich der Fingerabdrücke der Leiche, auf der Waffe und dem Abschiedsbrief mit Fredys Prints aus unserer internen Ermittlerdatei ausschließen. Und es ist eindeutig Fredys Schrift, was ein Grafologe bestätigen würde, aber das Geld für ein Gutachten können wir uns sparen. Für mich besteht kein Zweifel, dass …«

Göttmann atmet erleichtert aus.

»Okay, dann wäre das ja erledigt. Ich muss jetzt wieder weg. Kümmerst du dich um die Angehörigen? Habe am Wochenende einen privaten Termin und fahre am Montag für zwei Tage zum Landeskriminalamt.«

»Grüßen Sie Johannes von mir!« sagt Harald.

»*Sie* kennen den Präsidenten?«

»Ja. Auch wenn ich nicht mit den Weihen des höheren Dienstes gesegnet wurde. Es gibt noch Kollegen, die ihre Freundschaften nicht nach Dienstgrad pflegen. Darüber sollten *Sie* mal nachdenken.«

Burgmüller nimmt mit einem unüberhörbaren Schlürfen einen tiefen Schluck aus der Tasse. Göttmann steht auf und verlässt das Büro, ohne die beiden anzuschauen.

»Erholsames, verlängertes Wochenende, besonders für Ihr Gewissen«, ruft Harald Sauer ihm nach und überlegt, ob Göttmanns auf den ersten Blick abwegiger Verdacht nicht doch stimmen könnte.

Wieso hatte Fredy sich auf dem Beifahrersitz umgebracht?

Das hatte vermutlich nichts zu bedeuten, beflügelte aber seine Phantasie.

Wenn es so gewesen sein könnte:

War der Leichenfundort auch der Tatort?

Könnte ihn jemand zu diesem Platz gefahren haben?

Aber wer?

Vielleicht war es doch kein Selbstmord.

30.

Lena war am Sonntagabend rechtzeitig zum Abendessen in der psychosomatischen Klinik in Isny angekommen. Sonntagnacht konnte sie nicht schlafen und dachte über Burgmüllers Vorschlag nach. Er hatte ihr für den Fall der Wiedereingliederung in den Polizeidienst die Stelle der Opferschutzbeauftragten angeboten und ihr zu einem erneuten Umzug geraten. Sie war zwar erst kürzlich nach Lahnstein umgezogen, aber Burgmüller wollte, dass sie in eine alte Villa in Lahnstein umzieht. Er befürchtete, dass sich der weiterhin flüchtige Mörder von Sabine Laube an ihr rächen wolle. Die hermetisch abgeriegelte Villa war als sicherer Ort für Zeugenschutzmaßnahmen angemietet worden. Die Villa sei nach dem neuesten Stand der Sicherungstechnik ausgestattet und in jeder Wohnung wäre für den Ernstfall ein Alarmknopf, der direkt mit dem Notruf der Polizeiinspektion Lahnstein verbindet. Dabei weiß Lena nicht, ob sie jemals wieder als Polizistin arbeiten möchte.

Burgmüller hatte Lena telefonisch von Fredys Suizid in Kenntnis gesetzt und sie war selbst überrascht, dass kein echtes Trauergefühl aufkommen wollte. Sie erinnerte sich aber an die kurze Affäre mit Fredy. Er war vom Rauschgiftdezernat des LKA Mainz zum Präsidium Koblenz versetzt worden. Er trug meist Jeans-Latzhose, Schimanski-Parka und spitze Cowboystiefel, hatte einen Ring im Ohr und das lange schwarze Haar zu einem Pferdeschwanz gebunden. Und er hatte eine frappierende Ähnlichkeit mit Freddie Mercury, dem leider zu früh verstorbenen Frontman der populären Band Queen. Für Lena war es das erste Verhältnis mit einem Kollegen. Erst später erfuhr sie, dass Fredy vor den Kollegen im Rauschgiftkommissariat keine Geheimnisse hatte und gerne über besondere sexuelle Vorlieben seiner Geschlechtspartnerinnen en détail Bericht erstattete. Lena hätte ihn damals umbringen können. Er hatte behauptet, sie sei im Bett eine Schlaftablette. Sie

wollte ihn mit den Handschellen an das Bett fesseln und quälen. Oder ihn mit einem Eispickel töten wie Sharon Stone in ‚Basic Instinct'. Sie wollte ihm „sein bestes Stück" abschneiden, wie die zwei Medizinstudentinnen, die einem Mann den Penis fachgerecht amputiert hatten. Der Typ hatte mit beiden Frauen ohne Wissen der anderen eine feste Beziehung. Vielleicht hätte sie Fredy vergiftet, erwürgt, erstickt und dann in Rhein, Mosel oder die damals noch im Bau befindlichen Betonpfeiler der Talstation für die Seilbahn hoch zur Festung Ehrenbreitstein geworfen. Aber zu nichts von allem war sie damals fähig. Und das war gut so.
Sie sollte die Gedanken an Fredy verdrängen und an ihre Zukunft denken. Tom hatte ihr vorgeschlagen, mit ihm eine Wohnung zu mieten. Sie muss Abstand von den Ereignissen gewinnen und fragt sich, ob sie nach ihrem Kuraufenthalt in Davos jemals wieder in den Polizeidienst zurückkehren möchte.

31.

1. Juni 2018
Freitagabend

Der Suizid von Fredy wurde im Rapporteintrag der Kriminalwache als „nicht pressefrei" eingestuft. Weder die Pressestelle im Polizeipräsidium Koblenz noch die Polizeiinspektion Lahnstein hatten die Medien über den toten Mann am Bergmannsfriedhof informiert. Dennoch verbreitete sich die Nachricht über den Fund einer dritten Leiche wie ein Lauffeuer in Lahnstein. Viele Bürger fragten sich, ob ein Zusammenhang mit der unbekannten Leiche am Hafeköppche und der enthaupteten jungen Frau in Ehrenbreitstein bestehen könnte, und das schürte Angst in der Bevölkerung.

Otmar Burgmüller sitzt wie jeden Freitagabend mit seinen Skatbrüdern Mathias Jung, Bernd Geil und Walter Nouvortne im WINZERHAUS.

»18«, sagt Nouvortne zu Geil, »mehr habe ich nicht.«

»Wer sagt jetzt?», fragt Burgmüller, der mit seinen Gedanken nicht bei der Sache ist.

»20 – 2 – 0 – 4 …«, reizt Geil weiter.

Er hat offensichtlich ein gutes Blatt auf der Hand.

Burgmüller nickt, aber seine Gedanken kreisen um die Frage, ob sie Fredys Suizid hätten verhindern können. Er grübelt auch darüber nach, was Menschen wie Dennis Elbling dazu bewegt, andere auf diese besonders brutale Art zu ermorden.

Geil reizt weiter bis Null ouvert.

Burgmüller nickt zwar, aber dann fragt er: »Wie weit waren wir denn?«

»Sechsundvierzig«, schaltet sich Mathias Jung ein, der in dieser Runde der Kartengeber war und seinen Skatbruder intensiv beobachtet hat.

»Nein, hab ich doch gar nicht!«, sagt Burgmüller.

»Was ist los, Otmar? Du bist heute Abend nicht bei der Sache. Würdest du lieber über die drei Toten reden?«, fragt Mathias Jung. Der Therapeut ist ebenso wie Burgmüller nach dreißigjähriger Praxis im Gesundheitszentrum Dr.-Max-Otto-Bruker-Haus im Laufe der Jahre ehrenvoll ergraut. Die beiden kennen sich schon lange.

Burgmüller legt die Karten neben sich.

»Wenn es für euch okay ist.«

Die drei nicken zustimmend und verstoßen damit das erste Mal gegen die Regel bei den Skatabenden, niemals über berufliche Angelegenheiten zu reden.

Aber auch Bernd Geil und Walter Nouvortne spüren, wie sehr die aktuellen Morde ihren Skatbruder belasten.

»Ich frage mich die ganze Zeit, was in einem Menschen vorgeht, der einem anderen den Kopf abschneidet«, sagt

Burgmüller, faltet seine Karten zu einem Stapel und legt sie neben sich auf den Tisch.
»Und was ist mit dem Toten am Bergmannsfriedhof?«, fragt Nouvortne.
»Der beschäftigt mich noch mehr, aber dazu darf ich noch nichts sagen.«
Burgmüller schildert, wie Harald Sauer den Tatverdächtigen, ohne Elblings Namen zu nennen, bei der Vernehmung erlebt hatte.
»Bei uns in der Therapie hatten wir unter anderem diesen Kannibalen, der Schwester und Mutter filetiert und im Ofen zubereitet hat«, erinnert Jung an den in der Region bekannten Fall.
»Ja, ich erinnere mich. Danach hatten wir noch ein Verfahren. Ein Mann, der seinen Freund verspeist hat. Und der damit einverstanden war. Kranke Menschheit«, sagt Burgmüller.
»Wurde die junge Frau vergewaltigt?«, fragt Jung.
»Nein, warum fragst du?«
Der Therapeut atmet tief ein.
»Weil insbesondere Missbrauchstäter, ihre Unfähigkeit, mit Erwachsenen sexuellen Kontakt zu haben, oft an Kindern oder wehrlosen Opfern kompensieren. Die müssen im Gefängnis getrennt von anderen Straftätern untergebracht werden, weil sie es ansonsten nicht überleben würden. Euer Täter scheint mir dissozial, psychopathisch zu sein. Vermutlich würde er erst gar nicht nach § 63 StGB in eine geschlossene Fachklinik eingewiesen, weil er die Taten bewusst begangen hat, um sein Erbe nicht zu gefährden. Ergo klar erkennbare niedrige Beweggründe. Man sollte ihn in eine Justizvollzugsanstalt stecken, denn minderbemittelt zu sein, bedeutet nicht unbedingt vermindert schuldfähig. So wie du mir sein Verhalten, seinen Sprachschatz und die Wortwahl in der Vernehmung schilderst, fehlt es bei ihm aber an den Grundvoraussetzungen für eine Erfolg versprechende Therapie, denn einen IQ von 80 sollte man mindestens haben.«

»Hattest du schon mal einen ähnlichen Fall?«, richtet Burgmüller seine Frage an Mathias Jung.
»Ja, ich erinnere mich an einen vierzigjährigen Patienten, der während der Therapie wiederholt seinen geheimsten Wunsch offenbarte, er würde seinem Vater gerne den Kopf abschlagen. Auf meine Frage nach dem ‚Warum' antwortete er, der Vater habe ihn oft geschlagen und einmal als Strafe für einen ‚Dummejungenstreich' vor den Augen des damals 13-jährigen den von dem Kind über alles geliebten Hund erschossen. Er konnte das seinem – noch lebenden – Vater auch in den Therapiesitzungen nie verzeihen. Der Patient klagte auch über die aus meiner Sicht relativ harmlosen Schikanen seiner streitsüchtigen Frau. Auch ihr wollte er, wie er es erneut formulierte, den Kopf abschlagen. Er tat es aber nicht. Tiefenpsychologisch handelte es sich bei seinen „Köpfungsphantasien" um eine Übertragung des ursprünglichen Aggressionsobjektes Vater auf die Ehefrau. Sie hatte sein traumatisches Urerlebnis und seine kindliche Hilflosigkeit getriggert.«
»Getriggert?«, unterbricht Geil.
»Sorry, ich meine, unbewusst aktiviert, und hätte mein Patient mehr kriminelle Energie gehabt, hätte er seine Mordgedanken vermutlich auch in die Tat umgesetzt. Warum diese Art von Tötung Menschen nur in extremen Ausnahmesituationen tun, erklärt der Philosoph Arthur Schopenhauer mit den Worten: ‚Die Gehässigkeit unserer Natur würde vielleicht jeden einmal zum Mörder machen, wenn ihr nicht eine gehörige Dosis Furcht beigegeben wäre, um sie in Schranken zu halten'.«
»Und was kann ich daraus für unseren Fall ableiten?«, fragt Burgmüller.
»Wenn du diesen Therapieverlauf mit eurem Fall vergleichst, könnte es also durchaus sein, dass der Mörder der jungen Frau von seinem Vater oft geschlagen wurde und er durch das plötzliche Auftreten der Halbschwester, die ihm auch noch das Erbe streitig machen will, seine unbändige Wut auf diese überträgt.

Aber solange ihr den Vater nicht befragen könnt, werdet ihr nicht mehr erfahren. Und seid ihr euch denn sicher, dass der Vater noch lebt?«
»Darüber will ich mir heute Abend nicht auch noch Gedanken machen«, sagt Burgmüller und hebt seine Karten wieder auf. »Danke, Mathias, ich denke, wir sollten weiterspielen.«

An einem der Nachbartische haben inzwischen Karl Krämer, Günter Groß und Markus Krapf Platz genommen. Man kennt sich. Die Männer grüßen sich kurz durch Zuwinken. Krämer ruft »Unn, Otmar, alles paletti?« und wendet sich wieder seinen Stammtischbrüdern zu. »Jetzt hon mer die dritte Leich. Et wärd langsam eng, Datt is doch kaane Zufall.«
Groß und Krapf nicken zustimmend.
»Der Einzije, der hei an dem Desch Leiche find, biss dau, Günter. Wo worst de am Dienstagomend?«
Krämer hat Günters ‚Geständnis' nicht vergessen.
»Do ist doch watt foul, datt hann ich im Urin. Wenn datt su weiter gieht, brauche mir nächst Johr kaine 50-jährige Geburtstag unserer Stadt zu feiere. Dann sinn mir in Lohnschdehn nämlich die Todesstadt. Ich hann jo en schwarze Humor. Dann son ich der Brauerei, die solle neu Schwarz-Bier mit em Trauerflor rausbringe unn em Zusatz off däm Etikett „Lahnsteiner Leichentrunk" schreiwe.«
»Mörderisch gut! Lahnsteiner Bier«, schlägt Groß vor.
»Besser noch: „Auch in den letzten Zügen zu genießen" oder „Genuss bis zum letzten Atemzug"«, leistet Krapf seinen Beitrag zu Krämers Idee.
»Datt iss genau su makaber wie der Werbespruch von einem Bestattungsinstitut: „Sterben wird dir zum Vergnügen, kannst du in – den Nome verrot ich net – seinen Särgen liegen".«
»Datt wörd dem OB net gefalle, wenn mir su en Verruf gerate vor dem 50-jährige Stadtjubiläum. Unn Zschimmer & Schwarz. Die werde 2019 sogar 125 Johr«, sagt Krapf.

»Unn der Mathias Jung und et Ilse Gutjahr-Jung feiere och schun 40 Johr die Bruker-Stiftung off der Lahnhöhe. Wolle mer hoffe, dat die Kripo die Fäll bis dohin geklärt hat und mir net noch en vierte oder fünfte Leisch in Lohnschden finne. Ich hann als Oberlhohnschdener jo immer gesoht gehatte: Was Gott durch Flüsse getrennt hat, soll der Mensch nicht durch Brücken verbinden.«
»Apropos getrennt. Uns trennt nur aine Tisch von deinem Kripofreund Burgmüller, der do drüwe sitzt. Froch denn doch mol«, schlägt Markus Krapf vor.
Obwohl Burgmüller und seine Skatbrüder am übernächsten Tisch sitzen, scheint dies für Karl Krämer kein Hindernis zu sein. »Otmar, wie weit seid ihr mit dem Kerl am Hawekäbbche und dene annere? Wisst ihr schon watt? Sin mer doch mo ehrlich. Normal is datt jo alles net«, ruft er.
»Nix Neues. Und das würd ich dir auch gerade auf die Nase binden«, erwidert Burgmüller am übernächsten Tisch und kurze Zeit später ergänzt er: »Karl, ich sag nur dir gleich alleine mal was im Vertrauen, aber das musst du für dich behalten.«
Krämer hebt die Hände hoch und ruft zurück:
»Nä, um Gottes Wille, du kennst mich doch.«
»Eben deshalb«, erwidert Burgmüller.
Die Einheimischen an dem Tisch zwischen den beiden Stammtischen lachen.
Karl Krämer kommentiert davon unbeirrt weiter:
»Ich waiß, datt die Kanadierin in Lohnschden gebore wurd, der duude Mann am Bergmannsfriedhof hatt och hei gewonnt und wenn es sich bei däm Unbekannte um den Obdachlose handelt, der letzte Zeit in de Stadt romgelaufe iss, dann ist dat doch sehr besorgniserregend und ich froche mich, wann der nächste Lohnschdehner duud in der Eck leiht.«
»Es steht doch noch nicht fest, ob der Tote am Hafeköppche aus Lahnstein ist. Obdachlose sind Berber, reisendes Volk, der kann sich überall aufgehalten haben«, erwidert Burgmüller.

»Watt iss mit dem Nachtlager am Bergmannsfriedhof?«, lässt Karl nicht locker.
»Kein Kommentar!«, entgegnet Burgmüller und dreht sich wieder zu seinen Skatbrüdern um.
»Datt is gemein Otti. Lässt mich dumm sterwe, im wahrsten Sinne des Wortes, wenn der Mörder mich um die Eck bringt«, kontert Karl und dreht sich beleidigt um.

TEIL VIII

MONTAG, 4. JUNI

32.

Montag, 4. Juni

Kommissarin Hannah Braun schaltet den neuen Kaffeeautomaten ein und drückt die Espresso-Taste. Wegen des lauten Mahlwerks hat sie vermutlich das Klopfen an der Tür überhört. Plötzlich steht eine elegant gekleidete Frau im Zimmer. Die Frau trägt Kopftuch, eine rote Jacke mit Samtrevers, einen engen, grauen Rock, der oberhalb der Knie endet, und Pumps betonen ihre schlanken Beine. Ihr Gesicht versteckt sie hinter einer Sonnenbrille mit großen Gläsern. Hannah betrachtet sich selbst kurz in ihrer Joggingkleidung. Sie hatte sich nach dem Waldlauf noch nicht umgezogen.

»Wie kommen Sie denn hier rein?«, fragt sie erstaunt.

»Durch die Tür, wie Sie sehen, meine Liebe!«, antwortet die Frau mit einem zynischen Lächeln.

»Ich wusste nicht, dass ich Ihre Liebe bin«, erwidert Hannah Braun schlagfertig, zieht ihre schlaffe Jogginghose mit beiden Händen ein Stück höher und wundert sich, wieso diese fremde Frau ohne vorherige Anmeldung überraschend ihr Zimmer in dem für Unbefugte abgesperrten Flurbereich betreten konnte. Die Kriminalwache ist mit einer Türsprechanlage abgesichert und ein regulärer Zutritt nur nach Kontrolle durch den Dienstgruppenleiter möglich. Dieser fragt in der Regel nach dem Anliegen der Person, prüft die Zuständigkeit eines Fachkommissariats oder beauftragt einen der anwesenden Kollegen mit der Anzeigenaufnahme.

Warum hat der Kollege die Frau nicht angekündigt?

»Ich möchte eine Aussage machen«, unterbricht die Frau Hannahs Gedanken.

»Worum geht es? In welcher Angelegenheit?«

»Eine Aussage in der Mordsache Emily Scott, um einen Verdächtigen zu entlasten.«

Hannah blickt die Frau ungläubig an und ist neugierig, welche Aussage Elbling entlasten könnte.
Die Frau lächelt und fragt: »Sie kennen mich nicht?«
»Sollte ich?«
»Ich denke schon!«
»Warum?«
»Ich weiß mehr, als Sie sich vorstellen können!«
Hannah Braun ist irritiert über das selbstsichere Auftreten der ihr unbekannten Frau.
»Ich würde gerne einen Kollegen hinzuziehen. Ich bin noch nicht lange auf dieser Dienststelle.«
»Ach so: Das erklärt alles. Dann können Sie mich und meine Geschichte nicht kennen.«
»*Ihre* Geschichte? Ihr Privatleben interessiert mich nicht«, reagiert Hannah nun sichtlich verärgert und wählt Sauers Nummer.
»Hannah Braun vom KDD … Herr Sauer, würden Sie bitte in mein Büro kommen. …/… bei mir sitzt eine Frau, die möchte eine Aussage in unserem aktuellen Verfahren machen …/… sie kann angeblich Elbling entlasten …/… nein, sie hat sich mir noch nicht vorgestellt und stand plötzlich in meinem Büro …/… habe keine Ahnung wer ihr die Tür zur K-Wache geöffnet hat, ohne sie anzumelden …/… Danke!«
Nach dem Gespräch dreht sich Hannah wieder zu der Frau um.
»Nehmen Sie bitte Platz!«
Doch die Frau hat es sich schon in einem der kleinen Sessel bequem gemacht. Sie schlägt die Beine elegant übereinander und wippt mit den Füßen auf und ab. »Ich war schon so frei. Sie haben gesagt, bei mir sitzt eine Frau und nicht steht.«
Hannah stützt wütend ihre Hände in die schmalen Hüften und als sie die geballten Fäuste in ihren Hosentaschen vergraben will, rutscht die Jogginghose noch weiter nach unten. Sie zieht sie mit beiden Händen wieder hoch und setzt sich an ihren Schreibtisch.

Kurze Zeit später betritt Harald Sauer den Raum und ist offensichtlich ebenso überrascht, als er die Frau in Hannahs Zimmer sieht.
»Guten Morgen, Frau Lemarchand!«
Er reicht ihr die Hand.
Die Frau erhebt sich nicht aus dem Sessel.
»Guten Morgen, Herr Sauer.«
»Womit können wir Ihnen helfen? Wieder eine überflutete Küche, weil Sie den Wasserhahn nicht abgedreht haben? Oder haben Sie sich ausgesperrt, den Schlüssel stecken lassen und benötigen einen kostenlosen Schlüsseldienst? Haben Sie Ihr Auto mal wieder im Parkverbot abgestellt und es wurde abgeschleppt? Womit kann ich Ihnen heute dienen, gnädige Frau?«
Ach so, eine sogenannte Polizei-Belästigerin von der schwarzen Liste amtsbekannter Personen, die sich wichtigmachen wollen und sich manchmal selbst beschuldigen, einen Mord begangen zu haben, denkt Hannah. Deshalb hat die Frau ihren Namen nicht genannt. Also harmlos und deshalb haben meine Kollegen mich nicht vorgewarnt. Die Dame ist bekannt.
»Weiß Ihr Mann, dass Sie hier sind?«
»Nein, aber Sie wissen doch, wie oft er weg ist und seine eindeutig bessere Hälfte alleine zu Hause lässt.«
»Er behauptet immer, *er* sei die bessere Hälfte.«
Das freundliche Lächeln auf dem Gesicht der Frau verschwindet. »Harald Sauer, mir ist nicht zum Scherzen zumute! Also sparen Sie sich Ihre blöden Bemerkungen. Ich möchte eine Aussage machen. Sie kennen die Vorgeschichte wie alle im Präsidium, außer der jungen Kollegin, die Sie aufklären sollten.«
Hannah kommt die Situation immer merkwürdiger vor.
»Kann mir mal jemand sagen, worum es hier geht, bevor ich das Formblatt Zeugenvernehmung im PC aufrufe?«
»Die Kollegin ist erst kurz auf der Dienststelle. Wieso sollten wir alte Geschichten aufwärmen? Das ist doch Schnee von gestern, liebe Frau Lemarchand.«

»Sie irren, lieber Harald. In diesem Fall verlässt Sie Ihr kriminalistischer Spürsinn. Kein Schnee von gestern. Ich denke, die Kollegin sollte informiert werden, um meine Aussage entsprechend einzuordnen. Dann erkläre ich es der jungen Dame selbst, wenn Sie sich dazu nicht in der Lage sehen.«
Dann blickt sie Hannah an, verändert ihre Sitzposition, indem sie nun das linke über das rechte Bein legt, ihren Oberkörper leicht nach vorne neigt und die Knie mit beiden Händen umklammert.
»Falls Fredy Geisen ein Alibi für die Tatzeit braucht, als Emily Scott ermordet wurde. Ich war an dem Abend bei ihm.«
»Wie bitte? Wieso Fredy Geisen? Der braucht kein Alibi mehr.« Hannah starrt die Frau ungläubig an.
Harald hüstelt und legt den Zeigefinger auf seine Lippen, damit Hannah der Frau noch nicht sagt, dass Fredy tot ist.
»Ja, Sie haben richtig verstanden. Ich war an diesem Freitagabend bei Fredy. Wir haben uns nach dem Vorfall auf dem Betriebsfest weiterhin regelmäßig getroffen.«
»Betriebsfest, Entschuldigung, ich verstehe nur Bahnhof«, unterbricht Hannah.
»Nicht Bahnhof. Besenkammer!«
Die Frau scheint das Wortspiel zu genießen.
Hannah blickt Sauer an. Der zuckt mit den Schultern und fordert Hannah auf: »Fragen Sie ruhig weiter, Frau Kollegin, auch wenn Frau Lemarchand es liebt, in Rätseln zu sprechen. So kennen wir sie! Und ich bin auch neugierig, was sie uns zu sagen hat.«
»Es wäre nett, wenn Sie das Quiz nun auflösen. Wer sind Sie denn?«, fragt Hannah.
Sie kann ihre Neugierde kaum noch verbergen und blickt zwischen Sauer und der Unbekannten hin und her.
»Soll ich es ihr verraten?«, fragt die Frau und blickt Harald Sauer an.

»Sollten Sie. Wenn Sie als Zeugin eine Aussage machen wollen, muss die Kollegin ihre kompletten Personalien aufnehmen. Ich gehe davon aus, dass es keinen Grund gibt, Ihre Aussage vertraulich zu behandeln! Und nun sind wir beide gespannt, was Sie uns zu berichten haben.«

33.

Zur gleichen Zeit öffnet ein Justizwachtmeister in der Justizvollzugsanstalt Koblenz das kleine Fenster in dem oberen Bereich der schweren Eisentür und wirft einen kurzen Blick in die Zelle. Er sieht nur den schmalen Rücken des jungen Mannes. Die Tränen in seinen Augen kann er nicht sehen. Dennis' Augen wandern durch den schmalen Raum. Wenn er die Arme auseinanderstreckt, kann er fast beide Wände an der Längsseite des schmalen Raumes berühren. An der Decke hängt eine Glühlampe mit einem kleinen, runden Blechschirm. In der Ecke eine Toilette und ein Waschbecken. An der langen Wand ein Spind, ein kleiner Tisch, ein Stuhl und gegenüber ein schmales Bett. Er wird sich nicht mehr lange in diesem Gefängnis aufhalten, blickt durch das vergitterte Fenster in den Innenhof und atmet tief durch. Die Luft, die er zum Leben braucht, ist in der Zelle zu dünn. Alles um ihn herum verblasst. Der Himmel erscheint ihm so grau wie das Mauerwerk des Gefängnisses und die Farbe der Anstaltskleidung. Er ist die traurige Hauptfigur in einem Schwarz-Weiß-Film. Für ihn wird es keine Zukunft mehr geben, denn bei der Durchsuchung des Gästezimmers hatten die Polizisten den Rucksack von Emily gefunden.
Kein Mensch würde je erfahren, was genau an jenem Abend geschah. Und auch nichts von dem, was davor passiert ist. Er wird sich umbringen.
Besser tot im Grab als in einer Zelle lebendig begraben.

Er wird einen Strick oder ein Bettlaken nehmen.
Vielleicht auch eine Überdosis Tabletten.
Ein Messer. Eine Glasscherbe.
Kann man sich auch im Knast besorgen.
In Gedanken, wie er diesem völlig sinnlos gewordenen Leben ein schnelles Ende bereiten kann, setzt er sich an den kleinen Holztisch und schreibt einen Abschiedsbrief. Den würde er gut verstecken. Bis zu dem Tag, an dem sich ihm eine Gelegenheit bieten würde, aus diesem beschissenen Leben für immer zu verschwinden, das nicht grausamer sein kann als ein Schmoren im Fegefeuer.

34.

Die attraktive Frau steht auf und reicht Hannah erstmals die Hand. »Darf ich mich vorstellen. Murielle Lemarchand. Französische Staatsbürgerin. Ich bin die Lebenspartnerin von Dr. Göttmann.«
Hannah blickt Harald an und dieser nickt bejahend.
Nach einer kurzen Pause erwidert Hannah: »Ich hatte noch nicht das Vergnügen, Ihren Mann kennenzulernen.«
»Ob es ein Vergnügen sein wird, wage ich zu bezweifeln, so wie er mit seinen Mitarbeitern rumspringt. Aber vielleicht verhält er sich attraktiven jungen Damen gegenüber anders …«, erwidert die Frau, mustert Hannah in ihrem Sportdress von oben bis unten und ergänzt nach einer kurzen Pause »… wenn Sie es verstehen, sich schick zu kleiden.«
Hannah schnauft vor Wut, aber sie zaubert nun auch ihr freundlichstes Lächeln aufs Gesicht und säuselt: »Dürfte ich Madame bitten vor meinem Schreibtisch Platz zu nehmen, damit ich Ihre Aussage in meinem Sportdress protokollieren kann. Wenn Gnädigste uns jedoch noch etwas von Ihrer wertvollen Zeit opfern und mit Herrn Sauer parlieren möchte,

springe ich schnell unter die Dusche und ziehe mich schick an.«
»Sehr aufmerksam, aber nicht nötig, meine Liebe« entgegnet Göttmanns Lebensgefährtin und setzt sich auf den Stuhl vor dem Schreibtisch.
Sauer blickt die beiden Frauen entnervt an.
»Bitte beendet jetzt euren Zickenstreit und redet normal!«
Murielle Lemarchand blickt Harald wütend an.
Hannah grinst und erwidert: »Okay. Bevor ich das Vernehmungsprogramm im Computer aufrufe, verraten Sie mir doch bitte, was das mit Fredy Geisen zu tun hat?«
»Ich habe mich mit Fredy beim letzten Betriebsfest in der Besenkammer amüsiert und das ist hier im Hause allen bekannt. Göttmann – und offensichtlich alle anderen auch …«, sie unterbricht kurz und blickt Harald an, »… denken, dass dies eine einmalige Sache war. Niemand wusste, dass unsere Affäre erst an diesem Betriebsausflug begonnen hatte. Wir haben uns regelmäßig getroffen. Fredy kann diese Kanadierin nicht umgebracht haben. Wir waren den ganzen Abend zusammen. Ich kenne den von der Gerichtsmedizinerin mitgeteilten Tatzeitraum.«
»Dann wissen Sie mehr als ich!«, erwidert Hannah erstaunt.
»Ich wurde auch noch nicht über das Ergebnis der Gerichtsmedizin informiert«, stellt Harald fest und schüttelt den Kopf.
»Es ist ja auch noch früh am Montagmorgen. Göttmann hat mich angerufen. Er ist auf der Kripotagung, sagt er zumindest, und hat gestern Abend von der neuen Gerichtsmedizinerin, mit der er vermutlich ein Verhältnis hat, die Tatzeit erfahren: zwischen 23:00 Uhr am Freitag und 1:00 Uhr am Samstag. Fredy hat mich erst um zwei Uhr nach Hause gefahren. Vorher waren wir den ganzen Abend in seiner Wohnung«, lügt sie, obwohl sie bereits kurz vor Mitternacht aus Fredys Auto gestiegen ist.
»Und was haben Sie dort gemacht?«, fragt Hannah.

Im gleichen Moment denkt sie: saublöde Frage. Aber da hatten diese Worte schon ihre Lippen verlassen.
»Ach meine Liebe, ich beherrsche nicht nur die französische Sprache, wenn Sie wissen, was ich damit meine«, erwidert die Frau mit einem Grinsen.
»*Wir* haben Fredy nie verdächtigt«, versucht Sauer die schlüpfrige Bemerkung zu überspielen.
»Weiß ich, Harald. Götttmann hat ihn auch nicht verdächtigt, aber er hat die Chance genutzt, sich an Fredy zu rächen. Er will ihn um jeden Preis fertig machen. Das wissen Sie doch auch.«
Sauer nickt zustimmend.
»Wissen Sie, wo Fredy jetzt ist?«, fragt Harald.
»Ich gehe davon aus, dass er sich mit jungen Mädels amüsiert und seine Freizeit genießt, die ihm Göttmann mit der vorläufigen Suspendierung gegeben hat.«
»Nein, das kann er nicht«, sagt Harald und blickt Hannah an, als wolle er fragen: „Sollen wir es ihr sagen?“
Hannah nickt.
»Frau Lemarchand, ich muss Ihnen eine traurige Mitteilung machen. Sie können Fredy nicht mehr helfen.«
«Wie bitte? Ist er im Gefängnis?«
»Frau Lemarchand. Fredy ist tot. Wir haben am Mittwochmorgen seine Leiche gefunden.«
»Wie? Wo? Das kann doch nicht sein. Was ist passiert?«
»Wir wissen es noch nicht.«
»Er hat sich erschossen?«
»Woher wissen Sie das?«
«Ich weiß es nicht, aber es ist doch naheliegend, dass ein Polizist sich mit seiner Dienstwaffe umbringt. Wäre ja nicht der Erste im Präsidium.«
»Über die Todesursache werden wir noch nichts sagen«, erwidert Harald und denkt an die Kollegen, die sich mit der Dienstpistole erschossen haben. Sie hat recht. Es waren im Lauf der letzten Jahre mehrere und die Namen und Gesichter tauchen

vor seinem inneren Auge auf. Dann ruft ihn die Stimme von Murielle wieder in die Gegenwart zurück.
»Aber Sie verraten mir, wo er sich umgebracht hat?«
Hannah erkennt Tränen in ihren Augen. Die Frau nimmt ein Tempotaschentuch aus der Tasche und tupft sich die verschmierte Wimperntusche aus dem Gesicht.
»In seinem Auto im Lahnsteiner Wald. Und er hat Sie in einem Abschiedsbrief als Alleinerbin eingesetzt und als diejenige, die alles nach seinem Tod regeln soll.«
»Ich? Wieso ich? Und nicht seine Eltern?«
»Ich habe nicht die geringste Ahnung. Wenn diese Frage jemand beantworten kann, dann wohl nur Sie.«
Nachdem sich Murielle Lemarchand von dem ersten Schock der Todesnachricht und Sauers Information über Fredys Brief erholt hat, fragt sie: »Macht es unter diesen Umständen Sinn, eine Aussage zu machen?«
»Wir wollen ja alle Spuren bewerten. Ihre Aussage wird Fredy zwar nicht mehr lebendig machen, aber die letzten Zweifel an seiner Täterschaft beseitigen.«
»Ja, Sie haben recht, Herr Sauer. Er soll in Frieden ruhen, nachdem er im Leben nie zur Ruhe gekommen ist. Aber von Göttmann erwarte ich, dass er sich vor der gesamten Mannschaft entschuldigt.«
»Das sollten Sie mit ihm klären. Hat er Ihnen nicht gesagt, dass wir den Täter bereits am Montagmorgen festnehmen konnten? Und haben Sie Dr. Göttmann darüber informiert, dass Sie diese Aussage hier machen wollen?«, fragt Harald.
»Nein, das hat er mir wohl bewusst verschwiegen. Aber erstens ist er nicht mein Mann. Nicht mehr. Wir sind nicht verheiratet. Er ist mein Lebensabschnittspartner und ich werde die Beziehung beenden. Zweitens ist er befangen. Er würde alles versuchen, um meine Aussage zu verhindern. Deshalb weiß er nicht, dass ich heute hier bin. Und drittens ist er noch auf Dienstreise. Ich habe seine Abwesenheit am Wochenende

genutzt und alle Sachen gepackt. Der Möbeltransporter ist schon in Frankreich.«
»Das ist Ihre persönliche Angelegenheit, aber wollen Sie sich das nicht noch mal überlegen?«, wirft Harald ein.
»Was meinen Sie? Mit dem Umzug? Nein! Oder mit der Aussage? Wollen Sie die Wahrheit hören oder mir etwa eine Falschaussage unterstellen. Ziemlich unverschämt, finden Sie nicht?«
»Ich habe soeben überlegt: Wenn Fredy Sie am Freitagabend beziehungsweise Samstagnacht nach Hause gefahren hat, war er nach der tatrelevanten Zeit in der Nähe des Mühlentals. Diese Tatsache war uns bis dato nicht bekannt. Und wer garantiert uns, dass Ihre Aussage stimmt. Sie hätten uns sogar auf eine heiße Spur gestoßen, wenn wir den wahren Mörder noch nicht überführt hätten. Es könnte ja sein, dass Sie sich in der Uhrzeit irren? Haben Sie sich das auch mal überlegt?«
»Ich möchte jetzt nur meine Aussage machen, Herr Sauer! Wie Sie das bewerten, ist Ihre Sache! Und dann geben Sie mir den Brief, damit ich Fredys letzten Willen erfüllen kann.«
»Sie brauchen auch die Wohnungsschlüssel, die wir in seiner Hose gefunden haben. Merkwürdig, dass er kein Handy mit sich führte. Würden Sie bitte in der Wohnung nachschauen? Wir haben nichts in der Wohnung gefunden.«
Frau Lemarchand nickt und Tränen bedecken ihre Wangen.
»Ich glaube, er hat es verloren.«
Harald Sauer räuspert sich kurz.
»Okay, Frau Braun. Nehmen Sie bitte die Aussage von Frau Lemarchand zu Protokoll und weisen Sie sie bitte auch noch einmal ausführlich auf die juristischen Folgen einer Falschaussage hin.«
»Das hätten Sie sich sparen können, Harald. Können wir endlich anfangen? Meine Zeit ist begrenzt und ich bin froh, wenn ich dieses Haus nicht mehr betreten muss.«

»Wie Sie möchten, gnädige Frau. Ich werde mit Frau Braun Ihre Aussage zu Protokoll nehmen!«
»Danke, Herr Sauer«, sagt Hannah Braun und öffnet im Computer das Protokoll für die Zeugenvernehmung.
Nach der Vernehmung sagt Sauer:
»Frau Lemarchand, wenn Sie sich noch einen Moment gedulden, ich muss noch kurz etwas erledigen, dann begleite ich Sie nach draußen.«
»Das Angebot kann ich natürlich nicht ablehnen«, haucht sie und als Sauer die Tür hinter sich zuschlägt, legt Hannah provozierend ihre Beine auf den Schreibtisch und räkelt sich auf dem Stuhl hin und her.
»In welchem Film haben Sie das denn gesehen? Das ist aber nicht ladylike«, kann sich Murielle Lemarchand nicht verkneifen.
»Ich bin keine Lady, ich bin eine Amazone,« faucht Hannah und bevor Sauer wieder das Zimmer betritt, sitzt sie wieder ordentlich an ihrem Schreibtisch.
»Darf ich bitten ?«, sagt Harald Sauer und fordert Murielle Lemarchand mit einer Handbewegung auf, sie möge ihm zum Ausgang folgen.

35.

Die Glühbirne an der Decke der Gefängniszelle strahlt nur schwach. Dennis liegt mit dem Rücken auf der Pritsche und erinnert sich an die letzten Tage.
Kommissar Sauer hatte ihn nochmals im Gefängnis vernehmen wollen, aber er hat keine einzige seiner Fragen beantwortet.
»Wir haben bei der Durchsuchung eine Machete mit Blutanhaftungen gefunden. Wo hast du Emily umgebracht?«, hatte er gefragt.
»Ich weiß nicht, was Sie meinen«, war sein einziger Kommentar.

Er denkt an seine Therapeutin Frau Dr. Kraus. Sie hatte irgendwas von gespaltener Persönlichkeit gesagt, aber so richtig verstanden hatte er es nie. Aber irgendwie stimmte es. Es schlagen zwei Seelen in seiner Brust.

DEN ist der Schüchterne, der nicht richtig reden kann, der sich schämt und sich einsam und verlassen fühlt.
NIS ist der Rächer, der alle bestrafen muss, die ihn verletzten, ihn in ein Heim gesteckt haben und aus dem Haus jagen wollten.

Kein Mensch wird je erfahren, was wirklich an jenem Abend geschah und auch nicht das andere. Er hat mehr als ein Geheimnis zu verbergen und er wird alle seine Geheimnisse und seine mörderischen Gedanken mit ins Grab nehmen.
Die Polizei weiß immer noch nicht, dass es sich bei dem unbekannten Toten um Waldemar handelt. Vater hatte in den letzten Jahren das Haus nicht mehr verlassen und sein Aussehen stark verändert. Abgemagert bis auf die Knochen. Den wird keiner mehr erkennen. Aber Waldemar blühte auf, als diese Maddy ihm erklärt hatte, sie sei seine Tochter. Er hatte sich über das Foto gefreut, auf dem er mit der andern Schlampe abgebildet ist, drückte es Dennis in die Hand, nahm Maddy in den Arm und stammelte: »Schau dir deine Schwestern an. Ich kann auch was Anständiges produzieren.«
Die beiden unterhielten sich untereinander in Englisch. Das überraschte ihn. Er selbst hatte diese Sprache nie gelernt, kannte nur einige Worte aus bekannten Songs, aber er registrierte alles, besonders wenn Waldemar abschätzend über ihn sprach und Maddy kicherte. Und als Waldemar sagte, er wolle Maddy unbedingt diese Stelle auf dem Foto zeigen, war dies die Geburtsstunde seines grausamen Plans.
In den letzten Jahren musste Dennis seinen Vater Waldemar mit alkoholischen Getränken und Lebensmitteln versorgen

und hatte sich um ihn gekümmert. Und nun taucht plötzlich diese Maddy auf und sie ist sein Liebling.

Da Waldemar keinen Führerschein besitzt, hatte er Dennis befohlen, Maddy und ihn mit dem Elektroauto auf einen Parkplatz nach Lahnstein zu fahren. Von dort könne man zu Fuß zu diesem Ort gehen, den er *Hawekäbbche* nannte. Dennis solle auf dem Parkplatz warten. Nachdem die beiden aus dem kleinen Auto gestiegen waren, hatte er eine viertel Stunde gewartet und war den beiden zu Fuß gefolgt. Sie saßen an der Spitze der Landzunge, tranken Whiskey und lachten. Er beobachtete die beiden bis zum Einbruch der Dämmerung. Waldemar war inzwischen sturzbesoffen und als Maddy ins Gebüsch ging, um zu pinkeln, hatte er sie mit einem Stein bewusstlos geschlagen und anschließend erwürgt. Dann hatte er sich von hinten an Waldemar herangeschlichen und ihn mit dem Seil erdrosselt, das er vorher in das Auto gelegt hatte. Als Waldemar nicht mehr atmete, hatte er ihn mit dem Seil an die Ankerkette gebunden, war zurück ins Gebüsch gegangen und hatte die Leiche seiner Halbschwester in den Rhein geworfen. Und als diese Emily plötzlich vor ihm stand, hatte er sie freudig begrüßt und gesagt, Vater sei mit Maddy nach Lahnstein gefahren. Er wolle ihr zeigen, wo er mit der Mutter früher gewohnt hat. Dann hatte er Emily das Gästezimmer angeboten, sie kurze Zeit später in den alten Hühnerstall gelockt und dort erwürgt.
Da es ihm nicht gelungen war, die komplette Leiche in die blaue Tonne zu stecken, hatte er der Leiche mit der Machete den Kopf abgetrennt. Das wollte er eigentlich mit seinem Vater machen, aber es wäre aufgefallen, wenn er die Machete in das kleine Auto gelegt hätte. So hatte er sich für das Seil entschieden.
Dennis befestigt das zu einem Streifen zerrissene Betttuch an den oberen Gitterstäben des Zellenfensters.

Er nimmt das Bettlaken in die Hand.
Er steigt auf den Stuhl.
Er weiß, wie er den sich zuziehenden Knoten legt.
Er legt die Schlinge um den Hals wie bei Waldemar.
Er beginnt zu schaukeln.
Er will den Kontakt zum Stuhl verlieren.
Er weiß, dass seine Füße frei baumeln müssen.
Er spürt, den Ruck, als der Stuhl umfällt.
Er spürt wie sein Urin die Hose einnässt.
Er riecht den Geruch von Kot.
Er hört das Knacken im Genick.
Er hört aber nicht mehr die schrille Sirene des Notrufs.
Er spürt nicht die feuchte Hand des Justizbeamten, der vergeblich versucht, den Knoten an seinem Hals zu lösen.
Er sieht nicht mehr, wie die Gefängnispsychologin seinen Abschiedsbrief liest

Für Kommisar Sauer

du musst mehr arbeiden
andre Schlampe Maddy is auch tod
liegt irgend wo rum
verrad nicht wo, such Scheißbulle!!!

Waldemar ist verreist, weit weg
junge Polizisdin ist lieb
Tchüs, ihr kriegen mich nicht
bin auch tot

Dennis
Rächer der Entärbten

36.

Dienstag, 5. Juni

Göttmann sieht aus, als habe er seine weiße Haarpracht auf dem Kopf heute Morgen weder gewaschen noch gekämmt. Er hatte sich mehr als nachlässig rasiert.

»War die Tagung so anstrengend oder geht es dir nicht gut?«, fragt Burgmüller.

»Ich mach es kurz. Meine Frau hat mich verlassen. Als ich gestern Abend von der Kripotagung nach Hause kam, war die Wohnung halb leer geräumt. Murielle hat außer ihren Kleidungsstücken auch diverse Möbel, Bilder und Teppiche mitgenommen, die sie mit in unsere Beziehung gebracht hat. Sie muss einen Möbelwagen bestellt haben. Ich fasse es nicht.«

»Hast du eine Ahnung, warum sie dich verlassen hat?«

»Nein.«

»Soll *ich* dir den Grund nennen?«

Und dabei betonte Burgmüller das *Ich* und nicht den Grund. Göttmann starrte Burgmüller mit offenem Mund an. Nach einer kurzen Pause fragt er mit brüchiger Stimme: »*Du* kennst den Grund?«

Burgmüller nickt und fragt sich, wo er beginnen sollte. Göttmann hatte heute Morgen sogar seine Hornbrille vergessen, an der er nun nicht knabbern kann. Er würde sie vermutlich auffressen, denkt Burgmüller, als er ihm eine Kopie des Vernehmungsprotokolls auf den Tisch legt. »Hier, lies selbst!«

Göttmann zieht eine kleine Ersatzbrille mit einem verbogenen Drahtgestell aus der Innentasche seines Jacketts.

Nachdem er Murielles Vernehmung gelesen hat, atmet er mit einem tiefen Seufzer ein. »Sie hat ihm ein Alibi gegeben? Nein, das glaube ich nicht. Sie will ihn nur posthum schützen. Es war ein einmaliger One-Night-Stand, den ich ihr trotz aller Peinlichkeiten, die ich in diesem Hause über

mich ergehen lassen musste, verziehen habe. Da steckt was anderes dahinter.«
»Was denn? Sie kann ja nicht mit ihm durchgebrannt sein. Mit Toten lässt sich schwierig weiterleben.«
»Wo ist sie jetzt?«
»Sie ist nach Frankreich zurück, hat aber keine Adresse hinterlassen.«
»Aber wir müssen doch noch einiges regeln. Ich muss doch wissen, wo sie wohnt.«
»Nein, ihr müsst keine Formalitäten erledigen, denn ihr seid nicht verheiratet. Du bist alleiniger Besitzer des Hauses, weil du sie nur mit Gütertrennung heiraten wolltest. Pech für dich. Sie hat von ihrer Mutter Millionen geerbt?«
»Ist Murielles Mutter gestorben?«
»Ach, das weißt du nicht? Dann hat sie sicher schon länger die Absicht gehabt, sich von dir zu trennen. Das hat sie Harald gesagt, als er sie nach der Vernehmung zum Ausgang begleitet hat.«
»Nach ihrem letzten Frankreichbesuch sagte sie mir, ihrer Mutter ginge es gut.«
»Wenn man es so nimmt, stimmt es. Sie hatte zuletzt wohl ziemlich gelitten und wurde von ihrem Leiden erlöst. Da ist aber einiges an dir vorbeigelaufen.«
»Ich war viel auf Dienstreise als Interpolbeauftragter.«
»Das war dir immer wichtiger.«
»Otmar, bitte, du musst sie finden, ich muss noch einmal mit ihr reden, verstehst du?«
»Ich verstehe das, aber ich erkenne keine Voraussetzung, eine internationale Fahndung nach ihr einzuleiten.«
»Dann besorg mir einen guten Detektiv.«
»Kannst du auch mal was selbst regeln? Das ist deine rein persönliche Angelegenheit.«
»Nein, das stimmt nicht. Wir müssen ihre Aussage überprüfen, ob das Alibi stimmt.«

»Du irrst dich. Fredy braucht kein Alibi. Er war es nicht. Hast du es schon vergessen? Wir haben den wahren Täter ermittelt. Und du wirst nie mehr die Chance haben, dich bei Fredy zu entschuldigen.«
Die beiden sitzen sich einige Minuten schweigend gegenüber und zum ersten Mal in ihrer beruflichen Zusammenarbeit bemitleidet Burgmüller seinen Chef.
»Und jetzt? Ich meine, welchen Einfluss hat dies auf das Verfahren?«
Göttmann verschluckt sich, hüstelt, als er aus dem Wasserglas trinkt, das Burgmüller ihm während des Gesprächs hingestellt hatte.
»Keinen, denn außer dir hat niemand Fredy verdächtigt.«
»Ich auch nicht«, flüstert Göttmann kaum hörbar.
»Ich weiß.«
»Haben wir wirklich keine Adresse von Murielle?«
»Nein, sie hat die Frage nach einer ladungsfähigen Anschrift nicht beantwortet und weder ihre telefonische Erreichbarkeit noch eine E-Mail-Adresse verraten. Sie wollte aber bei Harald anrufen, um den Stand der Dinge abzufragen. Wenn wir weitere Informationen benötigen, würde sie noch einmal nach Deutschland kommen. Und sie muss hier noch einiges erledigen, denn Fredy hat sie als Alleinerbin eingesetzt und sein letzter Wille ist, dass nur sie alles nach seinem Ableben regeln darf.«
Göttmann lehnt sich in dem Stuhl zurück, wippt nervös auf und ab, lehnt die Arme hinter die Lehne, sodass Burgmüller befürchtet, der Chef würde gleich mit dem Stuhl umkippen.
»Er hat ihr was?«
»Ja, du hast richtig gehört, sie soll alles regeln. Er hat es seinen Eltern mehr oder weniger verboten. Vermutlich wollte er sie nicht mehr belasten.«
»Glaubst du denn, dass ihre Angaben stimmen?«
»Ich wüsste nicht, warum Murielle lügen sollte. Fredy ist tot und das macht ihn auch nicht wieder lebendig. Wenn er noch

leben würde und er wirklich verdächtig gewesen wäre, könnte ich mir eher eine Falschaussage vorstellen.«
»Für die Murielle juristisch belangt werden könnte.«
»Ach, da spricht schon wieder emotionslos der sachlich nüchterne Jurist. Es würde dir gut tun, wenn du in dieser Situation auch mal Gefühle zulässt. Deine große Liebe hat dich nicht nur verlassen, sondern sie hat dich seit dem ersten Vorfall an der Nase herumgeführt. Das war für sie leicht, denn für dich war der Dienst immer wichtiger als dein Familienleben.»
»So siehst du das also?«
»Ja, so sehe ich das. Du warst von morgens früh bis abends spät auf der Dienststelle und bist zu jeder Tagung gefahren, anstatt Experten aus den Fachkommissariaten zu entsenden.«
Burgmüllers Stimme wird leiser und als er Göttmann in die Augen blickt, hätte er sich gewünscht, er hätte dies nie gesagt, zumindest nicht zu diesem Zeitpunkt.
Göttmann greift nach einem Taschentuch, atmet mehrmals tief ein und flüstert: »Ich habe das alles doch nur für sie getan!«
Nach einem tiefen Seufzer sagt er mit brüchiger Stimme: »Ich habe noch eine Überraschung für dich!«
Burgmüller blickt ihn neugierig an.
»Ich gehe zurück ins Ministerium und Hinz wird seine alte Stelle bei euch wieder antreten. Irgendwie hat es zwischen ihm und den Ministeriellen nicht so funktioniert, wie man sich das vorgestellt hat.«
»Und ich soll mal wieder kommissarisch den Laden schmeißen?«
»Nein, es wird dieses Mal ein nahtloser Wechsel werden und ich denke, das ist in deinem Sinne.«

TEIL IX

NIEMAND WEISS, WAS WIRKLICH GESCHAH

37.

»Carlo, du wolltest mich dringend persönlich sprechen. Was ist passiert?«, fragt Peter Orlowski mit einer deutlich erkennbaren Besorgnis, die man ansonsten vom Boss der kriminellen Organisation nicht kennt.
»Keine Ahnung, aber ich kann keinen Kontakt zu Geisen herstellen.«
»Pfeiffer weiß immer, wo sich die Zielperson aufhält?«
»Das ist ja das Merkwürdige. Pfeiffer hat sein Handy abgeschaltet und Mac hat ihn nicht in der Wohnung angetroffen. Er ist auch spurlos verschwunden.«
Orlowski atmet tief ein und sagt: »Beide? Das darf doch nicht wahr sein. Wofür investiere ich ein halbes Vermögen, um einen einzigen Mann rund um die Uhr zu überwachen, und er verschwindet? Mac soll sofort antanzen. Ich will jetzt wissen, was los ist. Das kommt mir mehr als merkwürdig vor. Beide wie vom Erdboden verschluckt. Das geht doch nicht mit rechten Dingen zu.«

Kurze Zeit später betritt Mac Schuster das Büro.
«Mac, was hat das alles zu bedeuten?«
Der Leiter des Observationsteams zuckt mit den Schultern.
»Ich weiß es nicht. Du hast uns ein verlängertes Wochenende gegönnt, wofür dir auch alle dankbar sind. Wir haben die Observation am frühen Freitagabend abgebrochen. Geisen war zu diesem Zeitpunkt alleine in seiner Wohnung. Am Dienstagmorgen haben wir vergeblich vor Geisens Tür gewartet. Da wir auch keinen Kontakt zu Pfeiffer herstellen konnten, habe ich mir in der Wohnung die letzten Videoaufzeichnungen angesehen. Pfeiffers letzter Eintrag im Observationsbuch datiert vom Freitagabend, als eine Frau Geisens Wohnung betrat. Der Eintrag stimmt mit den Videoaufzeichnungen überein. Kaum war sie in der Wohnung, hat Geisen sie im Flur

gefickt. Auf dem Monitor kann man die Frau nicht gut erkennen. Aber es könnte diese geheimnisvolle Frau sein, die wir bisher nicht eindeutig identifiziert haben, weil Geisen sich bei diesen Treffen konspirativ verhält. Merkwürdigerweise nur bei diesen Treffen. Ansonsten scheint er nichts zu checken, aber er kennt alle Tricks, wie man eine Observation entdecken kann. Auf dem Video kann man erkennen, dass beide die Wohnung um 23:30 Uhr verlassen haben. Nach den Aufzeichnungen des GPS-Senders hielt Geisens Auto an der Einmündung Pfarrer-Kraus-Straße/Alte Emser Straße kurz an und bewegte sich weiter durch das Mühlental und anschließend hoch zur Festung Ehrenbreitstein.«

Mac schaltet am zweiten PC eine größere Karte ein.

»Dort hat das Fahrzeug angehalten, länger als beim ersten Mal. Geisen kehrte um 00:22 Uhr alleine in seine Wohnung zurück. Am Samstag hat er nach dem Anruf eines Kollegen das Haus verlassen. Er wurde zu einem Leichenfundort gerufen.«

»Peter Pfeiffer?«, murmelt Orlowski in sich hinein.

»Ich hoffe nicht, aber wir können es nicht ausschließen, denn nach Pfeiffers letztem Eintrag am Freitagabend gibt es kein eindeutiges Lebenszeichen mehr von ihm.«

»Glaubst du, Geisen hat uns entdeckt und Pfeiffer umgebracht?«

»Das halte ich für unwahrscheinlich. Pfeiffer hat stets darauf geachtet, dass er Geisen nie begegnet. Und wenn er die Wohnung verlassen hat, trug er immer seine Gesichtsmaske.«

»Wo steht Pfeiffers Auto jetzt?«, fragt Orlowski.

»Keine Ahnung. Haben wir nicht mit GPS ausgestattet.«

»So eine Scheiße, aber erzähl weiter.«

Mac zeigt Orlowski auf dem Display des MacBooks nochmals den Streckenverlauf von Geisens Auto am Samstag.

»Nach dem Anruf des Kollegen am Samstagmorgen fuhr Geisen hoch zur Festung und danach ins Polizeipräsidium. Dort sollte um 15:00 Uhr ein Treffen stattfinden. Aber das Auto bewegte sich bereits gegen zehn zur Dienststelle. Wieso

Geisens Chef Steff Carsten und nicht Geisen selbst den Termin mit Carlo abgesagt hat, wissen wir nicht. Geisens Auto hat sich seitdem nicht mehr bewegt. Am Samstagabend hat Geisen kurz vor Mitternacht seine Mutter angerufen. Ein belangloses Gespräch. Er wolle ihr am Sonntag seine Schmutzwäsche vorbeibringen. Nichts Relevantes für uns. Allerdings haben wir seit Sonntagmorgen kein GPS-Signal mehr empfangen.«
»Shit, dann haben die Bullen was entdeckt.«
»Sieht fast so aus. Dann wird es für meinen Einsatz aber eng«, schaltet sich Carlo ein.
»Mac, was ist in Geisens Wohnung passiert?«
»Das ist auch merkwürdig. Geisen war das letzte Mal am Sonntagabend in seiner Wohnung. Wir observieren immer noch das Präsidium am Saarplatzkreisel und die Dienststelle in Lahnstein. Leider auch ohne Erfolg. Er ist bis jetzt nirgendwo wieder aufgetaucht. Geisen hatte am Wochenende keinen Besuch und außer dem Telefonat mit seiner Mutter keine weiteren Gespräche geführt.«
»Habe ich das richtig verstanden? Beide sind spurlos verschwunden und Pfeiffer noch vor Geisen von der Bildfläche verschwunden?«
»Ja. So ist es. Leider.«
»Wo steht Geisens Auto jetzt?«
»Noch einmal. Das letzte Signal von Geisens Fahrzeug war im Präsidium. Entweder steht das Auto noch dort oder er hat die Überwachung entdeckt und ausgebaut. Egal was stimmt. Das sieht nicht gut aus.«
»Ich habe ein Scheißgefühl. Wenn die Polizei unseren Sender und die Mikrofone gefunden hat, ist die Operation geplatzt. Wir wissen nicht, was am Samstagmorgen passiert ist, weil Carlo unsere ZP nicht mehr getroffen hat. Das Treffen am Samstagnachmittag wurde vom Leiter des Rauschgiftkommissariats ohne Angabe von Gründen abgesagt. Er hat Carlo gesagt, Geisen werde sich wieder bei ihm melden.«, tobt Orlowski.

Carlo nickt wieder.
»Mac, was ist mit Pfeiffers Handy?«
»Seit Samstagnachmittag kein Signal mehr empfangen.«
»Carlo, glaubst du, dass Geisen Lunte gerochen hat, als du ihm von den Depots der Konkurrenz erzählt hast?«
»Nein, der ist voll darauf abgefahren. Die planen bereits eine große Durchsuchungsaktion.«
»Es wäre wichtig, dass die 650 Kilo sichergestellt werden, damit wir unsere eigene Ware auf den Markt bringen können. Die sollte nicht mehr zu lange auf dem Boot am Schleusenhäuschen bleiben.«
»Okay, ich werde beim nächsten Gespräch weitere Beweise liefern. Die sind doch nur heiß auf Kilos. Wem die gehören, ist denen scheißegal.«
»Carlo, du machst deinen Job weiter, als wäre nichts geschehen.«
»Würde ich gerne, aber ich muss warten, bis mich Geisen oder Steff Carsten kontaktieren. Carsten ist der einzige, der mich außer Geisen kennt.«
»Dann ergreifst du halt die Initiative und wirfst ihnen einen Köder vor. Wir haben doch genug.«
Carlo rutscht auf dem Stuhl nervös hin und her.
»Ich würde lieber warten, bis ich mit Geisen wieder Kontakt aufnehmen kann und wir wissen, warum die beiden so plötzlich verschwunden sind.«
»*Ich* sage Dir, was du zu machen hast. Wir haben eine Vereinbarung. Und falls sie Verdacht schöpfen und dich festnehmen sollten, weißt du, dass wir uns um deine Frau und deine Kinder kümmern werden, wie wir es auch getan haben, als die Camorra dich umbringen wollte.«
Carlo nickt und Orlowski wendet sich an Mac.
»Und ihr fahndet jetzt mit der gesamten Mannschaft nach unseren Zwillingen. Vielleicht kann sich einer deiner Männer auch mal in der Tiefgarage des Polizeipräsidiums umsehen.«

»Das wird schwierig. Die beiden Tiefgaragen sind nur mit einem Transponder zu betreten.«
»Dann lasst euch was einfallen. Ihr habt doch noch Kontakt zu dieser Firma, die Renovierungsarbeiten in der Tiefgarage ausführt. Wird doch wohl möglich sein, dass sich einer von denen mal umschaut. Muss ich denn an alles denken?«
Orlowski erhebt sich aus seinem riesigen Sessel, ein klares Signal für die beiden, den Raum nun zu verlassen.
Als er allein im Zimmer ist, greift Orlowski zum Telefon und wählt eine Kurzwahlnummer.
»Ich möchte, dass alle Kameras und Mikros in der Wohnung der Zielperson abgebaut werden und unsere konspirative Wohnung komplett aufgelöst und der Mietvertrag gekündigt wird.«

TEIL X

EINIGE WOCHEN SPÄTER

38.

Saint Julien/Provence
13. Juli 2018

Wie ein riesiger gelber Fächer breiten sich dünne Sonnenstrahlen von einem wolkenlosen Himmel über eine der schönsten Regionen der westlichen Welt aus. Bereits am frühen Morgen erstrahlt die Provence in diesem faszinierenden Licht, welches berühmte Maler inspiriert hat und heute noch der Sehnsuchtsort vieler Künstler ist. Der verbrannte hellbraune Rasen hinter der *Auberge van Beethoven* am Ortsrand von *St. Julien* zeugt davon, dass der Himmelskörper in diesem Jahr nicht zum ersten Mal den Boden austrocknet. Von dem Grundstück hat man einen Panoramablick über die weite Ebene bis zum Geröllfeld des *Mont Ventoux*. Der höchste Berg der Provence erweckt auch im Sommer den Eindruck, als wären seine Gipfel mit Neuschnee bedeckt. Der Mont Ventoux besteht an der Spitze aus Kalk, der wie eine Kapuze den Berg bedeckt.
Der Wind bläst die Wolken gen Süden. Die Blätter der großen Laubbäume rauschen wie eine Melodie in dem warmen Wind. Das Grundstück, auf dem ein Mann aus Köln seinen Traum verwirklicht hat, thront in exponierter Lage über dem idyllisch gelegenen Ort abseits der Touristenroute. Lediglich die Kirche auf dem Kalvarienberg wurde höher errichtet. Den Namen der Auberge in den Gemäuern der ehemaligen Wohnburg sprechen die Franzosen natürlich ohne H aus wie eine Kombination aus Beet und Ofen, also «Beet-Ofen«. Das Blau des Wassers in dem ovalen Pool zeichnet sich deutlich von dem verdorrten Rasen im hinteren Bereich des Grundstücks ab. Die Ställe für die zwei Ziegen und zahlreiche Hühner, aus denen die Lebenspartnerin des Besitzers einen hervorragenden *Coq au Vin* zaubert, sind mit grauen Wellblechplatten bedeckt. Das Flatterband «Willkommen« von *Urbräuer Weizen* will nicht so

recht in das provenzalische Licht gerückt werden, aber es passt zu dem bayrisch-blau gestreiften Gartenzelt vor dem kleinen Gartenhäuschen mit der veralteten Schwimmbadtechnik. Das Gestell des Sonnenschirmes ohne Stoff wurde zum Trocknen der Wäsche umfunktioniert. Weiße Plastikstühle und Liegen, ein auf zwei Betonpfeiler gelegter Holzbohlentisch und der selbstgemauerte Grill aus roten Ziegeln runden diese besondere Form der Idylle ab.

Der Kölner Hubert Helm ist stolzer Besitzer der Auberge. Er wird von den Dorfbewohnern Übbär*t Älm* genannt, und lebt seit einigen Jahren hier mit seiner Lebensgefährtin Marlene, gemeinsam mit Hühnern, Katzen, Ziegen und einem Schaf. Als Hubert das halb verfallene Anwesen erwarb, erklärten die Einheimischen den Mann aus Deutschland mit dem Pferdeschwanz für verrückt. Aber bereits ein Jahr später hatte der Liebhaber klassischer Musik die *Auberge van Beethoven* eröffnet und das ganze Dorf eingeladen. Voller Respekt für diese Arbeitsleistung sprachen sie nur noch von Übbärt mit dem Zusatz *Le Mammut*, weil er wie ein starkes, großes Tier in der sengenden Hitze mehr als zwölf Stunden arbeiten konnte. Hubert hatte mit nur wenigen Helfern aus der verfallenen Ruine ein Schmuckstück gemacht.

Helm hatte viele Jahre als Informant für das BKA gearbeitet, Scheingeschäfte im Drogenmilieu eingefädelt und für Versicherungsunternehmen Diebesgut wiederbeschafft. Er operierte im Untergrund zwar nicht so erfolgreich wie *„der* deutsche Agent“ Mauss und die *Auberge van Beethoven* war nicht annähernd vergleichbar mit dem riesigen Anwesen von Europas bekanntestem Undercoveragenten bei Altstrimmig im Hunsrück, aber Hubert konnte sich mit staatlicher Unterstützung für seine Dienste immerhin dieses Anwesen kaufen.

In dem einzigen Apartment der Auberge wohnt seit geraumer Zeit ein alter Freund von Hubert. »Bongjour, mong ami«, ruft Hubert seinem Gast zu, der auf der kleinen Terrasse hinter dem

Haus frühstückt. Huberts Mischung zwischen Kölsch und dem Dialekt des Departement Gard passt irgendwie in diese Gegend, in der sich eine Kommunikation mit der Landbevölkerung selbst mit überdurchschnittlichen Kenntnissen der französischen Sprache oberhalb des Speisekartenniveaus schwierig gestalten kann.
»Bonjour, Hubby«, erwidert der Mann.
»Unn? Alles klor, ming Jung? Mach dir kein Sorje. Die Butze finne dich net. Hass de Glück jehabt, et iss nix passiert unn et iss noch emmer joot jejange! Dank dem lewe Jott do owe off em Kalwariebersch«, ruft Hubert und zeigt mit der Hand hoch zum Kreuzgang an der Kirche des Kalvarienbergs am höchsten Punkt des kleinen Dorfes.
Der Mann, der sich jetzt Manfred Weber nennt, hatte Hubert vor einigen Wochen angerufen und ihm erklärt, dass er untertauchen müsse und dringend neue Papiere benötige. Mehr wollte der alte Ganove nicht wissen.
»Watt isch net waiß, macht mich net haiß«, hatte Hubert geantwortet. Über einen Ganoven in Marseille, den er seine persönliche *french connection* nennt, hatte er seinem Gast gefälschte Ausweise, *carte d'identité* inklusive einer französischen Fahrerlaubnis *permis de conduire* auf den Namen Manfred Weber ausstellen lassen und mit dem Satz »Habe die Ehre!« die perfekt gefälschten Papiere ausgehändigt und bis zum heutigen Tag nicht weiter nachgefragt.
Nach dem für französische Verhältnisse üppigen *petit dejeuner* lehnt sich Huberts Gast in dem Rattanstuhl zurück, streckt beide Arme gegen den Himmel, der ihm hier in der Provence so greifbar nahe scheint, und macht anschließend ein kurzes Nickerchen. Als einer der drei Hähne kräht, erwacht er aus seinen Gedanken und hört ein inzwischen vertrautes Geräusch. Marlene wirft Futter in das Gehege. Die Hühner flüchten, weil sie befürchten, als *Coq au Vin* in Marlenes Kochtopf zu enden. Diese Angst ist nicht unbegründet, denn *Federvieh in Wein* ist Marlenes Spezialgericht.

TEIL XI

DIE WAHRHEIT EINER TEUFLISCHEN INTRIGE

39.

Der Mann – der sich jetzt Manfred Weber nennt – erwacht unter den schattenspendenden Bäumen im Garten der *Auberge van Beethoven* aus seinem Mittagsschlaf. Hinter den dunklen Wolkenfeldern, die über dem Gipfel des *Mont Ventoux* hinwegziehen, ist die Spitze des höchsten Bergs der Provence nur noch schemenhaft zu erkennen. Manfred Weber spürt, wie der Mistral über seinen nackten Oberkörper weht, und blickt zum Wipfel der Bäume, die hoch über ihm graziös im Rhythmus des Windes tanzen.
Wie lange hatte er im Schatten der Bäume geschlafen?
Ein kurzer Blick auf die Uhr. Bereits fünf.
Er erinnert sich an die Ereignisse zwischen jenem verhängnisvollen Freitag und dem Tag seiner Ankunft in der Provence. In kurzen Sequenzen läuft auf einer imaginären Leinwand ein Film ab.
Sein Film, den außer *ihr* niemand kennt.
Jedes dieser Ereignisse, die sein Leben von Grund auf verändert haben, ist so präsent, als sei alles erst gestern geschehen.

Es begann alles an jenem Freitag.
Ein schwarzer Freitag, obwohl es kein dreizehnter war.
Freitag, der 25. Mai.
Sein achtunddreißigster Geburtstag.

Emily Scott hatte ihn in der Eisdiele am Jesuitenplatz angesprochen. Eine zufällige Begegnung am Nachmittag, die nicht folgenlos bleiben sollte. Aber das konnte er nicht ahnen, als die junge Kanadierin sich zu ihm an den Tisch setzte.
Hätte er Emily Scott nicht den Zettel in die Hand gedrückt, wäre Kripochef Göttmann niemals auf den Gedanken gekommen, ihn mit dem Mord an der jungen Frau in Verbindung zu bringen.

Als es am Freitagabend an seiner Wohnungstür klingelte, hatte er gehofft, Emily stünde davor. Aber das war natürlich Unsinn. Er hatte lediglich seinen Namen und die Handynummer auf dem Zettel notiert. Dann stand *sie* vor ihm. Kaum hatte er die Tür geöffnet, drückte *sie* ihn wortlos gegen die Wand, flüsterte „Happy birthday", löste den Gürtel seiner Hose, ließ sein Glied mit geübten Handgriffen wachsen, bis sie sich im Flur liebten. Nach dem Quickie hatte er noch eine Flasche Rotwein geöffnet und *sie* dann nach Arenberg gefahren, wo sie in sicherer Entfernung zu ihrem Haus ausgestiegen war. Er war (aus alter Gewohnheit?) am Gasthaus *Roter Hahn* links in die Silberstraße abgebogen und hatte den Umweg durch das Mühlental genommen. Vielleicht war es jedoch weniger die Gewohnheit, den Schleichweg nach übermäßigem Alkoholkonsum zu nutzen, als vielmehr die Hoffnung, er würde Emily Scott vor dem Anwesen ihres Vaters begegnen?
Auch wenn das um Mitternacht mehr als ein Zufall gewesen wäre.
Hatte er damals an einen Wink des Himmels geglaubt?
Dabei begann an diesem Tag ein 6-Tage-Ritt durch die Hölle. Ein wahrlich schicksalhafter Tag.
Als er im Mühlental seine Blase entleeren musste, störte plötzlich ein Geräusch die nächtliche Stille: das knatternde Starten eines Motors. Kurz danach fuhr ein junger Mann auf einem verrosteten Deutz-Traktor aus der gegenüberliegenden Hofeinfahrt. Er wollte den Traktorfahrer anhalten und ihn fragen, ob im Mühlental eine Familie mit dem Namen einer Weinsorte wohnt. Der Mann reagierte jedoch nicht auf sein Winken und Zurufen, sondern blickte ihn mit angstvoll aufgerissenen Augen an und drehte das Gaspedal bis zum Anschlag, als befürchte er, Opfer eines nächtlichen Raubüberfalls zu werden. Der Traktorfahrer fuhr mit dem kleinen Hänger – auf dem eine große blaue Tonne lag – in Richtung Ehrenbreitstein davon. Im Licht der Straßenlaterne erkannte

er eine Flüssigkeit, die aus der Tonne sickerte. Als er auf dem Asphalt direkt unter der Laterne die dünne Spur dieser Flüssigkeit betrachtete, glaubte er, eine rote Farbe zu erkennen, und fragte sich, wohin der junge Mann um diese Uhrzeit einen Behälter mit Rotwein fahren wird. Er war der Meinung, im Mühlental würde nur Weißwein angebaut. Riesling, Weiß- und Grauburgunder und weitere Rebsorten. Aber der Familienname von Emilys Vater fiel ihm nicht ein.
Danach war er hoch zu der Aufstiegsplattform auf der Festung Ehrenbreitstein gefahren und hatte den Traktor mit dem Hänger, auf dem die blaue Tonne lag, überholt.
Er hatte seinen Geländewagen an dem Pavillon der BUGA-Freunde abgestellt und war zu der Dreieckspitze hoch über dem Rhein gegangen.
Die gigantische Holzkonstruktion schwebt zehn Meter über der Geländekante und von hier oben hat man an einem klaren Abend einen atemberaubenden Blick auf die Stadt, umrahmt von Lichterketten, den Rhein und die umliegenden Gebirgsketten bis zu den Vulkankegeln der Eifel. Er hatte die Stille genossen, aber irgendwann glaubte er, wieder das Motorgeräusch dieses Traktors zu hören. Er kann sich nicht mehr erinnern, wie lange er diesen fantastischen Panoramablick genossen hat, bevor er nach Hause gefahren ist.

* * *

Am Samstagmorgen wurde er durch den Anruf der Kriminalwache aus dem Tiefschlaf geweckt. Er hatte sich geduscht und fünfzehn Minuten später stand er fassungslos vor Emilys Leiche. Der Mörder hatte ihren Kopf abgetrennt. Diesen hatte Walter in einer Plastiktüte asserviert und balancierte damit wie ein Puppenspieler vor seiner Nase herum. Walter fragte ihn, ob er das Gesicht kenne. Bevor er antworten konnte, schoss seine

Magensäure nach oben und er hatte sich in einem Schwall übergeben. Sein Magen rebelliert heute noch, wenn diese Szene vor seinem geistigen Auge auftaucht.
Da sie den Zettel mit seinen Notizen in Emilys Hosentasche entdeckt hatten, forderte Göttmann ihn auf, mit ihm zur Polizeiinspektion Lahnstein zu fahren. Er erklärte ihm zwar nicht explizit die Festnahme, aber zu diesem Zeitpunkt war er der einzige Zeuge, der Emily zuletzt lebend gesehen hatte. Auf der Polizeiinspektion in Lahnstein wurde er dann von Klaus Blath und Cindy Brenk vernommen. Er erkannte Cindy erst am Ende der Vernehmung. Das war in dieser Situation nicht unbedingt von Vorteil für ihn.
Er denkt heute noch an die Kratzspur auf seiner Hand, die Emily ihm zugefügt hatte. Aber weder Göttmann, Blath noch Cindy bemerkten diese frische Kratzspur. Er hatte während der Vernehmung darauf geachtet, diese Hand zu verdecken. Unter Emilys Fingernägeln hätten sie seine Hautpartikel sichern können. Aber zum Glück kam niemand auf diese Idee. Nur Göttmann verdächtigte ihn oder – besser gesagt – hätte ihn gerne als Tatverdächtigen präsentiert. Obwohl der Kripochef vermutlich selbst nicht ernsthaft daran glaubte, dass einer seiner Kriminalbeamten auf diese Weise eine junge Frau ermorden würde. Für Blath und Cindy war er der letzte Zeuge. Nicht mehr, aber auch nicht weniger. Deshalb hatten sie intensivere Beweissicherungsmaßnahmen nicht in Betracht gezogen.
Er erinnert sich auch an seine Befürchtung, die Kollegen würden bei der Vernehmung sein Handy sicherstellen und die GPS-Daten auslesen. Dann hätten sie festgestellt, dass er um die vermutete Tatzeit im Mühlental und auf der Festung war. Was hätte er erwidern sollen? Murielle hätte ihm kein Alibi geben können. Niemand hätte ihm geglaubt, dass er mit Tränen in den Augen an der Spitze der Aussichtsplattform gestanden und über sein Leben nachgedacht hat. Und selbst wenn Murielle ausgesagt hätte, wäre es eine Erklärung, aber kein

Alibi gewesen, denn niemand konnte bestätigen, dass er nur kurz im Mühlental angehalten hat. Auch der junge Traktorfahrer hatte ihn ja nur einige Sekunden gesehen.
Nach seiner Vernehmung war er zunächst in Richtung Krankenhaus gegangen. Er wollte ursprünglich Tom Schneider besuchen, der bei der Fahndung nach dem Mörder der jungen Polizistin schwer verletzt worden war. Da Tom nach seiner Affäre mit Lena ebenfalls eine kurze Beziehung eingegangen war, würde er Tom auch heute noch nicht als seinen Lieblingskollegen bezeichnen. Aber was Tom erleben musste, würde er seinem ärgsten Feind nicht wünschen. Er hatte es sich dann aber anders überlegt und war zurück Richtung *Maximilians Brauwiesen* gegangen, um dort noch ein oder zwei Bier zu trinken.
Dann geschah es.
Kurz vor der Einmündung Adolfstraße brach eine Person zusammen. Er lief hinüber, um Erste Hilfe zu leisten. Erst als er die Kapuzenjacke vom Kopf der bewusstlosen Person streifte, erkannte er, dass es sich um einen Mann handelte. Und als er in das Gesicht des Mannes sah, wurde ihm schlagartig schwindlig.
Es war *sein* Gesicht.
Er hatte in dem Moment das Gefühl, er würde neben dem Bewusstlosen auch in Ohnmacht versinken, und wählte mit zitternden Fingern die 112. Nachdem er die Rettungsleitstelle alarmiert hatte, hielt er den Bewusstlosen ungläubig in seinen Armen, starrte ihn immer wieder an und konnte es einfach nicht glauben.
Es war, als blicke er in einen Spiegel.
Nur wenige Minuten später ertönten die schrillen Sirenen des Rettungswagens immer lauter in seinen Ohren. Zwei Rettungssanitäter sprangen aus dem Fahrzeug und versorgten den Bewusstlosen mit der Professionalität der Ersthelfer. Dann legten sie den Mann auf eine Trage. Er wollte sich vom Ort

des Geschehens entfernen und seine Gedanken sortieren, aber einer der Sanitäter rief ihm nach: »Wollen Sie denn nicht mit Ihrem Bruder ins Krankenhaus fahren?«
Bevor er widersprechen konnte, hatte er sich, wie eine Marionette von unsichtbaren Händen gelenkt, in den Rettungswagen gesetzt, der mit heulenden Sirenen startete. An der Notaufnahme des Elisabeth-Krankenhauses war er mit zitternden Knien aus dem Rettungswagen ausgestiegen. Das Herz schlug ihm bis zum Hals. *Das kann doch nicht wahr sein,* hatte er sich immer wieder eingeredet. Aber es war kein Traum.

Während er auf der Bank vor der Notaufnahme wartete, rief er Murielle an. Er berichtete ihr ausführlich von dem Leichenfund in Ehrenbreitstein, der Begegnung mit der Kanadierin einen Tag zuvor, der Vernehmung und Göttmanns Verhalten. Die aktuelle Situation hatte er verschwiegen. Dann hatte er ihr offenbart, dass er sie vermutlich als Zeugin für ein Alibi angeben müsse.
»Du hast mir versprochen, dass es unser Geheimnis bleibt«, hatte sie hysterisch in ihr Prepaidhandy geschrien. »Aber ich konnte doch nicht ahnen, dass Göttmann mir einen Mord anhängen will«, antwortete er. Nach diesem Telefonat wäre ihre Beziehung fast zerbrochen. Er ahnte damals noch nicht, dass er für Murielle mehr als nur eine Affäre war. Sie hatte ihm erst am Sonntagabend gestanden, dass sie sich bereits nach dem ersten Treffen in ihn verliebt habe und schon lange mit dem Gedanken gespielt hatte, Göttmann zu verlassen. Sie habe jedoch befürchtet, dass ihn auch eine feste Beziehung nicht davon abhalten könne, weiterhin Kontakt mit jüngeren Frauen zu pflegen. Nachdem sie das Gespräch beendet hatten, öffnete sich die Tür der Intensivstation und ein Arzt kam direkt auf ihn zu.
Er kann sich an dieses Gespräch erinnern, als habe er es erst gestern geführt.

»Ich habe Ihrem Bruder gratuliert.«
»Wieso?«
»Er hatte wahnsinniges Glück gehabt, dass er sich bei dem Sturz nicht mehr verletzt hat. So kann er heute noch einmal Geburtstag feiern.«
»Er hat heute Geburtstag?«
»Nein gestern! Achtunddreißig. 1980! Gleiches Baujahr wie ich. Ein guter Jahrgang.«
»Gestern?«
»Ist das bei Zwillingen so ungewöhnlich? Köpfen Sie gemeinsam eine Flasche Sekt vom Feinsten. Momentan ist ihr Bruder …«
»Er ist nicht …«
»Nein, er ist nicht in Lebensgefahr.«
»Kann ich mit ihm reden?«
»Im Moment nicht. Wir haben ihm ein Beruhigungsmittel injiziert. Aber Sie können in sein Zimmer.«
Er hatte mit schlotternden Knien das Krankenzimmer betreten. Der Mann war eingeschlafen. Nun konnte er dessen Gesicht noch einmal in aller Ruhe betrachten und hatte dabei das Gefühl, selbst in diesem Bett zu liegen. Die Schublade des Nachttischschränkchens war geöffnet. Neben dem Portemonnaie lag ein Personalausweis. Er öffnete den Pass und konnte nicht glauben, was dort stand.

Pfeiffer
Hans-Peter
24.05.1980
Staatsangehörigkeit Deutsch
Lahnstein
gültig bis: 02.03.2028

Mein Geburtsdatum.
Mein Geburtsort.

War sein einziger Gedanke.

Dann hatte er auf der Rückseite des Personalausweises die Meldeadresse gelesen. Wenn er bis zu diesem Zeitpunkt glaubte, seine Hände könnten nicht noch heftiger zittern, wurde er eines Besseren belehrt, denn beim Blick auf die Adresse musste er sich an dem Stuhl festhalten.
Die Meldeadresse des Mannes.
Er wohnte im Haus direkt gegenüber.
Auf der anderen Straßenseite.
Warum habe ich ihn noch nie gesehen?
Was haben wir außer dem Aussehen und einer Wohnung in der gleichen Straße noch gemeinsam?

Mein Nachbar.
Mein Bruder?

Er hatte das Handy und den Wohnungsschlüssel an sich genommen, war in die Westallee in das Haus direkt gegenüber von seinem Appartement gegangen, hatte die Haustür geöffnet und war wie ein Einbrecher durch das Treppenhaus geschlichen.
Was sollte er antworten, wenn ihn jemand anspricht?
Würde man den Nachbarn von der gegenüberliegenden Straßenseite erkennen oder diesen mysteriösen Mann, der ihm zum Verwechseln ähnlich sieht?
Auf dem Türschild der Wohnung stand **PFEIFFER P.**
Er klingelte.
Wartete ab.
Lauschte, ob er Geräusche wahrnehmen konnte.
Dann klingelte er noch einmal.
Vielleicht lebte Pfeiffer mit einer anderen Person in der Wohnung.
Was sollte er dann sagen?
Er müsse Kleidung für den Mann im Krankenhaus einpacken?
Wie würde die Person reagieren?

Ihn für verrückt erklären?
Die Polizei rufen?
Könnte er so schnell umschalten und die Person hinter der Tür täuschen?
Vom Aussehen kein Problem.
Aber vermutlich würde seine Kleidung irritieren.
Er wusste nichts über die Person, in deren Rolle er bei einem unvorhersehbaren Zusammentreffen schlüpfen müsste.

Er weiß heute nicht mehr, wie lange er überlegte, und klingelte ein drittes Mal. Als nach vier Minuten niemand öffnete und keine Geräusche aus der Wohnung drangen, hatte er die Tür aufgeschlossen und war durch den Flur direkt in das große Zimmer der Wohnung in der gleichen Etage wie sein Apartment auf der gegenüberliegenden Straßenseite gegangen.
Als er die Telefonüberwachungsanlage und Monitore sah, stockte ihm der Atem.
Sein erster Gedanke: Kollegen der neuen Abteilung für interne Ermittlungen überwachen mich.
Aber aus welchem Grund?
Wurde ihm unterstellt, dass er als VP-Führer Dienstgeheimnisse verraten hatte?
Oder hatten sie bemerkt, dass er beim letzten Mal nicht alle Drogen aus dem Panzerschrank vernichtet, sondern das Fläschchen mit dem GHB an sich genommen hat?
Vielleicht hatte der Kripochef aber auch bereits nach diesem bekannt gewordenen Vorfall beim Betriebsausflug eine Überwachung angeordnet. War Pfeiffer ein Kollege?
Fragen über Fragen und keine Antwort. Noch nicht einmal eine einigermaßen plausible Erklärung.
Das Zimmer war ordentlicher als ein polizeiliches Büro eingerichtet und alles sah sehr professionell aus. In dem hohen Aktenschrank standen alphabetisch sortierte Ordner, beschriftet wie die Spurenakten eines Ermittlungsverfahrens.

AKTUELLES
BEWEGUNGSBILD
DIENSTPLÄNE
EINSATZBEFEHL
KONTAKTPERSONEN ZiP
PKW-ÜBERWACHUNG
POLIZEIKOLLEGEN ZiP
SPRACHNACHRICHTEN
TELEFONÜBERWACHUNGSPROTOKOLLE

Intuitiv hatte er nach dem Ordner EINSATZBEFEHL gegriffen, ließ sich in den Bürosessel fallen und hatte mit zitternden Händen die ersten Seiten gelesen.

Einsatzbefehl
„Operation Change“

I. Ausgangslage

1. Nach Einrichtung neuer Abteilungen „Interne Ermittlungen“ wird die „Unterwanderung“ von Polizeibehörden zunehmend schwieriger. Es bedarf innovativer Strategien, um interne Infos über neue Strategien und aktuell geplante Einsätze zu erhalten.
2. Die meisten der eingeschleusten Clanmitglieder studieren im 3. Semester an den Hochschulen, konnten zwar während der Praktika bereits einige Informationen weiterleiten, werden aber frühestens in 2 Jahren konkrete Aufträge übernehmen können.
3. Durch Zufall wurde bekannt, dass unserer Mitarbeiter (nachfolgend **PeP** genannt) ein Zwillingsbruder des Drogenfahnders Fredy Geisen (nachfolgend **ZiP** genannt) ist. Beide wurden nach der Geburt getrennt und von zwei Familien adoptiert.
   Der **ZiP** ist die Existenz des Zwillingsbruders nicht bekannt.

II. Ziele

1. Beschaffung von internen Informationen (Vertraulich – nur für den Dienstgebrauch) für die Modifizierung von Strategien des Syndikats.
2. Zerschlagen konkurrierender Organisationen (siehe auch Einsatz von Carlo als VP unter IV.8) und Aufbau einer Monopolstellung.

III. Maßnahmen

1. Nach sorgfältiger Auswertung aller nachfolgend aufgeführten Maßnahmen Entführung der **ZiP** in deren Urlaub.
2. Sollte die **ZiP** eine Zusammenarbeit mit dem Syndikat ablehnen, muss sie liquidiert werden.
3. **PeP** wird (im Fall von III.2) nach Ermordung der **ZiP** im Rauschgiftkommissariat „ordnungsgemäß“ nach dem Urlaub den Dienst wieder antreten.

IV. Einzelaufträge

Zur Erreichung der Ziele werden folgende Aufträge erteilt:

1. Erstellung eines kompletten Bewegungsbildes der **ZiP** durch drei Observationsteams und tägliche Meldung an **PeP**.
2. Sammeln von Informationen über die wichtigsten beruflichen und privaten Kontaktpersonen der **ZiP**.
3. Recherche über die (emotionalen) Beziehungen der **ZiP** zu Familienangehörigen, insbesondere zu den Adoptiveltern.
4. Überwachung sämtlicher Kommunikationsquellen (Telefone, Festnetzanschluss und Handy(s), SMS, E-Mails, WhatsApp und der genutzten sozialen Netzwerke wie Facebook u. a.) und Auswertung durch ein **PeP** zugeteiltes Team.
5. Anmietung einer konspirativen Wohnung (**KoWo**) durch **PeP** direkt gegenüber vom Zielobjekt (**ZiO**) in Lahnstein.
6. Einbau von Minikameras und Mikrofonen im **ZiO.**
7. Installation von GPS-Sender und Innenraumüberwachung im Zielfahrzeug (**ZiF**) der **ZiP**.
8. Zur Erreichung von Ziel II.2 wird Carlo die **ZiP** über Aktivitäten konkurrierender Organisationen informieren.

V. Personal und Ausstattung

Nach Installation der gesamten Überwachungstechnik werden im operativen Bereich folgende Kräfte eingesetzt. Deren Aufträge werden gesondert erteilt.

24 Observationskräfte
(3 Teams mit jeweils 1/7 Besetzung)

24 Fahrzeuge
(Funk, Empfänger für GPS im ZiF)
1 VW-Bus, 2 Kräder, 3 Fahrräder, 1 Drohne

PeP
Mieter der KoWo
1 Fahrzeug (Funk, Empfänger für GPS im ZiF)

Carlo = VP (Tarnname in VP-Akte der Polizei)
1 Wohnung in Lahnstein
1 Fahrzeug (ohne techn. Sonderausstattung)

Als er danach den ersten Aktenvermerk von Carlos gelesen hatte, wurde ihm schlagartig bewusst, dass *nicht er seine VP*, sondern *seine VP ihn* führt. Carlo hatte bewusst falsche Fährten gelegt. Er informierte ihn über Aktivitäten Lahnsteiner und Koblenzer Dealer mit dem Ziel, damit ein anderes Syndikat den Drogenhandel in der Region übernehmen kann. Um welches Syndikat es sich dabei handelt, war aus dem Einsatzbefehl nicht zu erkennen. Aufgrund von Carlos Informationen konnten die Drogenfahnder zahlreiche Dealer festnehmen. Und die 650 Kilo Drogen waren die größte Menge, die jemals in Rheinland-Pfalz sichergestellt wurde. Er konnte nicht mehr mitfeiern, obwohl dieser Erfolg letztendlich ihm zu verdanken war.
Wer auch immer hinter dieser Aktion steckte: Sie wollten ihn entführen, umbringen und diesen Peter Pfeiffer in die Polizei einschleusen. Zunächst wollten sie ihm jedoch eine Zusammenarbeit mit dem Syndikat anbieten. In einer weiteren Notiz wurde vermerkt, man werde ihm ein monatliches Festgehalt in Höhe von 10.000 € – bar auf die Hand und natürlich steuerfrei – anbieten. Für jede brauchbare Information solle er jeweils weitere 10.000 € erhalten. Wenn er das Angebot ablehnen würde, wäre dies sein Todesurteil gewesen. In einem weiteren Vermerk war unter der Rubrik „Einzelaufträge“ zu lesen, dass sie ihn in den letzten Pfeiler der noch im Bau befindlichen Moseltalbrücke einbetonieren würden.

Fredy hatte zunehmend seinen inneren Widerstand gespürt, noch weitere Ordner aufzuschlagen. Seine Gedanken kreisten nur um diesen mysteriösen Peter Pfeiffer. Er wollte nicht weiter in diesem Heuhaufen stochern, unter dem eine Wahrheit schlummerte, die er nicht wissen wollte, und stellte den Ordner in den Aktenschrank zurück. Da er sich bereits beim Öffnen der Haustür Einweghandschuhe angezogen hatte, würde er keine Fingerabdrücke hinterlassen.

Als er ins Krankenhaus zurückkehrte, schlief der Mann immer noch.
Er hatte den Schlüssel in die Schublade gelegt.
Dann steckte er Pfeiffers Handy in seine Jackentasche, entfernte die Simcard und warf sie in die Lahn.
Zu Hause hatter er überlegt, was nun zu tun sei.

40.

Noch am Samstagabend hatte er Christine Geisen kurz vor Mitternacht aus dem Tiefschlaf geweckt und zwar bewusst so spät, denn nächtliche Anrufe sind meist Hiobsbotschaften und lassen die Herzen der Menschen schneller schlagen.
Dies fand er in Anbetracht der Ereignisse mehr als angebracht. Christine Geisen hatte ein leises »Ja?« in das Telefon gehaucht.
»Hey, ich bin's«, hatte er sich gemeldet. Das Wort Mutter wollte nicht über seine Lippen kommen.
«Fredy, was ist passiert?«
«Wollte hören, wie es dir geht. Ich kann nicht schlafen.«
»Nur weil *du* nicht schlafen kannst, musst du *mich* mitten in der Nacht wecken«, hatte sie leicht verärgert gesagt.
«Was ist los? Du hast mich noch nie um diese Uhrzeit angerufen.« Ihre Stimme klang wieder versöhnlicher. Er hätte am liebsten seine Wut hinausgeschrien, aber er wollte ihr bei der entscheidenden Frage in die Augen schauen. Augen lügen nicht. Ein leises Lachen hallte durch den Hörer.
»Ich wünsche dir alles Gute zum Geburtstag. Habe mehrfach versucht, dich zu erreichen. Wo warst du?«
»Bist du morgen zu Hause?«, hatte er gefragt, anstatt ihre Frage zu beantworten.
»Willst vorbeikommen?«
»Ja, hab einen Beutel schmutzige Wäsche.«

»Klar. Komm vorbei, ich bin da. Ich freue mich. Dein Vater ist mit seinen Bergfreunden auf der letzten Etappe der Alpenüberquerung.«
Sie konnte nicht ahnen, dass *er* morgen «schmutzige Wäsche waschen« würde.

* * *

Am Sonntagmorgen war er schweißgebadet aufgewacht. Erst als er sich an das Telefonat erinnerte, verdrängte er die Hoffnung, die gestrigen Ereignisse seien nur ein Albtraum gewesen. Nach einer ausgiebigen Dusche hatte er seine Schmutzwäsche in einen leeren Kissenbezug gepackt. Dann war er mit dem Rad zum Präsidium gefahren und konnte in der Tiefgarage im Präsidium den GPS-Sender im Motorraum und das Mikro unterhalb der Deckenverkleidung entfernen, sodass ab sofort keine Überwachung möglich war.
Nachdem er den Sender zerstört hatte, fuhr er nach Hause, packte sein Wäschebündel ein und noch vor dem Mittagessen, zu dem Christine ihn eingeladen hatte, erreichte er das Elternhaus, das den Namen nicht mehr verdiente.
Sie waren nebeneinander durch den großen Garten hinter dem Haus gegangen. Er hatte Christine bereits mit seiner ersten Frage überrascht und ihre Reaktion beobachtet.
«Findest du es schlimm, wenn erwachsene Menschen erfahren, dass sie als Kind adoptiert wurden?«
Seine Frage war wie ein Blitz aus heiterem Himmel eingeschlagen. Das rosige Gesicht von Christine hatte sich weiß verfärbt. «Warum fragst du? Ich glaube, dass Adoptiveltern ihre Kinder sehr liebevoll erziehen.«
Er hatte ihre Hand ergriffen, beide Hände auf ihre Schultern gelegt und ihr tief in die Augen geblickt, bevor er die entscheidende Frage stellte.

«Habt *ihr mich* adoptiert?«
Christine hatte ihn entsetzt angestarrt und geschluchzt: »Ja, wir haben dich adoptiert. Wir wollten es dir irgendwann erklären, aber haben es nie getan, weil wir befürchteten …«. Ihre Befürchtung konnte sie offensichtlich nicht in Worte fassen.
»Weiß es Ulla?«, unterbrach er sie.
Seine Schwester war vor vielen Jahren nach Kanada ausgewandert und wohnt jetzt mit ihrem Mann Bernie in Ottawa. Der Kontakt der Geschwister war abgebrochen und er hatte die beiden noch nie in Kanada besucht.
»Nein, deine Schwester weiß es nicht. Niemand weiß es. Ich konnte nach Ulla keine Kinder mehr bekommen und wir haben dich zwei Jahre nach ihrer Geburt adoptiert und wir wollten doch nur …«
Sie hatte geweint und bevor sie den Satz beenden konnte, hatte er sie mit ihren Gedanken alleine gelassen.

* * *

Er hatte Christine bewusst die Begegnung mit Pfeiffer verschwiegen und war ins Krankenhaus nach Lahnstein gefahren, mit der Gewissheit, dass dieser Peter tatsächlich sein Bruder ist. Hatte der Mann noch wahrnehmen können, dass er den Rettungswagen alarmiert hatte? Wie würde Pfeiffer reagieren, wenn er ihm von seinem Gespräch mit Christine erzählt? Fredy hatte sich auf der Fahrt ins Krankenhaus eine Strategie überlegt und nachgedacht, wie er selbst in der Rolle von Pfeiffer reagieren würde. Er konnte sich denken, dass Pfeiffer überlegen musste, was er seinem Gegenüber erklärt. Pfeiffer würde vergeblich sein Handy gesucht haben, um seinen Auftraggeber über die neue Situation zu informieren. Da in dem Krankenzimmer kein Telefon angeschlossen und Pfeiffer in seinem Bett immer noch an die Schläuche angeschlossen war, hatte er vermutlich keinen Kontakt zur Außenwelt herstellen können. Fredy konnte sich denken, dass Pfeiffer ihm auch nichts von seinem Auftrag erzählen würde.

41.

Peter Pfeiffer hatte ihn aus trüben Augen angeschaut und tat so, als sei er ebenso überrascht wie er selbst bei dem zufälligen Zusammentreffen am gestrigen Tag. Fredy hatte lediglich vom Gespräch mit Christine erzählt und es war ihm gelungen, Pfeiffer den Ahnungslosen vorzugaukeln. Pfeiffer hatte ihm erzählt, dass seine Adoptiveltern ihm irgendwann auch die Wahrheit gesagt haben. Er hatte jedoch seinen Auftrag verschwiegen, was nicht anders zu erwarten war. Jeder hatte also die wichtigsten Informationen für sich behalten.
Pfeiffer hatte in diesem Gespräch immer wieder betont, wie sehr er sich über dieses zufällige Aufeinandertreffen mit Fredy freue. Als er nach seinem Handy fragte, hatte Fredy erklärt, dass er dieses vermutlich bei dem Sturz verloren und es irgendjemand an sich genommen habe. Sie hatten sich gegenseitig vorgespielt, wie sehr man sich über die zufällige Begegnung freue und wolle Pläne für eine gemeinsame Zukunft schmieden.
Natürlich konnte Fredy sich denken, dass Pfeiffer andere Vorstellungen hatte. Er musste deshalb verhindern, dass Pfeiffer weder seinen Hintermännern diese unvorhersehbare Situation erklären noch erfahren dürfe, dass Fredy in dessen Wohnung eingedrungen und somit über die Absichten dieser kriminellen Organisation informiert war.
Er musste unbedingt mit einem Menschen seines Vertrauens reden und hatte überlegt, wer das sein könnte. Er konnte sich nur einer einzigen Person anvertrauen und hatte deren Nummer gewählt.

* * *

Murielle hatte ihm bis zum Schluss zugehört und kein einziges Wort gesagt. Nach einer kurzen Pause hatte sie mit einem Räuspern erstmals reagiert.
»Ich habe eine Idee.«
»Verrätst du sie mir auch?« hatte er neugierig gefragt.
»Ich verrate dir gerne meine Strategie. So eine Chance, erhältst du nie wieder. Nichts ist wichtiger als der richtige Zeitpunkt und der ist genau jetzt. Ich habe sogar eine sehr gute Idee.«
«Und welche?«
»Nimm dir das Leben …«

42.

»Du schlägst mir ernsthaft vor, ich solle mich umbringen?«, hatte Fredy gefragt und tief eingeatmet.
»Ja …«, erwiderte Murielle, genoss offensichtlich seine Fassungslosigkeit, bis sie nach einigen Sekunden der Stille sagte »… aber nicht was du jetzt meinst.«
»Sondern?«
»„Nimm dir das Leben und lass es nicht mehr los“, singt Udo Lindenberg.«
»Und was meinst du damit?«
»Du musst sterben, um zu leben. Wenn dein Zwillingsbruder dir so ähnlich sieht, ist das *die* Chance, von der Bildfläche zu verschwinden. Bring diesen Typen um, bevor diese Bande dich entführen oder ermorden wird. Täusche den eigenen Tod vor und präsentiere deinen Kollegen die Leiche von diesem Pfeiffer. Wir flüchten in südliche Gefilde, wo uns niemand kennt. Mein Cousin Roger besitzt auf Bali ein Taucher-Ressort und hat auf der Insel der Götter einige Ferienhäuser in einer paradiesischen Landschaft gebaut.«

Während ihm die Worte fehlten, sprudelten die Sätze aus Murielles Mund wie ein Wasserfall. Sie hatte ihm einen teuflischen Plan präsentiert. Er hatte zwar schon oft an die Vergänglichkeit, aber niemals so konkret an den Tod gedacht, zumindest nicht an den eigenen.
Ihr Plan war gut, ihr „Wort am Sonntag“ im wahrsten Sinne des Wortes mörderisch gut. Nach einer kurzen Überlegung hatte er gesagt: »Tote bekommen keine Pension. Wovon soll ich leben?«
»Mach dir keine Sorgen. Ich habe genug Geld für uns beide. Wenn du mit mir alt werden möchtest und ich künftig die einzige Frau für dich bin, ist Geld das geringste Problem.«
Murielles Mutter war mit 91 Jahren vor zwei Monaten in einem Altersheim im elsässischen Ribeauville verstorben und hatte ihrer einzigen Tochter ein großes Vermögen vererbt. Murielle hatte ihn schließlich davon überzeugt, dass dies eine einmalige Chance für den Start in ein neues Leben war.

43.

Am Montagmorgen war seine Entscheidung gefallen. Es musste alles sehr schnell gehen, denn Pfeiffer sollte am Dienstag entlassen werden. Er war am Sonntagabend das letzte Mal in seiner Wohnung und hatte in einem der kleinen Häuser auf dem Campingplatz beim Beachclub in Fachbach übernachtet und Oliver Schupp vertraulich erzählt, dass er mit dem Gedanken spiele, sein Leben zu beenden, da ihn die Polizei verdächtigen würde, diese junge Frau umgebracht zu haben. Dies würde die These von seinem Selbstmord unterstützen, falls die Kollegen seinen letzten Übernachtungsort ermitteln könnten. Murielles Plan war die Anleitung für den perfekten Mord. Er würde Pfeiffer neben dem ärztlich verordneten

Beruhigungsmittel eine langsam steigende Medikation der Droge GHB verabreichen.
Das kleine Fläschchen mit der farblosen Flüssigkeit hatte er bereits vor langer Zeit aus dem Panzerschrank des RG-Kommissariats entnommen.
Die sichergestellten illegalen Substanzen werden in der Asservatenkammer aufbewahrt und können vor Gericht als Beweismittel vorgelegt werden.
Wenn alle Rechtsmittel ausgeschöpft sind, also kein Widerspruch mehr möglich ist, ordnet die Staatsanwaltschaft die Vernichtung der Drogen an. Diese werden dann zur Sicherheit nach dem „Vier-Augen-Prinzip" von zwei Beamten in der Verbrennungsanlage der Firma WECK entsorgt.
Er hatte bei der letzten Entsorgungsfahrt die als Vergewaltigungsdroge bekannte Substanz „für den Fall der Fälle" unterschlagen, ohne dass der begleitende Kollege dies bemerkt hatte.
Er musste die Droge aber noch nie einsetzen, denn alle Frauen waren freiwillig mit ihm „in die Kiste gestiegen", wie er immer zu sagen pflegte.
Pfeiffer würde also nicht bemerken, wenn er ihn in brüderlicher Fürsorge darauf hinweist, dass er momentan viel trinken muss. Im Gespräch hatte Pfeiffer ihm erklärt, dass er nur eine Sucht habe. Coca Cola.
Er würde bei seinem Besuch am Montagmorgen zunächst eine relativ harmlose Dosis in ein Glas mit Cola schütten und beobachten, wie Pfeiffer in Kombination mit den Medikamenten reagiert.
Die Mischung durfte keinesfalls eine Überreaktion auslösen. Bei der zweiten Dosis am Nachmittag würde bereits Pfeiffers freie Willensbestimmung beeinträchtigt sein. In dieser Phase verhalten sich die Opfer gegenüber Dritten noch völlig normal. Und er hoffte, dass das Krankenhauspersonal am Dienstagmorgen bei der Entlassung nichts bemerken würde.

44.

Dienstagmittag hatte er Pfeiffer aus dem Krankenhaus abgeholt. Die Ärzte waren der festen Überzeugung, dass er sich um seinen Zwillingsbruder kümmern würde. Er hatte Pfeiffer wie geplant bereits am Montag zweimal die Droge *GHB* in einem Glas mit Cola angeboten und vor der Entlassung noch an die Einnahme von zwei Blutdrucktabletten erinnert. Ihm stattdessen aber zwei Tabletten *Tavor* in die Hand gedrückt. Er hoffte, dass Pfeiffer danach nicht mehr an seinen Auftrag, sondern nur noch an einen Erholungsspaziergang auf den Lahnhöhen dachte. Nach Einnahme der nächsten Dosis würde Pfeiffer jedoch nicht mehr in der Lage sein, auch nur einen einzigen Fuß vor den anderen zu setzen, sondern für immer einschlafen und genau so schnell, wie er aufgetaucht war, würde er aus Fredys Leben verschwinden.
Da Pfeiffers Kleidung nach dem Sturz und im Rahmen der Erstversorgung stark verschmutzt worden war, hatte Fredy ihm Kleidung ins Krankenhaus gebracht. Und zwar bewusst seine Lieblingskleidung, die jeder kannte: das T-Shirt mit der Harley Davidson und die abgewetzte alte Lederjacke, die er eigentlich ständig trug. Und die *Intimissimi*-Slips und Boxer-Shorts, an die sich einige seiner Kolleginnen bei der Leichenschau erinnern würden.
In dem kurzen Entlassungsgespräch hatte ihnen ein junger Arzt gesagt, dass es sich lediglich um einen einmaligen Schwächeanfall gehandelt habe. Pfeiffer solle aber in der nächsten Woche zur Sicherheit einen Termin für weitere Untersuchungen vereinbaren.
Fredy hatte glaubwürdig versichert, sein Bruder würde sich melden, und die gedankliche Abwesenheit seines Bruders mit den Worten erklärt: »So kenne ich ihn. Der ist schon immer so.«
»Was meinen Sie damit?«, hatte der Arzt gefragt.

»Immer geistig abwesend. Ich kümmere mich seit meiner Kindheit um ihn.«
Dann ertönte im Kittel des jungen Arztes eine Frauenstimme: „Doktor Borsotti! Notfall Zimmer 17“.
Der junge Mann hatte Fredy und Pfeiffer noch kurz die Hand gereicht und sich mit den Worten verabschiedet: «Ich wünsche Ihnen beiden alles Gute!«
»Danke, das können wir gebrauchen«, hatte sich Fredy „auch im Namen meines Bruders“ bedankt.
Pfeiffer hatte sich, ohne weitere Fragen zu stellen, auf den Beifahrersitz in dem kleinen Suzuki Jimny gesetzt. Bevor Fredy den Motor startete, hatte er Pfeiffer die Plastikflasche mit der dritten und hoffentlich tödlich wirkenden Dosis GHB in die Hand gedrückt und leise geflüstert: »Peter, du musst viel trinken.«
Pfeiffer hatte die Flasche in einem Zug geleert und war danach nicht mehr in der Lage, den Sicherheitsgurt zu schließen. Fredy hatte den Sicherheitsgurt stramm gezogen für den Fall, dass Pfeiffer schneller als erwartet in den komatösen Zustand fallen würde. Hoffentlich hält er noch einige Minuten durch, war Fredys einziger Gedanke.
Er war von Lahnstein in Richtung Bad Ems gefahren, hatte die Lahn auf der Brücke nach Friedrichssegen überquert, war dort in die Erzbachstraße abgebogen bis zum Ende des asphaltierten Weges gefahren. An der Abzweigung zum Waldweg hatte Murielle in ihrem Auto auf ihn gewartet, die Schranke geöffnet und wieder verschlossen, nachdem Fredy auf dem Waldweg weitergefahren war. Zuvor hatte sie das Warnschild mit der Aufschrift

Waldweg gesperrt
Betreten verboten
Baumbruch
Forstamt Lahnstein

an der Schranke befestigt. Die gleichen Schilder hatte sie auch an den Schranken am Parkplatz Spießborn und am Parkplatz in Höhe des alten Forsthauses angebracht. Murielles Idee, diese Verbotsschilder an den wichtigsten Zugangswegen zu befestigen, war ebenso genial wie ihr Mordplan. Um eine überraschende Begegnung mit der Försterin Silke Weyer zu verhindern, hatte Murielle kurz zuvor den Fund eines toten Wildschweins an der Grillhütte Ruppertsklamm gemeldet und die Försterin an die vom Bergmannsfriedhof am weitesten entfernte Stelle ihres Reviers gelockt. Nachdem Murielle die Schranke wieder geschlossen hatte, fuhr Fredy mit dem bereits auf dem Beifahrersitz zusammengesunkenen Pfeiffer zunächst auf dem breiten Waldweg bergan. Dann bog er links ab auf den schmalen Nebenpfad, der nur mit einem geländegängigen Fahrzeug befahrbar war, und hielt den Suzuki Jimny in Höhe vom Bergmannsfriedhof an. Endlich hatte sich die Anschaffung dieser kleinen Kiste mit Allradantrieb bewährt. Weit und breit war kein Mensch zu sehen. Dieser Friedhof mit zahlreichen von dicken Moosschichten bedeckten alten Grabsteinen erschien ihm ein würdevoller Platz, an dem Pfeiffer das Zeitliche segnen würde. Von seiner ursprünglichen Idee, Peter Pfeiffer nach Verabreichung der tödlichen Mixtur zur Sicherheit noch mit der Dienstwaffe zu erschießen, hatte er nach Murielles Einwand Abstand genommen. Und sie hatte recht. Hätte er Pfeiffer mit seiner Dienstwaffe erschossen, würde Walter Günther nicht nur die Hand des Toten auf Schmauchspuren untersuchen, sondern auch dessen Fingerabdrücke überprüfen. Dann würde auffallen, dass die Fingerabdrücke an der Hand des Toten nicht mit seinen, in der internen Ermittlerdatei gespeicherten übereinstimmen, denn diese sind auch bei eineiigen Zwillingen nicht gleich. Er hoffte daher, dass Walter nur die Abdrücke an der Waffe sichern würde.

Aufgrund dieser Überlegung hatte er die Dienstpistole mit vollem Magazin neben den Abschiedsbrief und die leere Packung

Tavor auf den Fahrersitz gelegt. Danach hinterließ er an der Windschutzscheibe vor dem Beifahrersitz weitere Fingerabdrücke. Es sollte so aussehen, als habe er sich im Todeskampf noch ein letztes Mal aufgebäumt.
Auge um Auge.
Zahn um Zahn.
Du hättest mich getötet, wenn ich nicht für euch gearbeitet hätte, dachte er und kontrollierte noch einmal Pfeiffers Puls.
Exitus!
Er hatte den Sicherheitsgurt geöffnet und Pfeiffers Kopf war auf das Armaturenbrett gefallen. Dann hatte er Murielles kopflose Lieblingspuppe auf den Fahrersitz gelegt und den Lauf der Waffe in die Öffnung unterhalb vom Hals gesteckt. Er war bereits aus dem Auto gestiegen und hatte erst im letzten Moment bemerkt, dass er den Autoschlüssel abgezogen hatte. Das wäre fatal gewesen. Er hatte sich auch überlegt, ob er Pfeiffers Leiche noch auf den Fahrersitz bugsiert, aber das war in dem kleinen Auto nicht einfach. Nach dem Aussteigen hatte er den zuvor abgetrennten Puppenkopf an einen Ast am nächsten Baum aufgespießt. Dies war eine weitere geniale Idee von Murielle. Auf dem Puppenkopf und dem Körper der Puppe würde man auch seine Fingerabrücke sichern. Diese Inszenierung sollte ein stiller Schuldvorruf an Göttmann sein, der ihn verdächtigt hatte und der sich nun für seinen Selbstmord verantwortlich fühlen sollte. Es sollte als Metapher verstanden werden, dass er höchstens einer Puppe, aber niemals einem Menschen den Kopf abschneiden kann. Dann war er parallel zu dem schmalen Pfad durch das Unterholz zurückgegangen. Murielle hatte an der Schranke am Ende der Erzbachstraße auf ihn gewartet. Er hatte das selbstgebastelte Warnschild von der Schranke entfernt und war in ihr Auto gestiegen.
»So, nun bin ich tot«, hatte er gehaucht.
Murielle hatte ihre Hände um seinen Nacken gelegt und ihn geküsst.

»Und ich erwecke dich wieder zum Leben.«
Nachdem sie an den beiden anderen Parkplätzen die Warnschilder entfernen mussten, hatte Murielle ihn noch am gleichen Abend zum Frankfurter Hauptbahnhof gefahren.

45.

Bei der Planung des perfekten Mordes hatte Fredy sich in die Rolle von Otmar Burgmüller, Harald Sauer und Walter Günther versetzt und überlegt, mit welchen falschen Fährten er die drei erfahrenen Kriminalisten täuschen könnte. Am wichtigsten war die Inszenierung am Leichenfundort mit seinen eigenen Spuren. Sie dürften keinesfalls etwas über einen Doppelgänger erfahren. Deshalb hatte er Christine Geisen die Begegnung mit Peter Pfeiffer verschwiegen, denn die Kollegen würden sie nach auffälligen Ereignissen der nahen Vergangenheit fragen. Bei dem geringsten Hinweis auf einen Zwillingsbruder würden sie Verdacht schöpfen. Er hoffte jedoch, dass sie bei der eindeutigen Lage am Leichenfundort nur die Fingerabdrücke auf seiner Dienstwaffe mit denen in der internen Ermittlerdatei vergleichen. Diese wären identisch und es würde ihnen als Beweis genügen, dass es sich bei dem Toten um ihn handelt. Würden sie jedoch Fingerabdrücke an Pfeiffers Händen sichern, könnten erste Zweifel auftauchen, da selbst bei eineiigen Zwillingen die Papillarleisten am Ende der Finger nicht identisch sind.
Auch eine normale DNA-Vergleichsuntersuchung würde keinen Verdacht erregen, denn mit der vereinfachten Methode wird bei eineiigen Zwillingen die gleiche DNA festgestellt. Genauer betrachtet, ist deren Erbgut jedoch nicht zu Hundert Prozent identisch. Man kann eineiige Zwillinge aber nur dann unterscheiden, wenn das gesamte Erbgut betrachtet wird. Sollten jedoch keine Zweifel bestehen, bestünde auch keine

Veranlassung für eine genauere Untersuchung. Diese ist sehr teuer und wird daher nur bei unklarer Beweislage in Auftrag gegeben. Aber so wie er den Leichenfundort inszeniert hatte, wäre der Fall für die Ermittler klar.
Sein im Abschiedsbrief eindeutig beschriebener letzter Wille würde ebenfalls keine weiteren Ermittlungen nach sich ziehen. Der Wunsch, seine leiblichen Überreste zu verbrennen, würde auch eine Obduktion verhindern, wenn im Nachhinein ein Verdacht aufkommen würde. Vor der Einäscherung wird zwar immer noch eine erweiterte Leichenschau durchgeführt, aber es würde niemand daran zweifeln, dass er der tote Mann ist.
Auch für Murielles offensichtlich beeindruckenden Auftritt in der Vernehmung hätte sie als Schauspielerin einen Oskar verdient. Da er sie mit der alleinigen Wahrnehmung aller Aufgaben nach seinem Ableben autorisiert hatte, könnte sie seelenruhig die Wohnung auflösen. Und wenn seine Beobachter bis zu diesem Zeitpunkt die Überwachungstechnik nicht abgebaut hätten, wollte er einen alten Freund darum bitten. Aber die Verbrecher hatten vermutlich bereits alle Spuren beseitigt.
Um nicht den geringsten Verdacht zu erregen, musste er persönliche Sachen, insbesondere alle Dokumente in seiner Wohnung zurücklassen. Da Murielle als einzige Person berechtigt war, sich um seinen Nachlass zu kümmern und er ihr Kontovollmacht erteilt hatte, sollte dies kein Problem sein. Er hatte kein Geld von seinem Konto abgehoben. Murielle hatte ihm Bargeld aus ihrem Tresor gegeben und ihn noch am Dienstagabend mit dem Auto zum Frankfurter Hauptbahnhof gefahren. Da er viele Kollegen der Bundespolizei kennt, wäre ein Aufenthalt im Koblenzer Bahnhof zu riskant gewesen. Er hatte sich in Frankfurt ein Ticket gekauft und die 168 € bar bezahlt. Der nächste Zug mit einer direkten Verbindung nach Marseille fuhr erst am Mittwoch um 13:58 Uhr. Die verbleibende Zeit bis zur Abfahrt des Zuges hatte er in einer Fixerabsteige in der Moselstraße verbracht. Hier bestand zwar die Gefahr, dass ihn

einer der zahlreichen Dealer erkennt, aber das wäre nicht so tragisch wie die Begegnung mit einem Kollegen.

* * *

Vor dem vorgetäuschten Selbstmord hatte Fredy seinen Freund Hubby angerufen. Aus der beruflichen Zusammenarbeit mit Hubert Helm als VP hatte sich bereits vor Jahren eine Beziehung entwickelt, die niemals zwischen Ermittler und Informanten aus der kriminellen Szene entstehen sollte. Aber Vorschriften haben Fredy nur selten davon abgehalten, das zu tun, was *er* für richtig hält. Hubbys Auberge in St. Julien schien ihm als erste Station für den Beginn eines neuen Lebens geeignet. Murielle hatte mit ihrem Cousin Roger bereits über den Kauf eines Ferienhauses auf Bali verhandelt.

Als der französische Hochgeschwindigkeitszug TGV am Mittwochabend um 21:50 Uhr im Marseiller Bahnhof einfuhr, stand Hubby auf dem Bahnsteig. Murielle war nach ihrer Aussage zunächst nach Ribeauville zu ihren Verwandten gefahren und, um alle Spuren zu verwischen, war sie nach einigen Tagen auch für diese mit unbekanntem Ziel verreist.

46.

Bereits am gestrigen Nachmittag hatten heftige Blitze und grollender Donner über dem Meer das Unwetter angekündigt. In der Mitte der Nacht war, begleitet von starken Niederschlägen, ein heftiges Gewitter über die Provence hinweggezogen. Der nach der Dürreperiode der letzten Wochen ausgetrocknete Boden hat das Wasser gierig aufgesogen. Am frühen Morgen bedecken zwar noch dunkle Wolken den Himmel, aber

Fredy spürt bereits auf dem kurzen Weg zum Pool der *Auberge van Beethoven* die ersten Sonnenstrahlen auf seinem nackten Oberkörper. Er schwimmt in dem sechsundzwanzig Grad warmen Wasser seine Bahnen. Ihm genügt eine halbe Stunde, um den Kreislauf in Schwung zu bringen. Danach weckt er Murielle und legt ihr den kleinen Strauß mit frisch gepflücktem Lavendel auf den nackten Rücken.
»Aufwachen, du verschläfst sonst den schönen Tag.«
»Geisen, lass mich. Ich will noch liegen bleiben«, erwidert Murielle und gähnt.
»Weber, ich heiße Weber, Manfred Weber», erinnert er sie an seinen neuen Namen.
»Sorry! Schon wieder ein neuer Liebhaber? Dabei muss ich immer noch an Fredy Geisen denken«, erwidert sie, dreht sich lächelnd um und zieht ihn zu sich hinunter.

* * *

Während Murielle sich anschließend duscht, genießt er auf der kleinen Terrasse den Blick in die weite Ebene und auf den Mont Ventoux. Kein nächtlicher Telefonanruf würde jemals wieder seine Träume stören. Er hat endlich „alle Zeit der Welt“, die Krimis zu lesen, mit deren männlichen Romanfiguren er sich stark identifiziert. In ihren Stärken, aber auch in ihren Schwächen.
Zum Beispiel mit *Sebastian Bergman*, dem durchgeknallten Psychologen aus den Romanen von *Hjorth/Rosenfeldt*. Vielleicht hat ihn dieser Name auch unbewusst inspiriert, Pfeiffers Leiche auf den Bergmannsfriedhof zu fahren. *Sebastian Bergman*. Ein Frauenheld, auf der schon krankhaften Suche nach sexuellen Abenteuern. Bergmans Ermittlungsmethoden bewegen sich am Rande der Legalität und oft darüber hinaus. Bergman könnte sein Zwillingsbruder sein.

Aber er hat auch eine andere Seite, die kaum einer kennt. Fredy spürt manchmal diese stille Sehnsucht nach einer stabilen Beziehung mit einer einzigen Frau. Als Murielle ihm gestanden hatte, dass sie sich in ihn verliebt habe, war dies die Erfüllung seiner stillen Sehnsucht. Und dieser Teil seiner Persönlichkeit identifiziert sich mit *Pierre Durand* aus den Provence-Krimis von *Sophie Bonnet*. Er würde gerne wie dieser Commissaire unter der Sonne des Südens ermitteln und die Gerichte von Durands Freundin Charlotte verkosten. Letzteres zumindest kann er genießen, denn Murielle kocht mit großer Leidenschaft die Rezepte aus den Krimis der Schriftstellerin und mit diesen Köstlichkeiten würde er sich noch einige Zeit in Frankreich verwöhnen lassen. Aber bald müssten beide für immer auf die Insel der Götter auswandern.

Murielles Cousin Roger hatte den Kaufvertrag für das Haus auf Bali unterschrieben. Nächste Woche würde Murielle die Flüge buchen. Und er hofft, dass die gefälschten Papiere beim Check-in auf dem Flughafen in Marseille ihre Feuerprobe bestehen werden und er als Manfred Weber ausreisen darf.

Adieu Lahnstein.
Adieu Coblence.
Adieu Provence.
Adieu Europa.

Wir werden uns nie mehr wiedersehen.

ENDE

NACHSCHLAG

Polizeipräsidium Koblenz
Kriminaldauerdienst
6. Juni 2018

»Guten Morgen, Dr. Borsotti«, begrüßt Kommissarin Hannah Braun den Arzt in einem der Vernehmungszimmer der Kriminalwache. Da im Lahnsteiner Krankenhaus mehreren Patienten die Geldbörse entwendet wurde, hatte Hannah den Stationsarzt als Zeugen vorgeladen.
»Ich zeige Ihnen nacheinander acht Fotos. Sie kreuzen bitte an, wenn Sie in einer dieser Personen den jungen Mann erkennen, der sich an dem besagten Tag auf Ihrer Station auffällig verhalten hat und somit als Tatverdächtiger infrage kommt.«
Bevor Hannah jedoch das erste Bild auf den Tisch legen kann, betritt Burgmüller das Zimmer. In seiner Hand hält er einen Bilderrahmen.
«Entschuldigen Sie die Störung. Sind Sie mitten in einer Vernehmung, Frau Braun?«
»Nein, wir haben noch nicht begonnen.«
Burgmüller tritt näher und zeigt mit dem Finger auf den Bilderrahmen mit Fredys Foto.
»Nur eine Minute. Wir wollen auf der Kriminalwache auch ein Bild von ihm aufhängen. Und zwar in diesem Zimmer hier. Sie haben ihn ja gefunden.«
„Okay, hängen Sie mein Foto von der letzten Siegerehrung beim Triathlon ab. Ich denke, das ist ein würdiger Platz«, erwidert Hannah.
Der junge Arzt blickt die beiden irritiert an.
Als Burgmüller den Bilderrahmen mit dem Trauerflor an die Wand hängt, hüstelt Dr. Borsotti.
»Entschuldigung, aber ich kenne diesen Mann.«

»Gut möglich, der Kollege ist bekannt wie ein bunter Hund», erwidert Burgmüller, ohne sich umzudrehen.
»Ist er verstorben?«
»Ja«, antwortet Burgmüller mit brüchiger Stimme.
»Herr Pfeiffer war Polizeibeamter?«
»Wieso Pfeiffer? Sein Name ist Geisen.«
»Nein, der Mann heißt Pfeiffer. Dieser Name steht in seinem Personalausweis und er wohnt in Lahnstein.«
»Wer sind Sie überhaupt?«, reagiert Burgmüller gereizt.
„Ich bin Zeuge, kein Täter. Sie können also normal mit mir reden«, erwidert Hannahs Zeuge selbstsicher.
»Dr. Borsotti arbeitet im Krankenhaus Lahnstein und soll als Zeuge in der Diebstahlsserie vernommen werden«, schaltet Hannah sich ein.
»Wieso glauben Sie, diesen Mann zu kennen?«, fragt Burgmüller und dreht sich zum ersten Mal um.
»Ich glaube es nicht nur. Ich bin mir absolut sicher. Dieser Mann wurde an einem Samstag bei uns eingeliefert, nachdem er auf offener Straße in der Nähe der Polizeiinspektion im Beisein seines Zwillingsbruders einen Schwächeanfall erlitten hatte. Kreislauf. Nichts Dramatisches. Aber da war noch …«
»Zwillingsbruder? Sagen Sie das noch einmal«, unterbricht Burgmüller.
»Ja. Die beiden ähnelten sich wie ein Ei dem anderen. Und wenn ich mir das Foto genau betrachte, könnte der Mann auf dem Bild natürlich auch sein Zwillingsbruder sein, den ich aber nur beim Entlassungsgespräch am Dienstag gesehen habe. Der Bruder hat den Patienten abgeholt und ihm frische Kleidung mitgebracht. Herr Pfeiffer stand nach meiner Einschätzung noch leicht unter dem Einfluss der Beruhigungsmittel. Der Bruder hatte sich während des Krankenhausaufenthaltes sehr rührend um Herrn Pfeiffer gekümmert, sodass nichts gegen eine Entlassung sprach.«
» Wie heißt denn dieser Zwillingsbruder?«

»Daran kann ich mich nicht erinnern, aber ich nehme an, auch Pfeiffer. Herr Pfeiffer, also der Patient, sollte noch einen Untersuchungstermin zum Ausschluss eines ernsthaften Krankheitsbildes vereinbaren, aber er ist bis heute nicht mehr bei uns erschienen.«
«Können Sie sich erinnern, wann genau dieser Mann bei Ihnen eingeliefert wurde?«
»Moment, ich schaue in meinen Dienstplan. Dann kann ich es Ihnen sagen.«
Dr. Borsotti greift in seine Jackentasche, nimmt sein iPhone heraus und öffnet den Terminer.
»Am Samstag, dem 28, Mai!«
Burgmüller stockt der Atem.
Dann fragt er leise und mit brüchiger Stimme:
»Um wie viel Uhr?«
»Die genaue Uhrzeit müsste ich nachschauen, aber ich bin mir ziemlich sicher, dass es gegen zwölf Uhr war. Herr Pfeiffer war mein erster Patient nach Dienstbeginn.«
»Frau Braun, schauen Sie mal in der Akte nach, wann Fredy die Polizeiinspektion Lahnstein verlassen hat.«
»Habe das Vernehmungsprotokoll schon geöffnet. Exakt um fünf vor Zwölf.«
»Passt«, murmelt Burgmüller und wendet sich noch einmal an den jungen Arzt.
»Haben Sie gesehen, mit welchem Auto die beiden davon gefahren sind?«
»Nein, ich wurde kurz vor Ende des Gesprächs zu einem Notfall gerufen. Aber vielleicht kann die Kollegin an der Rezeption sich daran erinnern.«
Burgmüller atmet tief durch.
»Frau Braun, ich möchte, dass Sie Dr. Borsottis Aussage zu Protokoll nehmen. So ausführlich wie möglich. Bitte alle möglichen Zeugen notieren. Da stimmt etwas nicht. Wir werden auch Tom Schneider im Krankenhaus …«

»Tom Schneider? Ist das der Polizist, der nach der Geiselnahme in Frankreich bei uns eingeliefert wurde?«, unterbricht Dr. Borsotti.
»Ja, die beiden kennen sich. Das ist alles sehr merkwürdig und Sie sind unser wichtigster Zeuge.«
»Und was ist mit der Lichtbildvorlage?»
»Das hier ist wichtiger als die Diebstähle. Hier geht es vielleicht um Mord.«
Burgmüller reicht dem jungen Arzt die Hand. »Danke für Ihren Hinweis und entschuldigen Sie meine Reaktion von eben. Wir sind alle momentan mehr als angespannt und hatten diesen Fall schon abgeschlossen. Aber wir werden ihn wieder aufrollen. Ich weiß zwar noch nicht wie und was ich davon halten soll, aber …«
Burgmüller hält mitten im Satz inne und blickt Hannah Braun an. »Beginnen Sie bitte mit der Vernehmung. Notieren Sie sämtliche Zeugen, die Dr. Borsotti Ihnen nennt. Jeden, der mit diesem Patienten Kontakt hatte und der die beiden zusammen gesehen hat. Ich muss jetzt meine Gedanken sortieren und werde mich mit Harald beraten. Rufen Sie an, bevor Sie Dr. Borsotti entlassen. Harald hat bestimmt auch noch einige Fragen an ihn.«

* * *

Burgmüller berichtet Harald Sauer kurz von dem Gespräch mit Dr. Borsotti. Harald schlägt sich mit der flachen Hand gegen die Stirn. »Das darf doch nicht wahr sein.« Er kann sich nicht erinnern, dass er in einer Leichensache jemals eine solche Überraschung erlebt hatte.
»Wir werden eine Obduktion beantragen und uns die Leiche ein drittes Mal anschauen, und zwar jetzt sofort, bevor sie im Brennofen liegt und wir in seiner Asche keine Spuren mehr finden werden.«

Harald nickt nur.
Diese Information hat ihm die Sprache verschlagen.
»Wer kennt Fredys nackten Körper am besten?«, fragt Burgmüller.
»Einige im Mutterhaus unter vierzig, die nicht das Glück haben, einen Penis ihr eigen zu nennen.«
»Hör jetzt auf Harald. Ich kann diese dummen Sprüche nicht mehr hören. Es gibt jetzt Wichtigeres zu tun, als sich über Fredys Sexualleben Gedanken zu machen. Man hat ihn ermordet. Göttmann hat recht. Leider. Hast du ihn etwa immer noch im Verdacht?«
»Unsinn, ich denke im Moment an eine andere Person.«
«An wen?«
»Wir sollten Carlo unter die Lupe nehmen!«
Burgmüller nickt.
Im gleichen Moment ertönt das Anrufsignal des Telefons auf Haralds Schreibtisch.
Burgmüller signalisiert mit einer Handbewegung, Sauer solle den Anruf entgegennehmen.
Haralds Gesicht versteinert und er fragt nur »Wo?«
Bevor er den Hörer auflegt, sagt er zu dem Anrufer:
»Otmar sitzt mir gegenüber. Wir haben auch eine Überraschung für dich. Komm sofort in mein Büro.«
»Wer war das?«, fragt Burgmüller neugierig.
»Walter Günther. Gestern Abend wurde eine weibliche Wasserleiche in Andernach angeschwemmt. Er sagt, die Ähnlichkeit mit seiner letzten Toten wäre selbst in diesem Zustand nicht zu übersehen.«
»Die Nummer drei. Das Dreckschwein«, brummt Burgmüller und trinkt mit einem Zug den Rest des Kaffees aus der Thermoskanne, und wie immer tropfen die Flecken auf sein Hemd.

ROMANFIGUREN

Braun	Hannah, KK’in	Kriminalwache
Brenk	Cindy, KK’in	SOKO „Emily“
Burgmüller	**Otmar, EKHK**	**Leiter Kriminalinspektion 1**
Carsten	Stefan, KHK	Leiter RG-Kommissariat
Elbling	Dennis	Sohn von Waldemar
Elbling	Waldemar	Winzer
Geisen	Christine	Mutter von Fredy Geisen
Geisen	**Fredy, KOK**	**Rauschgiftfahnder**
Göttmann, Dr.	**Dietmar, LKD**	**Kripochef**
Günther	Walter, EKHK	Leiter Erkennungsdienst
Helm	Hubby	lebt in der Provence
Jessen	Friedhelm, EPHK	Leiter PI Lahnstein
Lieck	Lena, KHK’in	zurzeit dienstunfähig
Orlowski	Peter	Chef eines Drogenkartells
Pfeiffer	**Peter**	**Mitglied eines Drogenkartells**
Santander	Carlo	VP von Fredy Geisen
Sauer	**Harald, EKHK**	**Leiter Mordkommission**
Schneider	Tom, KHK	zurzeit dienstunfähig
Schuster	Mac	Mitglied eines Drogenkartells
Scott	Emily	Studentin aus Kanada
Scott	Maddy	Emilys Schwester

POLIZEILICHER SPRACHGEBRAUCH

BEPO	Bereitschaftspolizei
BKA	Bundeskriminalamt
DISZI	Disziplinarverfahren
ED	Erkennungsdienst, siehe auch SPUSI
EKHK	Erster Kriminalhauptkommissar
EPHK	Erster Polizeihauptkommissar
in dubio pre reo	Im Zweifel für den Angeklagten
KDD	Kriminaldauerdienst/Kriminalwache
KHK	Kriminalhauptkommissar
KK	Kriminalkommissar
KK'in	Kriminalkommissarin
KOK	Kriminaloberkommissar
KW	Konspirative Wohnung
LKA	Landeskriminalamt
LKD	Leitender Kriminaldirektor
MEK	Mobiles Einsatzkommando
modus operandi	Tatbegehungsweise
OK	Organisierte Kriminalität
PD	Polizeidirektion
PI	Polizeiinspektion
PP	Polizeipräsidium / Polizeipräsident
SPUSI	Spurensicherung, siehe auch ED
VE	Verdeckter Ermittler
VP	Vertrauensperson
ZP	Zielperson

FICTION MEETS REALITY ...

(Tötungsdelikte in der Region, siehe auch Fahndungsplakate)

Mit Paddelboot zum Bankraub

Beute betrug 105 000 Mark

Am 8. Januar 1981 überfiel ein mit Pistole und Handgranate bewaffneter Mann die Nassauische Sparkasse in Lahnstein. Der Kassierer behielt die Nerven und zählte dem Mann Schein für Schein den Betrag von 105 000 Mark vor. Als dies dem Bankräuber zu lange dauerte, erklärte ihm der Angestellte, dass es Gepflogenheit der Sparkasse sei, bei jeder Auszahlung dem Kunden den Betrag vorzuzählen. Der Bankräuber benutzte ein außergewöhnliches Transportmittel. Er war mit einem Paddelboot von Rüdesheim nach Lahnstein gefahren und konnte in Tatortnähe festgenommen werden.

Geldbote mit Kopfschuss getötet

Raubüberfall im Lahnsteiner Warenhaus

Am 27. März 1990 wurde bei einem Überfall im GLOBUS-Warenhaus der Bote eines Geldtransportunternehmens erschossen. Die Täter erbeuteten 300 000 DM.

Schüttelt Vater Baby zu Tode?

Einjähriges Mädchen aus Lahnstein gestorben

Kindesmisshandlungen gehen mehr als jedes andere Verbrechen unter die Haut und erschüttern die Menschen weit über den Ort des Verbrechens hinaus. Besonders schlimm aber ist es, wenn dieser Ort plötzlich ganz nahe ist. Ein Vater soll seine einjährige, leibliche Tochter derart brutal misshandelt haben, dass das Mädchen an den Folgen seiner schweren Verletzungen im April 2009 gestorben ist.

Doppelmord von Horchheim

In der Nacht zum 7. Juli 2011 wurde in Koblenz-Horchheim ein Ehepaar von der Schwiegertochter auf brutalste Weise getötet. Die Polizei hatte das Fahrzeug der Frau verwanzt. Sie hatte im Auto (Selbst-)Gespräche geführt, bei denen sie Antworten auf vermutete Fragen in einer Vernehmung als Tatverdächtige einstudiert hat.

Furchtbare Bluttat in Lahnstein

Mörder fuhr Leiche mit Sackkarre durch die Stadt

In der Nacht zum 19. März 2015 schlug ein Mann (50) seiner Mutter (72) in deren Wohnung mehrmals mit einem stumpfen Gegenstand auf den Kopf. Dann stach er mit einem Messer auf sie ein. Nachdem er die Leiche gefesselt hatte, fuhr er die tote Mutter mit einer Sackkarre zum Rhein und warf sie ins Wasser. Drei Wochen später wurde die Leiche in Köln geländet.

Tod eines Dealers

Am 8. Dezember 2017 ermordete ein mehrfachabhängiger Drogenkonsument in Koblenz seinen Lieferanten mit mehreren Messerstichen. Das Opfer wurde erst Wochen später in seiner Wohnung aufgefunden.

Der größte Drogenfund in Rheinland-Pfalz

Die Spur zu den Hintermännern eines im großen Stil organisierten Drogenhandels führte im Herbst 2017 nach Andernach/Rhein. Im Januar 2018 konnten die Koblenzer Drogenfahnder insgesamt 640 kg Rauschgift unterschiedlicher Substanzen sicherstellen.

SEXUALMORD

5.000,– DM Belohnung

Am **Montag, dem 26. September 1994**, wurde eine 24-jährige Touristin (Foto) aus den USA im Bereich der Festung Ehrenbreitstein Opfer eines Sexualverbrechens. **Sie wurde zwischen 9.00 und 10.15 Uhr getötet.** Unmittelbar danach fanden zwei Schüler bei der Besichtigung der Festungsanlage ihre Leiche.

Zuletzt wurde die Touristin mit einem schwarzen Rucksack an der B 42, im Bereich der Auffahrt zur Festung, gegen 8.50 Uhr, gesehen. Ihr Ziel war die Jugendherberge in der Festung.

Zur Aufklärung der Tat wird dringend der Zeuge gesucht, der zur gleichen Zeit im Bereich der Festungszufahrt stand und Angaben über den weiteren von der jungen Frau genommenen Weg machen könnte.

Beschreibung: Ca. 18–22 Jahre alt, ca. 180 cm groß, sehr schlank, auffallend sind seine kurzen, am Kopf anliegenden hellblonden Haare. Er war mit einer blauen Jeanshose und einem hellblauen T-Shirt bekleidet.

Ob ein auf halber Strecke der zur Festung führenden Fahrbahn abgestelltes Herrenfahrrad mit einem Fahrradkorb auf dem Gepäckträger im Tatzusammenhang steht, ist noch ungeklärt. Es wurde durch Zeugen festgestellt und ist seit Entdeckung der Tat verschwunden.

Die Kriminalpolizei bittet um Ihre Mithilfe und hat folgende Fragen:

- ***Wer hat die junge Frau noch später im Bereich der Festung, ggfls. in Begleitung, gesehen?***
- ***Wer kann Angaben machen, die zur Feststellung des Zeugen führen können?***
- ***Wer kann Angaben zu dem gesuchten Fahrrad und ggfls. zum Eigentümer machen?***

Für Hinweise, die zur Aufklärung des Verbrechens und zur Ergreifung des Täters führen, hat die Staatsanwaltschaft Koblenz 5.000,– DM Belohnung ausgesetzt. Die Belohnung ist nicht für Personen bestimmt, zu deren Berufspflichten die Verfolgung strafbarer Handlungen zählt. Der Rechtsweg ist ausgeschlossen.

Hinweise bitte an die Kriminaldirektion Koblenz, **Tel. 0261 / 1031**, oder jede andere Polizeidienststelle.
Zusätzlich ist in diesem Fall ein **vertrauliches Telefon, 0261 / 1032727**, eingerichtet. Hier können Sie Angaben machen, auch ohne Ihren Namen zu nennen.

Kriminaldirektion Koblenz
SOKO Schlüssel

Doppelmord

10.000 € Belohnung*

Am Samstag, 09.07.2011, wurden die Eheleute Waltraud und Heinrich **SCHEMMER**, in ihrem Wohnhaus in Koblenz-Horchheim, Niederfelder Weg 22, ermordet aufgefunden.
Die Opfer wurden in der Nacht von Donnerstag, 07.07.2011, auf Freitag, 08.07.2011, durch Stich- und Schnittverletzungen getötet.

Zeugen gesucht - Die Polizei hat folgende Fragen:

- Wer hat in der Zeit um den 07.07.2011 Feststellungen gemacht, die mit dem Verbrechen in Verbindung stehen könnten?
- Welche Personen und Fahrzeuge sind Ihnen in letzter Zeit in der Nähe des Anwesens der Familie Schemmer aufgefallen, die dort üblicherweise nicht verkehren?
- Wer kann Angaben zu Schlüsseln und / oder Schlüsselmäppchen aus dem Haushalt der Familie Schemmer machen?

Hinweise bitte an die Kriminaldirektion Koblenz - SOKO Schlüssel
Tel.: 0261 / 1031 - oder an jede andere Polizeidienststelle

* Die Belohnung wurde von staatlicher Seite für Hinweise ausgelobt, die zur Ermittlung des Täters führen. Der Rechtsweg ist ausgeschlossen. Mit der Strafverfolgung befasste Personen sind von der Zuteilung ausgeschlossen.

MORD

10.000 € Belohnung*

Kriminaldirektion Koblenz
SOKO ROLLER

Am 11.02.2018 wurde der 58-jährige

Servet KURU (genannt OZAN)

in seiner Wohnung in der Hochstraße 39 in Koblenz-Neuendorf tot aufgefunden. Er wurde Opfer eines Gewaltverbrechens, zu dem es vermutlich schon vor einigen Wochen gekommen ist. Seit Anfang Dezember 2017 wurde Herr Kuru nicht mehr gesehen. Zu Lebzeiten war er regelmäßig mit seinem braunen VESPA-Roller unterwegs. Der Roller wurde vermutlich vom Täter nach der Tat entwendet und auf dem LIDL-Parkplatz im Wallersheimer Weg abgestellt.

Die Polizei hat folgende Fragen:

- Wer kann Hinweise zu Kontakt- oder Begleitpersonen des Herrn Kuru geben?
- Wer kann Angaben zu Streitigkeiten zwischen Herrn Kuru und anderen Personen machen, insbesondere einem lautstarken Streit vor dem Netto-Markt in der Neuendorfer Straße Anfang/Mitte Dezember 2017?
- Wer kann Angaben zum Verschwinden oder Abstellen des VESPA-Rollers machen?
- Wer hat den Roller seit Anfang Dezember 2017 benutzt?
- Wurde der Roller zum Kauf angeboten?
- Wer kann sonstige sachdienliche Hinweise geben?

Hinweise bitte an die Kriminaldirektion Koblenz
Tel.: 0261 / 1031, oder an jede andere Polizeidienststelle

* Die Belohnung wurde von staatlicher Seite für Hinweise ausgelobt, die zur Ermittlung des Täters führen. Der Rechtsweg ist ausgeschlossen. Mit der Strafverfolgung befasste Personen sind von der Zuteilung ausgeschlossen.

Kriminaldirektion Koblenz
SOKO HAUPTFRIEDHOF

MORD

10.000 € Belohnung*

Am Freitagnachmittag, 23.03.2018, wurde der 59jährige **Gerd Michael STRATEN** tot auf dem Hauptfriedhof in Koblenz im Bereich des Pulverturmes/Schwarze Madonna aufgefunden. Der Mann wurde Opfer eines Gewaltverbrechens. Am Donnerstag, 22.03.2018, 18:30 Uhr, wurde er zuletzt lebend gesehen. Herr Straten lebte bereits seit mehreren Jahren in diesem abgelegenen Teil des Friedhofes. Er wird als zurückhaltend, freundlich und gebildet beschrieben. Er legte sehr viel Wert auf ein gepflegtes Äußeres. Er trank kaum oder keinen Alkohol und nahm auch keine Drogen zu sich. Er hielt sich häufig im Bereich des Hauptbahnhofes auf und besuchte regelmäßig Cafés, Bio-Märkte und Bibliotheken. In der Vergangenheit war er im Sommer als Pfandsammler auf Festivals unterwegs.

Opfer:
Gerd Michael STRATEN

Die Polizei hat folgende Fragen:

- Wer kannte Gerd Michael Straten?
- Wer kann Angaben zu seinen Kontaktpersonen machen?
- Wer kann Angaben zu Streitigkeiten zwischen dem Opfer und anderen Personen machen?
- Wer hat auffällige Feststellungen auf oder im Bereich des Hauptfriedhofes gemacht?
- Wer kennt weitere Personen, die auf dem Hauptfriedhof leben oder sich dort oft aufhalten?
- Wer kann sonstige sachdienliche Hinweise geben?

Weitere Informationen und Fotos unter www.polizei.rlp.de/de/fahndung
Hinweise bitte an die Kriminaldirektion Koblenz
Tel.: 0261 / 1031 oder an jede andere Polizeidienststelle

* Die Belohnung wurde von staatlicher Seite für Hinweise ausgelobt, die zur Ermittlung des Täters führen. Der Rechtsweg ist ausgeschlossen. Mit der Strafverfolgung befasste Personen sind von der Zuteilung ausgeschlossen.

DER BERGMANNSFRIEDHOF

Am Ende des Friedrichssegener Tales befindet sich der alte Bergmannsfriedhof. Von 1872 bis 1939 war hier die letzte Ruhestätte der Verstorbenen von Friedrichssegen. Hier wurden etwa 500 Menschen bestattet, darunter etwa 1/3 Erwachsene und 2/3 Kinder. Die Kindersterblichkeit war in jener Zeit sehr hoch.
Im Entschließungsprotokoll vom 28.04.1939 hatte der Bürgermeister vermerkt, dass die Bestattung auf dem Friedhof in Friedrichssegen nur noch auf Antrag erfolgen kann und künftig der Friedhof in Oberlahnstein benutzt werden muss.

Der alte Bergmannsfriedhof ist heute mit einer Schicht Immergrün bedeckt. Auf einigen der mit Moos bewachsenen Grabsteine ist noch das Bergbausymbol Schlägel und Eisen und die Geburtsorte Clausthal-Zellerfeld, Osterode, Braunlage oder auch Schierke im Harz zu erkennen. Im Lauf der Jahrzehnte hat sich die Natur einen großen Teil des alten Friedhofs zurückerobert. Obwohl einige Grabeinfassungen mutwillig zerstört wurden, ist bei genauer Betrachtung noch die alte Ordnung mit Gängen, Absätzen und einer zentralen Allee zu erkennen.

Weitere Informationen:
www.bergbaumuseum-friedrichssegen.de

GHB (GAMMAHYDROXYBUTTERSÄURE)

Bei GHB (umgangssprachlich auch als KO-Tropfen bezeichnet) handelt es sich um eine erst seit dem 01.03.2002 dem BtMG unterstellte Substanz. Immer häufiger wird über Sexualverbrechen berichtet, da Männer diese Substanz als „Vergewaltigungsdroge" einsetzen. In Diskotheken und Kneipen, aber auch im privaten Bereich, werden die Opfer (Mädchen und meist jüngere Frauen) mithilfe präparierter Drinks und Cocktails willenlos gemacht, um sie anschließend zu missbrauchen.

GHB entfaltet zunächst eine entspannende Wirkung. Die Aktivitäten des Gehirns und des zentralen Nervensystems werden verlangsamt. GHB wirkt etwa 15–30 Minuten nach der Einnahme. Eine niedrige Dosis steigert das sexuelle Verlangen und senkt die Hemmschwelle, eine mittlere Dosis kann Euphorie, halluzinogene Effekte, Schwindelgefühle und Übelkeit auslösen und bei einer Überdosierung besteht die Gefahr von Bewusstlosigkeit mit möglicher Amnesie bis hin zum Atemstillstand. Die Wirkung reicht von der sexuellen Stimulierung bis hin zu komatösen, lebensbedrohlichen Zuständen bei den Opfern und kann bei Verabreichung einer Überdosis zum Tod führen.

Die Substanz ist auch bei bewusster Einnahme schwierig zu dosieren, da die Konsumenten je nach körperlicher Verfassung und Körpergewicht unterschiedlich reagieren. Umso gefährlicher ist daher die Reaktion nach „unfreiwilliger Einnahme". Die Substanz ist nur wenige Stunden nach der Einnahme im Körper nachweisbar.

DANKE!

Ich möchte allen Menschen danken, die mich bei der Entstehung dieses Kriminalromans begleitet, beraten, motiviert und kritisiert haben.
Mein besonderer Dank gilt Oberbürgermeister **Peter Labonte,** der anlässlich der 50-Jahr-Feier der Stadt Lahnstein in 2019 diesen Krimi in Auftrag gegeben und mir bei der Entwicklung des Plots „freie Hand gelassen" hat. Seine Mitarbeiter **Walter Nouvortne** und **Bernd Geil** standen mir jederzeit mit Rat und Tat zur Seite. Försterin **Silke Weyer** durfte ich mit ihrem Hund Asci durch das Revier und zum Bergmannsfriedhof begleiten. **Karl Krämer, Günter Groß** und **Markus Krapf** haben für mich gemeinsam mit dem Oberbürgermeister im „Winzerhaus" Szenen eines Stammtischs „gespielt" (wie Lahnsteiner reagieren würden, wenn diese Morde wirklich geschehen wären). Jagdpächter **Sebastian Seifert** hat mir seinen Geländewagen zur Verfügung gestellt.

Für konstruktive Kritik und zahlreiche Anregungen danke ich meinen Testlesern aus dem gesamten Bundesgebiet:

Jutta Adam aus Koblenz,
Brigitte Dietel aus dem Vogtland,
Hermann-Josef Dittrich aus Werne,
Gertrud Finkmann aus Berlin,
Bastian Follmann aus Berlin,
Ivonne Gerth aus Nortorf,
Anne Quade aus Kiel,
Petra Regnery-Britz aus Koblenz,
Hans-Peter Reelke aus Fröndenberg,
Mike Stendel aus Bergkamen,
Klaus Sulzbacher aus Urbar,
Cornelia Zajonzek aus Vallendar.

Meine Lieblingsbuchhändlerin **Ricarda Eicher** (Reuffel) begleitet mich seit Jahren bei meinen Schreibprozessen und ist mir eine wichtige Ratgeberin.
Für fachliche Beratung und kollegiale Unterstützung bedanke ich mich bei EKHK i. R. **Walter Günther** (ehem. Leiter des ED) und bei den Kollegen der Mordkommission, allen voran **EKHK Bernd Kreuter** (Leiter Kommissariat für Kapitaldelikte).
Konrad Knoche (Skyglide Event Deutschland) erklärte mir für eine Szene technische Abläufe zur Koblenzer Seilbahn.
Dr. Mathias Jung und mein Cousin **Christoph Schmitt** haben mich aus therapeutischer Sicht beraten.
Frank Girmann vom RZ-Archiv hat für mich reale Kriminalfälle aus der Vergangenheit recherchiert.
Marion und Dietmar Kurz haben bei unseren Urlaubsreisen „Ungereimtheiten" entdeckt und diesen Titel vorgeschlagen.
Im Pool von **Regina und Tom Moog** durfte ich mich während der heißen Endphase in der Hitze dieses Jahrhundertsommers jederzeit abkühlen, damit ich einen „klaren Kopf behalte".
Karin Kring danke ich für eine erste Berichterstattung, den Stadtrundgang und Infos zu Lahnsteiner Gepflogenheiten und **Martin Kring, Rudi Kring, Isolde Kring** und **Martin Moog** für die unkomplizierte Zusammenarbeit.
Stefanie Krebs, Alina Hillesheim, Sybille Heil und **Winfried Ries** haben in der Endfassung noch einige Fehler und „Ungereimtheiten" entdeckt. Danke für die Korrekturen „auf den letzten Drücker".
Besonders bedanke ich mich bei **Elfie**, meiner kritischsten Testleserin und ihre Geduld, wenn ich profane Dinge des Alltags nicht oder erst später erledigen konnte. Sollte ich weitere Personen vergessen haben, so mögen sie es mir verzeihen.

Im September 2018

NACHLESE

Liebe Leserin, lieber Leser,
wenn dieser Kriminalroman Ihre Neugierde geweckt hat und Sie Näheres über die vorherigen Ereignisse erfahren möchten, finden Sie die Antworten in meinen Krimis **SPURENLEGER** *(Band 1) und* **LEICHENSPUREN** *(Band 2).*

Warum wurde die Polizistin im Streifenwagen erschossen?
Warum will der Mörder noch zwei Polizisten töten?
Wie intensiv war die Affäre zwischen Fredy und Lena?
Warum sind Lena und Tom momentan dienstunfähig?

Ein Blick in die Zukunft nach der Lektüre dieses Krimis bietet Ihnen der Thriller **DIE VERBLENDETEN,** *den ich gemeinsam mit der Autorin und Songwriterin Dr. Jutta Siorpaes aus Kitzbühel unter dem Pseudonym* **JUSI JOESK** *geschrieben habe. Dieser Krimi widmet sich einem (leider) aktuellen Thema: Ehrenmorde und Gefahr eines Terroranschlags in Deutschland.*

Ich freue mich auf ein Wiedersehen/Kennenlernen auf einer meiner Veranstaltungen und über jede Rückmeldung an meine Mailadresse schmitt-kilian@onlinehome.de

SPURENLEGER

Kommissarin Lena Liecks erster Fall

11,90 €, Imprimatur Verlag 2017, ISBN 978-3-981607-80-2

Eine junge Polizistin liegt tot in einem Streifenwagen. Ihr Kollege wurde durch einen Kopfschuss schwer verletzt und kann sich nicht mehr an den Tathergang erinnern.

Die Kommissare Lena Lieck und Tom Schneider von der Soko „Deutsches Eck" sichern eine mysteriöse DNA-Spur, die bereits an zahlreichen Tatorten gesichert wurde, aber keiner bestimmten Person zugeordnet werden konnte.

Je näher die Lösung des Falles rückt, desto intensiver tauchen bei Lena schmerzhafte Erinnerungen an ihre Kindheit auf und Tom wird mit der dunkelsten Schattenseite seines Familienlebens konfrontiert.

Angelehnt an authentische Fälle und mit Blick hinter die Kulissen polizeilicher Ermittlungen und auf die Gefühlswelten seiner Romanfiguren präsentiert Jörg Schmitt-Kilian dicht an real existierenden Personen eine dramatische Story, in der sich die Fiktion mit einem erschreckend realem Hintergrund vermischt.

LEICHENSPUREN

Kommissarin Lena Liecks zweiter Fall

11,90 €, Imprimatur-Verlag 2017, ISBN 978-3-9816078-1-9

Lena Lieck und Tom Schneider können endlich den Mann identifizieren, der die junge Polizistin in ihrem Streifenwagen erschossen hat.

Die Kommissare ahnen jedoch nicht, dass sie sich bei der Fahndung nach dem Mörder in tödliche Gefahr begeben.

Erst bei einer dramatischen Begegnung in der Provence erkennen die Ermittler das wahre Motiv: ein tragisches Ereignis in der Kindheit des Mörders.

Angelehnt an authentische Fälle und mit Blick hinter die Kulissen polizeilicher Ermittlungen und auf die Gefühlswelten seiner Ermittler präsentiert Jörg Schmitt-Kilian dicht an real existierenden Personen eine dramatische Story, in der sich die Fiktion mit einem erschreckend realem Hintergrund vermischt.

DIE VERBLENDETEN

Kommissarin Lena Liecks dritter Fall

12,00 €, edition-oberkassel 2017 – IBSN 978-3-958130-99-9

Der Mörder, der die junge Polizeikommissarin Sabine Laube in ihrem Streifenwagen erschossen hat, ist weiterhin flüchtig.

Dann geschehen weitere Morde und ein Opfer wurde mit der gleichen Waffe erschossen wie die Polizeikommissarin.

Als bekannt wird, dass einer der Tatverdächtigen ein Selbstmordattentat plant, beginnt für Lena Lieck und Tom Schneider erneut ein Wettlauf gegen die Zeit, denn der Rückkehrer hat nach der Diagnose seines Arztes nur noch eine Lebenserwartung von einem Monat.

MÜNZ-MENSCHEN

9,80 €, Fölbach, ISBN 978-3-934795-45-5

„... Schmitt-Kilian dreht die Uhr um einige Jahrzehnte zurück, lässt wieder Streifenwagen vor der Münzplatz-Wache parken, Trinkgeld-Gierige durchs Fenster den Beamten heimliche Tipps zuflüstern und die „Butze" auch mal die Zeche für einen Altstadt-Säufer löhnen, der doch nur „dat Portemonnaie vergässe hatt" und sonst zum Zechpreller geworden wäre. Schmitt-Kilian pendelt geschickt zwischen Kowelenzer Platt und Polizeideutsch, lässt unvergessliche Anekdoten auferstehen und legendäre Beamte aufmarschieren, erinnert an Stimmungen und Stimmen, Gefühle und Gelächter. Ein Schmuckstück für jeden Liebhaber der Altstadt und ihrer unverwechselbaren Geschichten, ihres ganz besonderen Flairs, ihrer einmaligen Originale ..."

Die Geschichten (mit Karikaturen und Fotos „leseleicht serviert") konnten sich auf jeder Polizeidienststelle abgespielt haben, regen zum Schmunzeln an und beim Lesen werden Erinnerungen an die 70er-Jahre auftauchen, in denen Polizisten noch „echte" Freunde und Helfer waren.

KOWELENZER BUTZE

Ordnungshüter im Wandel der Zeit

15,00 €, Schmitt-Kilian, ISBN 978-3-941385-07-8

Jörg Schmitt-Kilian serviert leseleicht zahlreiche Anekdoten aus dem Polizeialltag und garniert diese mit beeindruckenden Fotos und kuriosen Rapport-Einträgen. Er bietet aber auch einen Blick hinter die Kulissen des Polizeialltags auf einer Wache und vermittelt gleichzeitig „Historisches“, denn er begleitet eine fiktive Polizistenfamilie in die Vergangenheit und lässt lustige Storys Revue passieren.

Im aktuellen Programm **MÖRDERISCHES TRIO** garniert Schmitt-Kilian seine Krimi-Lesungen mit Fotos und kurzen Filmsequenzen. Sabiene Jahn (vocal) und Michael Bostelmann (guitar) spannen musikalisch einen Bogen zwischen den „dramatischen Begegnungen“ und interpretieren auf eindrucksvolle Art bekannte Rocksongs *(fields of gold, tears in heaven u. a.)*.

Ein unvergesslicher Abend:
Mehr als eine Lesung. Lassen Sie sich überraschen!